藏地原创系列读物

月焰

白玛娜珍　著

青海人民出版社

图书在版编目（CIP）数据

月焰 / 白玛那珍著 . -- 西宁：青海人民出版社，2019. 11
ISBN 978-7-225-05924-2

Ⅰ . ①月… Ⅱ . ①白… Ⅲ . ①长篇小说—中国—当代 Ⅳ . ① I247. 5

中国版本图书馆 CIP 数据核字（2019）第 258964 号

月焰

白玛娜珍 著

出 版 人 樊原成
出版发行 青海人民出版社有限责任公司
西宁市五四西路 71 号 邮政编码：810023 电话：（0971）6143426（总编室）
发行热线 （0971）6143516 / 6137730
网 址 http://www.qhrmcbs.com
印 刷 陕西龙山海天艺术印务有限公司
经 销 新华书店
开 本 890 mm × 1240 mm 1/32
印 张 11
字 数 250 千
版 次 2020 年 7 月第 1 版 2020 年 7 月第 1 次印刷
书 号 ISBN 978-7-225-05924-2
定 价 32.00 元

引 子

琼芨发现自己又怀孕了，她怀上了我。惊恐不安中，琼芨只想把我送回死亡和往生之间中阴那漫长的迷途中。她就要斩断我与这个世界可能相连的脐脉了——

她的胎水像湿漉漉陈旧的牛皮绳，把我缠绕在前世黑色的狎昵里。我蜷缩着，紧闭双眼，沦陷在回忆的路上。但突然，我听到外面的太阳在哗哗流响，我多么向往那个闪着光的世界啊！

琼芨仍拼命地朝山上跑。长长的发辫在她翘起的饱满的臀上扭动，好像两条满怀情欲的蛇。清冽的汗水湿透了衣衫，贴在身上，透出她双乳的轮廓以及她喘息时闪现的那白月般的细齿；我想要出生，与她续接因缘的渴望，就越来越强烈了。

她来到山上。一座老去的山顶。只剩下夕阳，在被岁月削得扁平的额头沸腾着。琼芨拖着疲惫的双脚停下来。她开始一件一件脱去衣服。我发抖了。那是一个多么娇媚的女人，柔软的腰，纤纤的手臂，水上蓝黛轻笼她粉荷色的躯体，天上飘过的云彩，像萦绕在她腰间那紫红的绸带。突然，她纵身一跃，跳进了圣洁的雪水湖。这片土地上，从没有人敢玷污雪域的甘露，除了我的母亲琼芨——她就是藏族人种起源故事里那个和猕猴结合的罗刹女；她不竭的欲望和广袤的生殖力啊，她的石床比大海还要坚硬！雪域大地因此奔跑着兽性十足或神性残存的人。女人因此左眼或许含着度母悲悯之泪，右眼却燃烧着魔女的烈焰，令眼下的水神变成了一头发怒的公龙，它射出的千柄利剑，使琼芨神魔绞缠的子宫更为热烈，子宫剧烈地抽搐起来；狼一般的利齿在旋转，猛虎一般的铁尾在劲舞，我在里面，我要被狂喜噬碎了……

然而，讲到这里，成群的阳光已经袭来。在我的身上，舔触着昨夜那激亢的女人；她像白色神岩里紫色的精灵，她那绝尘的美啊！她洞穿潮涌的黑夜，丹竹活佛也听到了落在花瓣上晨露的妙音，丹竹活佛的心，碎了——但琼芨白姆，仍要去追赶男人身后的暗影，她不断扑倒，汩汩创痛，蜿蜒在沼泽深处。

因此，夜，当她扑倒于我父亲洛桑的身下，抵过未生将死的劫，我出生了。生的命运从我无数前世的脖颈上，解开了那个紧箍的古褐色的密结——

母亲琼芨为我取名茜洛卓玛，她以为我像藏族古老传说中的那样，是因善缘而复生的，即“茜洛”，并将美丽如同从观世音眼中幻化而来的度母“卓玛”——但我出生的那天，天上没有祥瑞的彩虹升现，没有圣莲绽放的征兆，只有夜，漫长的黑夜……

于是，我沉醉在每一个夜里，看夜里月光如焰，看那个女人，在猎猎白焰里艳舞。

第一章

1

天亮了，斑斓的太阳向我涌来，我是西藏的光河里，一条在欲界歌唱的女儿鱼……

我的双眼不禁被泪水浸淹。而远山如昨，瞬息万变的山峦，那紫蓝的峰澜，从前的霞焰正箭一般飞驰而来。但渐渐地，黑风骤起，覆盖了青灰色的大地，抽斩着云朵一般流浪的羊群。焰火慢慢熄灭下去，在黑夜和山巅相触的刹那绽亮了一瞬，滑向峡谷，在高高的山岗那片野蔷薇林中久久徘徊。

据说野蔷薇林里，有一座希薇庄园。庄园因为每天都被黄昏合唱的霞光萦绕，所以得到“希薇”的美名。藏语中的意思为“霞光园”；又宛如雌蕊里金色的宫阙。

我的母亲琼芨白姆，她的第一声啼哭好像霞色坠漏时的绝唱，在那年金秋某个霞光弥漫的晚上响彻庄园。

2

这天，她出生已一百天了。希薇族人准备带她前往觉桑寺，祈请活佛为她赐名。一早，她的母亲德吉泽珍来到宽敞的黑壁厨房，从胖厨娘正在烧茶的铁锅底下，用她的中指抹了一层黑灰带回到卧房里，顺着女儿的小鼻梁涂了一条黑杠。这是每个幼婴第一次出门前民间避邪的习俗，来源于一个天真可爱的传说：从前，有两个魔鬼想分离一对夫妻，一个魔鬼等在路上,另一个藏在夫妻俩的门外。夫妻俩为了战胜魔鬼，出门时背上了一口黑锅，口里念诵着度母的根本心咒，魔鬼于惊恐中只见背着黑锅的度母迎面而来……

在度母经的吟唱声中，这天，我的母亲，希薇庄园初生的女儿就要和活佛相见了。

希薇家族老老少少一行三十多人，穿过弥漫在野蔷薇林里浆果和落在陈年树叶里果实古老得有些甜腻的气息，踏着林间朝露，起程去往觉桑寺。

如海的阳光，盈满浩渺万象。绵延的远山，犹如静美的挽歌，又似圣莲曼舞在形同大伞盖佛母——宝伞山的两旁。宝伞山舒展的山羽，像开屏的孔雀华光闪耀；威踞山腰的觉桑寺，被哈达般飘浮的白云萦绕，遥遥望去，像金刚铃，像威严的王。

希薇家族一行人，朝着山上缓慢地行进着。长长的队伍中，黑牦牛背上，驮着牛毛编织的五彩口袋里装满了沉甸甸的青稞、鲜润的酥油和洁白的奶酪；仆人背着希薇庄园五岁的二小姐曲桑姆、怀抱刚出生不久的女婴，搀扶着夫人和老爷。

临近正午时分，狂风大作，宝伞山的山羽在风浪中飘摇起来，觉桑寺像一艘就要飞离的船。

"夫人，看这天气，恐怕今天不宜上山朝佛，万一遇上泥石流……"管家上前对德吉泽珍悄声说。

已经有雨点像破碎的花瓣，从风的缝隙里飘落下来。前面还在攀爬的人的脚下，滚落的小石子犹若断线的珠链。

德吉泽珍犹豫了。二女儿曲桑姆见母亲停下来，挣脱女仆跑过去说："妈妈，我们不去觉桑寺给妹妹求名字了吗？"粗冷的秋风将她胖胖的小脸蛋吹拂得像一朵红珊瑚，她两眼扑闪着，焦急地摇着德吉泽珍的手说，"妈妈，我们去嘛，我想大哥了。"

"别闹了！"德吉泽珍皱起眉头说着，朝身旁壮实的女仆怀抱的襁褓里望去，只见小小的女儿并没有被狂风惊醒，洁如花蕾的脸庞被鼻梁上避邪的黑杠分成了两半，一半是与活佛相遇时离鞘的剑一般蓝色的光影，另一半仿佛摇曳在夜晚那白色的啜泣……

"先等一等看。"德吉泽珍对管家说。

人们退到一片平地上，管家让仆人支起帐篷生火烧茶。

过了两个多时辰，风雨渐停，几道清澈的细水从山上缓缓流淌下来。大家起身收拾东西，正准备上路，突然，彩虹像哈达在空中腾献，群鸟在树林和草丛里欢歌，襁褓中的女婴醒了，她不哭，悄悄睁开了一双水褐色的眼睛。

3

这时，觉桑寺里两位年少的转世[①]活佛：希薇庄园的长子昂旺赤列和丹竹刚刚接受完不偷盗、不杀生、不谎骗、不奸淫等三十六条沙弥戒。

“遵守经上规定的一切戒律，为众生之事，身体力行——”他们坚定的誓言，以少年喉音初变时稍许的沙哑，流旋在大殿一盏盏酥油金灯燃烧的焰火上。

殿外突然传来一阵欢呼：“快来看彩虹！”

“堪布，我可以去了吗？”说着，昂旺赤列起身朝殿堂外张望。

土登曲扎堪布坐着没动，他点点头。他已有六十多岁了，是觉桑寺里资深的大堪布，也是两位转世的经师。

① 转世、仁波切：佛陀释迦牟尼以及对大千世界、对宇宙时空如实明了的一切觉悟者中，佛、菩萨的许许多多应化之身，经由“灵视”认证，为了救度世人的同一悲愿，随机出现，乘愿再来，如同日月，虽在天之轨，却以穿越时空的无垢法力光照着人们的心灵；他们在被称为转世——“朱古”，或被百姓尊称为如意珍宝——仁波切。

丹竹也站起来轻声问："我能去看看吗？"

"走，一起去吧。"土登曲扎堪布微笑道。丹竹扶着年迈的经师来到殿外，只见阳光如雪，铺满了石阶，山群像远海中闪跃的鲸鱼；澄净如洗的晴空，彩虹仿佛远古神秘的图腾，又如一弯拉满的神弓，土登曲扎堪布不禁感慨道："虚空盈满处，识性亦盈满；识性盈满处，法性亦盈满啊。"

丹竹听了，心里恍若虹光流注，激动地接道："幻觉虽见种种有，自性真实无一物。"

土登曲扎堪布听了，不由漾开笑容。

"我的家人上来了！"昂旺赤列从楼顶欣喜地指着山下，惊喜地呼喊道。

土登曲扎堪布朝楼顶望去时，双眼猛然抽搐了一下，像是被什么击中了，他震惊地朝顶楼上喊道："那里很危险！请您快下来！"

丹竹看到经师紧张的神情，也忙朝楼顶望去，只见天上的彩虹像燃烧的鸟群，在昂旺赤列身旁飞旋。

4

为了等候觉桑寺福田施主希薇族人的到来，昂旺赤列和丹竹按照经师的要求，回到殿堂，端坐于法座。

顶礼膜拜的人流鱼贯而入。怀抱幼婴的德吉泽珍和吾坚泽仁进来了。一抬眼，他们望见那高高的法座上，自己日夜思念的爱子昂旺赤列，不由热泪盈眶，虔恭地低眉垂目，弓着腰，走向年少的转世。

“朱古（藏语‘转世’的音译），这是我们的幼女，请您为她祈福，赐给她一个吉祥的名字。”吾坚泽仁在法座上献上哈达，双手合十地低声说。

“她是我的妹妹？什么时候出生的？”昂旺赤列俯下身朝母亲怀里望，惊喜地问。

昂旺赤列出家离开希薇庄园时不到七岁。那年，某一天他在村庄里玩耍时，遇见一位衣衫褴褛的游僧，游僧当即对陪在昂旺赤列身旁的管家说：“这个孩子，超凡脱俗，你们一定要好好珍爱……”当年秋天，觉桑寺寻访灵童一行也根据预言“在寺院的西南方向，生长着茂密的野蔷薇树，有一个儿童会在树丛中的小溪旁出现。孩子父母的名字中，都有一个关于生命的‘泽’的藏语发音——”找到了昂旺赤列。当时，在小溪旁玩耍的昂旺赤列远远看到一队打扮成普通农民的来人，立刻迎上去欢呼道：“他们是来接我的。”等来人走近了，昂旺赤列上前从其中一人的脖子上取下一串旧念珠肯定地说：“这是我的。”

在藏区一个半农半牧偏远的人家，觉桑寺寻访灵童的另一行人同时又认定了另一位觉桑寺寺主的化身灵童丹竹贡菩。一切，如《金光明经》中所言：

诸佛难思议

如来常住身
为利有情故
示现种种身
……

5

寺院里的僧人提来热茶，为昂旺赤列的父母斟满，其他朝拜的人这时都退出去了。土登曲扎堪布盘坐在卡垫上，一面拨着念珠，一面向吾坚泽仁寻问着一些庄园里的近况。

“哥哥，我好想你！”希薇庄园的二小姐曲桑姆跑到昂旺赤列身旁尖声说。

“不想我吗？”丹竹开玩笑地问她。

“可我更想我的小妹妹！”昂旺赤列故意笑道，一面从德吉泽珍怀里抱过女婴叹道，“好漂亮！”他把妹妹抱到释迦牟尼佛像旁，以她的头轻触释迦牟尼佛像的膝，以行顶礼，丹竹过来把一截无量寿持的绿色金刚丝线挂在她的脖子上，以示加持贯摄，祝福她经历心中五种善根，经历生死常不失坏。女婴突然笑了，襁褓在她甘美的笑容中像一朵荷叶，她像神话里的莲花公主。

“她……生于什么时辰？”昂旺赤列心里的某个地方痛了一下。他把妹妹递给母亲，坐下来，微微闭上眼问道。

“她，”丹竹也蹙了蹙眉，缓缓地说，“古莲万劫不灭的种子，遭遇那心灵的泪水，终会萌芽……”

“您的意思是我妹妹爱哭吗？”曲桑姆歪着脑袋天真地问。

“不，我只看到那幻梦如箍……”丹竹的语音里有一种异样的忧伤，“她很好。”他改口道，“是一个美丽善良的女孩。”说着，轻轻叹息了一声。

“琼芨白姆，生如水莲，给她起这个名字吧。”土登曲扎堪布突然在一旁低声说道。

“对，妹妹就叫琼芨白姆吧。”昂旺赤列点头道。

“琼芨白姆啦，快谢谢活佛，谢谢。”德吉泽珍和吾坚泽仁忙对襁褓中的女儿喃喃地说，一面感激地向经师图登曲扎和两位少年转世道谢。

6

从此，希薇庄园，胸口上系贴着绿色金刚结，像拥有了秘密莲茎的女儿琼芨白姆，所有的污浊都被涤滤过了。在格外的呵护中，她成了金色的公主。这时，她的生父，希薇庄园的老爷吾坚泽仁又被西藏噶厦政府授予更高的职位，希薇庄园一时间分外荣耀。

吾坚泽仁很快在拉萨有了自己的一栋漂亮的别墅，经常接家人过去小住，并打算让两个女儿去拉萨的私塾念书。但因庄园里事物繁杂，德吉泽珍大部分时间还是得回去管理庄园。渐渐地，吾坚泽仁回庄园的次数越来越少，间隔的时间也越来越长，琼芨白姆后来的记忆中，关于父亲吾坚泽仁的模样渐渐模糊不清了。终于，某年，一个蓄着胡子、喜欢在大大的鼻孔里塞上干毛桃的男人——强巴顿旦代替了吾坚泽仁在庄园里的位置，成为德吉泽珍的伴侣。

希薇庄园的仆人们很快接受了这位身材高挑、性情和善、沉默寡言的新老爷，并尊敬地称呼他为强旦老爷。曲桑姆和琼芨白姆姐妹俩，亲近强旦，第一次叫强旦爸爸，却是因为一匹马，一匹纯白的小马驹的出生。

那是一个夏雨瓢泼的晚上。德吉泽珍患病躺在床上，暴风雨忽而像一头狂怒的龙，在石楼后面盘旋升涌；忽而像魔鬼的手掌拍击着玻璃窗。她在发烧，她想起身推门，与扑来的黑衣魔女搏斗，去救那嘶叫的马儿。那是德吉泽珍最钟爱的、纯白色的母马，它要生了。

差不多过去了半个多时辰，母马仍在雷劈电击中惨痛地嘶鸣。管家张皇地跑来报告说："兽医去了拉萨。"一脸的恐慌好像染上了闪电绿色的瘟疫。

"别着急，"强旦猛然站起来，"让我试试。"说着，他大步朝马厩奔去。

曲桑姆和琼芨白姆穿过暴雨，也跟在强旦后面跑进了马厩。

那匹白色的母马在马厩里奔跑咆哮着，扬起四蹄没命地掘土，狂躁地撕咬拴着它的牛皮绳套。突然，它倒在地上翻滚着，气息奄奄。强旦叫马夫取来一桶菜籽油，他挽起衣袖，小心靠近母马，温柔地对它说着话，一只手将菜籽油轻柔地抹入它流血的阴道。这是生长在高原的无污染的菜籽油，除了起到润滑的作用，对舒缓疼痛、止血助产也有效。不一会儿，母马排出几声响气后，一个小马驹的脑袋钻出来了，曲桑姆和琼芨在一旁屏息张望，小马驹终于落地了！姐妹俩不由得含泪欢呼。

马夫端来滚烫的酥油汁。强旦用一块羊毛蘸着酥油汁在母马头部的穴位涂抹着。这是西藏民间的一种风俗：在女人或牲畜生产后，以热酥油汁涂抹头顶的百汇穴和两边的太阳穴等，以阻断外邪侵入和镇静安神——母马温顺地低着头，一动不动。小马驹在母马的身旁，拖着一截脐带，浑身被透明的黏液包裹着。琼芨白姆上前伸手想去摸它，曲桑姆一把将她拉住。

“爸啦，它不会死了，对吗？”曲桑姆脱口叫强旦“爸啦”。“是爸啦救活它的！”琼芨也稚声稚气地对曲桑姆说，“它才不会死呢！”

强旦微笑着点点头。马夫送来了和好的糌粑和青稞屑。强旦一面抚摸着母马，一面喂给它，作为它产后的滋补。

“爸啦，快看，嘻嘻……”曲桑姆和琼芨笑道。只见小马驹从地上站起来几次又软软地摔倒在地。母马回头轻轻舔马驹露在外面的那截脐带，最后一次，马驹终于站起来了，立刻去吮母马垂下来的乳，曲桑姆和琼芨蹲下来看出了神。

雨还在下着，女仆跑来催促道：“两位小姐该回去睡了，要不夫人该责怪我了。”

“好了，孩子们，我们回去睡吧，妈妈会担心的。”强旦洗过手，对曲桑姆和琼芨说。

“爸爸，小马驹的睫毛好长……”琼芨说。

“你的睫毛像浓密的雨，更好看。”强旦说着，把琼芨抱起来，紧紧搂在怀里，又腾出一只手牵着曲桑姆，穿过夜雨，朝庄园里的石楼走去……

第二章

1

安宁的时光像山涧流水，清潺流淌着。远眺希薇庄园里那朵含苞的莲，恍若隔世，我无法想象有一天，她竟会成为我的母亲，把我的心，变得比刀子更锋利。

那年，茜玛我年方十七。陪着母亲琼芨去往觉桑寺参加法会，在母亲的宿缘中，我遭遇了老岩和普萨王子。那以后，我无法再静心坐回教室听课，我辍学了。

白天，我在街上徘徊；夜晚，我的长发如我的心飘散，千丝万缕地飞扬。当月的背面长出了湿青苔，我恍惚看到有人在那儿不断被滑倒。树影抽打着窗户，夜风像张开的唇齿，从四壁透进来，吃吃地笑……母亲琼芨在外屋翻了个身，我听到一垛荆棘在啜泣。

母亲在啜泣。

我在她的啜泣声中上了她曾经的床。

床很宽，铺着羊毛毯，茸毛温和而柔软地飘游在枕上的那整夜的月光，令我无辜地颤痛着。

他忽然低声呼喊："茜玛，哦！茜玛……"

像是把一只空了的器皿砸向石壁，破碎的顷刻竟爆发如一朵吐蕊的花儿了。

"闭嘴！"我流泪。我笑了。

外屋的灯突然亮了，我愣了一下，是母亲琼芨。灯亮了几秒，关了。她在听？她听到了？听了？又听了……

我冲动地再伏向他，要他再沸腾，要他呼喊，像我儿时听到过的，在这夜，回荡在这漆黑的小屋，断断续续，时高时低。我就仿佛回到了母亲的光阴深处，我触摸到一个男人，身边的男人，另一个男人，别的男人；又像漂浮的船，去往各种水面……

2

一次，天气闷热，我去到白色的冷饮店。刚喝下一口冰水，我又想到了母亲。我的心隐隐作痛，仿佛她已垂死，而她的死，扼住我的咽喉，令我狗一样抽搐。

我就去了红色的店。

我掏出红的炙手的钱包。这么多的东西，我都要。而只要我要，母亲会给我所有。

经过一条条街巷时，我像一片可以落往任何地方的树叶，但我还是走上了回家的路。

母亲等在那名曰“家”的四面墙里，天空被盖住了，母亲在看电视，没日没夜地看电视。

我打开的香水和化妆盒还没关上。地上扔着我穿过的一双袜子。伸进去的脚形好像还留在虚空的袜筒中。

我坐下来嘘了口气，给自己倒了一杯凉水。水的死结是圆润的，我咽下去，它们便消失了。母亲不看我，她望着电视。我抱起新买的衣服进了里屋。我索性脱光了。镜子里，窗外的柳枝在光影中摇动。每一件都不同。突然，我看到我，还有母亲。茜玛和琼芨，赤裸的母女在光阴的两面，像孪生，又像是变异。

“阿妈，阿妈。”我叫她，要她来看。

她并不看我。她一直还没和我说话。听到我叫她，只是把松弛的背绷直了些。我在她身后愣了片刻，怏怏地回到里屋，穿上原来的衣服。好一会儿，就坐在外面的卡垫上心里发空，空着，没有东西可以落下。母亲慢慢转过来，窥视我，她起身过来，给我倒热茶：“你病了吗？阿妈的宝贝。”她长长地叹了口气，低声问。

起风了。风把窗户撞回原位，又猛然拉开。母亲不停地换着电视频道，我躺在卡垫上，又坐起来。

我们都不饿。胃或许麻痹了。

外面走廊上响起一阵脚步。

这是母亲单位的一栋藏式楼房，二层。据说解放前有一片树林掩映着，是某个贵族家的楼宅。树林不见了，保留下的这石楼，一到晚上，四壁便发出“吱嘎”的响声，陈旧的地板多已开裂变形，塞得满满的每一户，落一根针像砸下了石头，楼道里过往的脚步使整栋楼终日摇荡，感觉拥挤在快要沉没的船上……

3

但这回，走廊上过来的是我亲爱的哥哥旺杰，后面跟着黛拉。

黛拉是我哥哥旺杰的女友。一年前，在我和母亲前往觉桑寺法会最后一次见丹竹仁波切时，他们恋爱了。

那时旺杰喜欢踢足球，常穿着白球鞋和一套天蓝色运动衣奔跑在学校的足球场上。英俊少年，刀削般的脸廓，乌黑的头发，长长的睫毛像水草，掩蔽着潭水般的双眸。黛拉的心里，就时常生出沉溺入水的渴念。她看到旺杰躺在宿舍的床上，一双眼睛睁得大大的，盯着天花板。一会儿，眼睛里又淌出泪来。黛拉用指尖轻轻去触，放到唇上，她突然有了苦的味觉，这是她唯一没有的。她的父母曾是解放西藏的功臣，从小，她就住在一所古老的石楼。里面美丽的墙是金黄色的，木雕的麋鹿在阳台围栏的林间回眸……因此，当她冲动地吻旺杰的双眼时，她感到了来自森林黑色的诱惑以及潭水那苦涩的狂澜。她的两根小辫在她微耸的刚刚发育的胸前动情地摇摆，使她好像一个乘舟而来的月光女子。

旺杰把他的手伸进她的内衣，解开她白色的布制乳罩，触摸到她娇小的乳。一会儿，旺杰又把黛拉的手，放在自己的肚子上。“这里疼。”他说。他闭上眼。窗外，天渐渐黑了。黛拉的手在旺杰的身上梦一般游走着，在他突出的胯骨之间，在低洼的小腹，像凉凉的月光，旺杰心里的创痛竟慢慢平息下来。

“你睡着了吗？”夜风习习，宿舍里烛火轻摇。

“没有。”旺杰闭着眼，“到被子里来。”他像是在梦呓，脸色苍白。

黛拉脱去外衣钻进被子。旺杰紧紧搂住她，“吻我。”他贴着她纤柔的耳廓轻轻说。

黛拉吻了吻旺杰的唇。她把旺杰的脸别过来，“你又哭了？”她用舌尖舔他眼角渗出来的泪水。

那夜，是旺杰和黛拉的初夜。

4

旺杰牵着黛拉的手进来了。他们仿若犹在初夜，眼睛闪闪发亮。他们就要结婚了。我的心莫名地一阵慌乱。

“快坐，吃晚饭没有？妈给你做牛肉包子吧？”母亲迎上去殷勤地问时，头顶的灯光将她的影子铺在桌上，桌子是方的，影子的上半截便折在了地上，在哥哥坐下来的腿和脚背上摇晃。

“你好，茜玛。”黛拉微笑着对我说。

“嗯。”我应道。我望着电视。

“外面风这么大，怎么窗户都不关？”旺杰不快地问我。他是觉得我对黛拉冷淡了？他的声音变得尖而细，像女人，更像母亲。我装作没听见。

“阿妈，你过来坐下。”旺杰叫住起身去关窗的母亲。我心中一惊。他的语气他的姿态俨然一家之主！

突然，停电了。母亲和哥哥忙起身找蜡烛。母亲从方桌下的抽屉里找到蜡烛时，娇嗔地叫道：“旺杰，在这儿！”

旺杰打燃火机凑上去点亮了，我就看到烛光中母子相遇的笑容，那一瞬，似乎无限漫长。

他们三人围着烛火轻声聊起来。这样的夜晚，听上去格外温馨和宁静。我塞上耳机听音乐。母亲一直双手托腮。她望着哥哥，听他讲，又“咯咯”笑着，像个甜蜜的小姑娘。那是她和旺杰独处时才显露的快乐情形，但在黛拉面前，我有些不安。

我扯下耳机，“小声点儿，邻居都睡了！”我对母亲说。她和旺杰回头看我，像是才发现我的存在。然而母亲是知道的，旺杰假装不觉。

“这么高兴至于吗？”我瞪了他们一眼，没好气地说。

“这搅拌机是我们单位发的。”黛拉从包里不合时宜地拿出来，说得很轻，还夹杂着莫名的胆怯。我不由暗暗冷笑。果然，妈妈的脸突然阴沉下来：“送给我干吗？你们家有吗？”

黛拉忙点头，连声说：“有……有的。”

我望见底座是令人愉悦的果绿色。透明的杯。

“哼，”母亲垂着眼皮冷笑了一声，“不要的送给我们？”她想起身离开。我斜眼瞧着她，瞧着她内心的尴尬和恼怒。

“你在说什么！”哥哥的眼珠疾速转动，大声责问妈妈。我笑出了声。

“阿妈，喝茶。”我站起来走过去给她的空碗里倒了茶，对她说，“您喝了茶早点儿去睡吧。他们一会儿走时，我关门。”

妈妈沉默下来，忸怩地抠着手指，稍过片刻，她抬起头假惺惺地笑道：“旺杰真是的，脾气这么大。”说完又对黛拉说，“姑娘，你冷了吧？外面好像下雨了，我去给你拿床毛毯。”

她讨好黛拉，是怕旺杰在这雨夜突然跟着黛拉弃她而去。她听懂了我的话。她害怕了，害怕这漫长的夜里，只剩下两个无依的女人。

雨水和着夜风从窗户缝里飘进来，我眯起眼，泪水快溢出来了。夏夜的雷雨仿佛在我愈合之处滋润着，令那里再生长起来。

“他真可怜，脸色苍白，只有十七岁，身上生了虱子，他躺在病床上说他想……”黛拉的声音发颤。她在讲故事。

“哎。”旺杰沉重地叹了口气。

“明天中午我做了饭送去吧？”妈妈是在试探她说这个故事的意图。我打了个哈欠。我困了。困倦而疲惫。像一个人，终生行走在狭窄的石墙中反复的路上。

“他站在烈日下，”黛拉接着讲道，“有几页纸被挂在他胸前以示羞辱。那些纸随风飘来飘去，还发出了愉悦的回响。他被罚站一整天或整天整夜。被阳光照亮的字迹是信，但他更清楚地背诵下来了……后来，他倒下去了，又被泼醒。直到这天，他从这医院里醒来，看到黛拉——恍若古老壁画，那茵茵的河畔，少女送来从一千头奶牛身上挤出牛奶又重新喂给一千头奶牛，再从这一千头奶牛身上挤出牛奶喂给五百头奶牛如此精炼之奶煮成的乳糜，远古的少女，甘美，清澈……他开口说‘我渴’——”

我流泪了。我哭泣不已。

“你怎么了？”妈妈惊愕地问我。

“茜玛。”黛拉轻轻叫道。

“莫名其妙！”哥哥有些生气。

我的眼泪仍止不住往外涌，一直流泪。

“别哭了，唉！”母亲叹道。屋里一阵沉默，哥哥盯了我一会儿突然笑了，“难道黛拉说的故事还真能打动你？”

“别这么说，就你们心好？”母亲说。她站起来递给我毛巾，“快擦擦。”

“他还只是个少年。”黛拉伤感地说，“茜玛，你明天和我一起去看他吧？”

我擦着泪，摇摇头。我不会去。

“那男孩子很漂亮吗？”妈妈狐疑地看着黛拉问。

“他——”黛拉愣了一下，“嗯。”她点点头。

“但他是犯人，你连犯人都在意？”母亲的话不怀好意。

黛拉的脸一下子红了，不知说什么好。这时，电突然来了，明晃晃的灯泡刺得我睁不开眼，我用手挡住光亮连声说：“快关灯！”

黛拉忙起来去关灯。旺杰拉住她，“别管！”他狠狠瞪了我一眼，嘟囔道，“都该送疯人院！”

“你骂谁？”我的声音在发抖。

“你以为呢？”旺杰冷笑道，“这屋里有谁？”他轻蔑地瞧瞧我又睨了母亲一眼，对躲在他身后的黛拉说，“我们走！”当他转身准备扬长而去，我突然不顾一切地抓起桌上的木碗朝他掷去，在妈妈和黛拉的惊叫中击中了他的头部。他冲上来了，拧住我的双手后又震惊地望着我不知所措。我趁机朝他手上狠狠咬了一口，他痛得叫出了声。黛拉和母亲哭了。我站着，心里一下子羞愧不已。

“怎么了？出血了吗？”妈妈慌张地上前看旺杰的手。

“去去去！”见旺杰推开妈妈，愤怒重又令我喘不过气来，但我双腿发麻，浑身发颤，滑坐在了卡垫上。

“阿妈啦……”黛拉扶住妈妈。母亲用力推开她的手，“我们家的事不用你管，黛拉你走！”母亲哭道。

窗外雷雨交加，刺眼的灯光下，屋里桌上的蜡烛还燃着，只剩下小半截了。

“疯狗！”旺杰大骂道。

“呸！你才是疯狗……”母亲也不示弱。

黛拉惊恐地流着眼泪。旺杰跳起来狂怒地踢里屋的门，母亲用拳头狠劲砸桌子，他们声嘶力竭地对骂着。我忽然觉得静极了。哥哥与母亲亲密地窃窃私语或大声叫骂时一样静。这样的时候，我知道，他们是在情感的极致，陷于其中，我体味着，只有黛拉，她是这家人以外的，但她的存在像一面镜子，反照着我们——希薇家族可怜的后裔，扭曲的情境……

第三章

1

而从前，希薇家族的一切，似乎只与阳光、金色的秋季有关。所有时世，都仿佛静谧的流水不被斩断。美丽的庄园，像是停滞在梦的光景中，生活在其间的人，少女和女人们，宛若天仙。

当又一年金秋来临，琼芨走进了她的第十三岁。这是一个充满传奇的年龄。许多传唱格萨尔的艺人，会在十三岁时醒来，说唱英雄史诗；十三岁又被认为是人命中的一个坎儿、一次劫。所以这一年，家里专门去觉桑寺为琼芨白姆请来一个装有许多加持神物的护身符，又算了卦，说是不宜出门远行，更不能去朝西的方向。庄园里的仆人都按吩咐小心翼翼伺候着她，她的贴身仆人更是寸步不离。琼芨白姆每天早上和姐姐曲桑姆在庄园的私塾里学习藏文和数学，下午是她们自由活动的时间，姐姐曲桑姆喜欢黏着母亲，琼芨白姆则想方设法甩掉仆人，溜到村里和一群男孩子放风筝玩儿，或者跟着他们爬上悬崖峭壁，冒险采拔一种大黄类野生植物“酸溜溜”吃。回到家，她的袍子通常扯破了或头发脸上满是汗和泥，惊得德吉泽珍大呼小叫地训斥仆人，继父强旦在一旁望着琼芨，看她一面噘着嘴给母亲德吉泽珍扮鬼脸，一面极不情愿地把一双脏手泡在黄铜盆子的清水里，不由得微笑了。曲桑姆这时总是站得远远的，琼芨趁母亲不注意，悄悄掉过头顽皮地朝姐姐小声笑道：“下次你跟我一起去！”曲桑姆便涨红了脸连连摇头。

这天下午，庄园有客人远道而来，趁着忙乱，琼芨悄悄换上靴子，从后窗跳下来，朝着马厩奔去，她要去看她心爱的“康嘎”。

2

“小姐，夫人吩咐过不让您靠近它！”马夫见琼芨跑来，慌忙拦住她。

“什么它它它的！我起的名字忘了吗？叫康嘎（白雪）！”琼芨一面朝马厩里张望，一面尖着嗓门学着母亲德吉泽珍的口气说道。

“是，小姐，我没忘。”马夫吐吐舌头谦恭地笑道，“是小姐您起的名字——康嘎，但是小姐，夫人吩咐过不让您来这儿，康嘎很危险。”

“不！它可爱极了，你快看呀！”马夫顺着琼芨闪闪发亮的一双褐色眸子望去，只见那匹雪白的烈马扬起前蹄呼啸着，在马厩里来回狂奔，白色的马鬃迎风飘扬，又停下来，欢喜地朝着琼芨活蹦乱跳。马夫张着嘴，看呆了。那是一匹烈马，身材高大，颀长的脖颈，时刻高昂着头，一对圆长的耳朵笔直笔直的，全身纯白的鬃毛光泽油亮；庄园里没人能驯服它。谁靠近它，它就会向谁发起进攻，它甚至和其他马也无法相处，干了一辈子伺候马的活路的马夫，头一次看到这匹白马有时竟会像一头猛兽一般凶猛地踢撞撕咬别的马。但白马是小姐琼芨最心爱的“康嘎”，从小到大，琼芨每隔几天就要来看望它，和它说话，给它梳理鬃毛，带来它爱吃的黑豌豆，还给它糖吃。为了琼芨，庄园专门为白马修了一间将近两百平方米的宽敞的马厩，任它在里面折腾。但自从白马不断摔伤想要驯服它的骑手，德吉泽珍便吩咐马夫不要让琼芨再进到马厩里，以防顽皮的琼芨某日生起骑马的念头而受伤。

“小姐，您就在外面看，夫人吩咐不让您进去。”

“我偏要进去！”琼芨扬起小脸笑道。她趁马夫不备，从马夫胳膊下面钻过去，迅速打开了马厩的门栏。

“小姐，不要——”马夫喊道。但他话音未落，白马就冲了出来，马夫忙跳上前抱住它的脖子，它猛地一转身，扬起后蹄将马夫踢翻在地。琼芨在一旁尖声喊道:“康嘎，等等我！”白马听到琼芨的叫声，在原地犹豫了片刻，琼芨便一跃跳上了马背。她的一双小手紧紧抓住白马长长的马鬃，双腿使劲一夹白马结实的肚子，贴着白马的耳朵大声说道：“康嘎，快跑！”白马扬起一双前蹄一阵咆哮，闪电般从马夫的视线里消失了。

马夫在地上呆呆地坐了半晌才回过神，但他还是不敢相信刚才发生的一切：小小的琼芨小姐竟然骑上了那匹烈马！马夫顾不及腿上的伤痛，赶紧爬起来一瘸一拐地往石楼方向跑，他要去禀告夫人。

德吉泽珍和强旦正在客厅接待印度来的客人吉美。他是德吉泽珍在英国的大哥的一位朋友，这次来西藏顺便来看望他们。年轻的吉美从小在国外长大，已脱下藏袍穿着一身西洋便装和一双擦得锃亮的皮靴，他摘下礼帽时，德吉泽珍看到他还剪掉了藏族人的长发。

“我大哥还好吗？”德吉泽珍问，她想知道漂泊在外的大哥是否也打扮得和吉美一样怪异。这时，马夫气喘吁吁地闯进来了：“夫人，不好了，小姐琼芨骑上马跑了！”德吉泽珍的脸色一下子变得苍白。

“她朝什么方向去了？”强旦站起来一面问，一面朝外面跑。印度来的客人吉美也跟了出去。

“西边，老爷！”马夫跟在后面大声说道。德吉泽珍听了双腿发软，曲桑姆忙上前扶起母亲。

3

强旦和吉美策马直奔庄园西面的山坡，但波澜起伏的山野空无人影，他们正要朝别处去找，突然，远处飞来一匹白马，马背上依稀有一个黑色的身影。

“在那儿!”吉美说着就要策马过去。

“等等!那马受惊会把她摔下来!”强旦大声喊道。两人勒着马的缰绳，远远望着飞驰的白马一筹莫展。这时，琼芨看到了他们，她让白马掉转方向，朝他们过来了。

“爸爸！”琼芨兴奋地呼喊道，转眼来到他们跟前。

“爸爸，康嘎让我骑它，它听话极了。”她抓着马鬃，晒得通红的脸上全是汗。

“看到了，但妈妈很担心，你现在先得跟我们回去。”强旦掩饰着内心的紧张，故作镇定地说。

“连马鞍都没有？”吉美吃惊地望着琼芨。

“走吧。”

他们三人往庄园里骑去。

“您是谁呀？”琼芨大声问。

“我叫吉美，是你在英国的舅舅的朋友。”

希薇庄园的仆人们以及德吉泽珍和曲桑姆等黑压压一片人在不远处翘首等候。

“琼芨，妈妈的宝贝！”德吉泽珍看到他们，焦急地喊道。

琼芨有些不好意思地看了吉美一眼，从马上跳下来："阿妈啦，我没事。"她说着想扑到妈妈的怀里，但刚上前两步，只感到两条腿内侧钻心的痛。"哎呀！"她失声叫道。

"怎么了，宝贝？"德吉泽珍慌张地上前抱住琼芨，她撩起女儿的藏袍，看到点点血迹从磨烂的裤子里渗出来。众人一阵唏嘘。

"快带她回家上药。"德吉泽珍眼泪落了下来。强旦上前抱起琼芨。

"我的康嘎！"琼芨在强旦怀里挣扎着，回头望白马。

白马抬起一只前蹄在地上轻轻刨了刨，又温柔地扬起头朝琼芨长啸了一声。

"它在对你说再见。"强旦对琼芨说，"好了，你的腿好了以后爸爸陪你去骑马好吗？"

琼芨欣喜地点点头，快到石楼时，她已然睡着了。

第二天一早，琼芨又想去看白马，但她上了药的双腿红肿发胀，曲桑姆陪着她慢慢从楼上下来。

德吉泽珍、强旦和客人吉美正坐在外面平台的太阳伞下喝早茶。

"快来宝贝，昨晚睡得好吗？"德吉泽珍慈爱地笑道。

"我听见她说了许多梦话，梦里大喊大叫好像还在骑马！"曲桑姆一面扶妹妹坐下，一面笑道。

"你们的两个女儿聪明可爱，应该和我去英国读书，这也是他们舅舅的意思。"

“去英国？”琼苃睁大了双眼，“很远吗？可以带我的康嘎一起去吗？”她问。

“不用带康嘎，那里的人都开汽车，比你的康嘎跑得快多了，到时我也可以教你开汽车。”吉美笑道。

“妈妈，我要去！我要去！”琼苃欢呼起来，她在拉萨见过一户贵族人家从牛皮船上运来的一辆黑色轿车，但轿车的什么零件在运来时丢了，只好摆在院子里供来客参观。

“好了，琼苃，先喝茶！”德吉泽珍有些不悦。

“我们什么时候能走啊？”琼苃喝了一口母亲递来的茶，焦急地问。

“如果你父母同意，我们这几天就该动身了。”吉美微笑着说。

“不，我不去，我不离开父母。”曲桑姆在一旁嘟哝道。

“我要去！”琼苃大声对曲桑姆说，“你是胆小鬼！”

“吉美先生，”一直沉默的强旦望着吉美严肃地说道，“我的两个女儿就在庄园里，哪里都不去。”

“是呀，琼苃今年十三岁，昨天她骑马太危险了，今年她哪里都不能去，英国在西藏的西面，就是算卦里说的那个方向，更是不能去啊！”德吉泽珍感叹道。琼苃听父母这么说，泪水不由得涌了出来。

“别哭，看你昨天多勇敢，我过两年还来，那时带你走也不晚。”吉美劝道。

“真的？”琼苃抹着泪笑了。

“英国有什么好去的？你是待不住的跳蚤。”曲桑姆趁机小声嘲讽道。

“你管不着，我就是要去，长大以后我要去很远很远的地方。”琼芨尖声反驳道，一双褐色的眸子里充满了遐想。

4

然而吉美一走经年再没回来。琼芨的生活每天一成不变，只有出外骑马的时间，琼芨才感到一些兴奋。到她十六岁这年，西藏时政动荡，拉萨传来消息：中共中央军委通令嘉奖所有执行平息西藏叛乱任务的部队，宣告平息西藏叛乱斗争取得伟大胜利——希薇庄园附近的村庄里，村民们在各家的房顶上升起了五星红旗，琼芨的心莫名地激荡起来，仿佛暗地里期盼着什么。

但无法逃匿的劫，从这时开始，正一步步朝希薇庄园逼近：旧西藏噶厦政府官员、希薇庄园曾经的老爷、孩子们的父亲吾坚泽仁逃亡印度前，参与了阴谋策划，使希薇庄园受到牵连，新的政府、新的社会体制即将瓦解他们的庄园生活，把希薇庄园的耕地平均分配给广大农民，希薇庄园的家产也将被封查没收。正在这时，觉桑寺又发生了意外的火灾。那是一个寒冷的清晨，又一个灾难降临了：天刚蒙蒙亮，希薇庄园的老爷强旦和德吉泽珍刚醒来，立刻从窗外飘来的晨风里嗅到一阵硝烟味。窗外传来人们的惊呼，觉桑寺着火了！他俩奔到屋外，只见远山上，觉桑寺火光冲天，希薇庄园的大少爷、觉桑寺的转世昂旺赤列出事了。

5

强旦和德吉泽珍第二天才接到通知允许前往觉桑寺。这天一早，他们领着大女儿曲桑姆匆忙赶去。

希薇庄园里的仆人就在这天几乎走光了。清晨，琼芨白姆独自在庄园里转悠。微风吹拂着她如瀑的褐色长发，她已出落成一个美丽娇艳的少女：迷蒙的褐色的眼睛像是盈满了秋梦,袅娜的身姿轻盈纤秀。她漫步到晒谷场。这里空无一人。她怔怔地望了片刻，上前把沉甸甸的筛举过头顶。白色轻绸长袖滑下来，露出她纤纤的手臂。她跪下身，轻轻摇一摇牛皮编的筛，当麦屑徐徐飘落，金黄的谷粒纷飞如雨，她感到自己恍若长着白羽的圣女。

从晒谷场回来，琼芨上到楼上的闺房，在尼泊尔木雕落地镜前，让侍女在她纤细的腰上重新替她束好大红绸带。侍女将绸带从左右两边拽紧，在她的臀部系了一个漂亮的蝴蝶结。阳光一束一束从一格一格细小方正、白黄两色窗栏的玻璃窗扉投射进来，飘浮在香炉中升起的桑烟里。镜子里的少女显得扑朔迷离，娇贵的双手，那十指的指尖都被太阳光照得透亮。琼芨望着自己，突然很想给自己拍一张照片，因为这时，她也感到时光正在分分秒秒地消逝；村子里，分到耕地的人们摇摇晃晃，自己酿的酒，把自己灌醉了，或者一群人一整夜围着篝火在树林里歌舞，歌声忽高忽低，像迷途的羊儿的咩叫；啄食谷粒的鸟群渐渐绝迹，收割了的土地上，长柄镰、羊角叉、木手耙等农具丢弃在地里，太阳下像四散的尸首无人认领——

就要到来的宿命令琼芨的心被惶恐笼罩着。她又来到楼下，在平台的椅子上坐下来，焦急地等待着父母和姐姐曲桑姆。

女仆一直木桩子似的立在琼芨身后。一会儿，女仆换了一只手替琼芨撑伞，又望着远处发呆，神色迷茫似乎还透出一丝压抑着的、非同往日的狂喜。琼芨回头狐疑地瞟了她一眼，这个女仆自琼芨出生以来一直跟在她身旁。琼芨心想，如果有一天，女仆脱离这种与希薇族人依存的关系，她该靠什么生活下去……她要女仆伸出手——女仆一直在希薇庄园侍候小姐，手掌上没有干农活长出的硬茧子，掌心红润饱满……琼芨心里涌起一阵烦恼，她抬脚把一颗石子儿踢出老远，立在她身后的女仆憨笑起来。

“小姐，我给您端杯奶茶来？”见琼芨红着脸，女仆收起笑，问道。但烧茶的厨娘根本就没来，别的人也像是全都躲了起来，空荡荡的家里，门大开着。拴着的牧羊犬缩成一团睡着，不吠，只有耀眼的太阳光在流泻……琼芨的心一阵狂跳，她感到眼前飘忽的、梦一样寂止的光景已支离破碎，狂涛越过顽石，在漫天烟尘中咆哮，琼芨堵住双耳，沸声仍像潮水向她覆来……

6

傍晚时分，强旦和德吉泽珍以及曲桑姆终于回来了。他们一个一个侧着身子，将沉重的大门推开一条缝，滑进来。最后进来的德吉泽珍蹑手蹑脚插上了门闩。他们经过院中央的水井时，零碎而胆怯的脚步像是怕踩死蚂蚁，投在地上的影子在月光下颤抖，倏地又没了。

琼芨等在楼上。过了半晌，曲桑姆终于推开卧室的门走进来，疲惫的脸上，红彤彤的两腮在烛光中像被冻伤了。她提起沉重的藏袍，像一堵墙坍塌在床座上。琼芨吃惊地望着她。

“他走了，”曲桑姆抬起头，哑着嗓子对背靠着窗站着的妹妹琼芨说，“听说他上到了他最爱去的楼顶，但天上的星星突然变成了火焰……”说着，曲桑姆牙关打战，泪水从红肿的眼里“啪嗒啪嗒”落到地上。

“你骗人！”琼芨笑了，她不信。这些年，当村庄被暮色覆盖，阳光仍犹如火焰，升照在山上的觉桑寺。清晨，太阳的第一束光芒箭一般驰向那里，极目远眺，山巅上，仿佛能看到晨风中大哥昂旺赤列和丹竹仁波切飞舞的袈裟如张扬的鹰翅；他们吹响右旋的海螺，像呼唤太阳的圣子……她渴望能每天在他们的身旁，那渴望，从她出生以来就一直在她心底燃烧着。她还清楚地记得那年秋天，自己八岁那年，大哥昂旺赤列和丹竹仁波切年满二十了，将在觉桑寺接受比丘戒。

消息传到希薇庄园，父母给琼芨换上了崭新的藏袍，一家人要前往觉桑寺朝拜和祝贺。

无数的善男信女在这祥瑞的日子里云集在觉桑寺。寺前，人们燃起柏树枝、艾蒿和石楠等香草的叶子供奉给佛、法、僧三宝的桑烟弥漫，以身、口、意五体投地礼敬长磕的信徒此起彼伏。等待朝拜赐福的队列已排了长长两行。希薇家族的人被觉桑寺的喇嘛请到寺内休息室等候。这时，从觉桑寺大殿里传来喇嘛们念诵预备经的声音。趁父母和姐姐颔首虔诚地祷告，琼芨悄悄从一个侧门溜到大殿一角藏在了暗处。当她睁大双眼屏息朝大殿里眺望，只见大殿释迦牟尼佛像前和显宗四大部佛经前酥油金灯灵光闪耀，两位身材高挑、目光凝重的转世正在叩拜。琼芨马上认出左边的是昂旺赤列，从他们的背影，她感到哥哥昂旺赤列的强壮威严以及朱古丹竹的慈爱温和，又恍若日月，小小的琼芨感到自己的心沉醉在格外的光芒之中。

在喇嘛们低宏的诵经声中，授戒堪布给两位转世一一讲解着不杀生、不偷盗、不奸淫、不谎骗以及其他方面共二百五十三条比丘戒律，琼芨闭上眼渐渐睡着了。授戒仪式告一段落时，喇嘛们准备打开大殿的大门，让两位转世接受人们的顶礼和庆贺，这时，一个喇嘛发现了琼芨。

“小姑娘，快醒醒，你从哪里钻出来的？”

“是琼芨！”昂旺赤列走过来，轻轻抱起她。

“还没醒？枕在梦里的姑娘！”丹竹也走过来，轻声笑道。

“快把她送到休息室她母亲那里吧。”朝拜的人们就要进到大殿里了，经师土登曲扎忙说。昂旺赤列把还在熟睡中的妹妹琼芨递给一个喇嘛。

7

下午的时候，琼芨和曲桑姆在院子里玩耍，昂旺赤列和丹竹走来。

“哥哥，哥哥！”琼芨叫着伸开双手正要高兴地扑上去，曲桑姆一把拽住了她。

“小瞌睡虫！”昂旺赤列拍拍琼芨的头笑道。又对曲桑姆笑笑。曲桑姆有十三岁了，她有些羞涩地微微低下头。

“是我们美丽的‘枕梦花’吗？”丹竹弯下身捏捏她的小脸蛋开玩笑道。琼芨顽皮地搂住丹竹的脖子，要他抱。

“琼芨，下来！”不等曲桑姆制止，丹竹已把琼芨抱起来了。

“您怎么没长胡子？”琼芨用小手摸着丹竹泛青的下巴问。

“琼芨，别胡说！”曲桑姆小声道。

“嘻嘻，看您这里，长了圆圆的骨头！”琼芨的小手摸着丹竹凸起的喉结，当喉结在丹竹的呼吸间轻轻颤动，琼芨的小脸蛋莫名地变得绯红，心“突突”直跳，“为什么我没有？”她故意问。

“谁让你是女孩子呢？”昂旺赤列笑着抱过琼芨进到屋里。曲桑姆忙给两位转世添茶。

“我和你们能天天一起玩儿吗？”琼芨坐在昂旺赤列腿上嘟囔道，“我长大也要出家，要和你们住在一起。”

“瞧你，又说梦话了。”丹竹笑起来。

“你们不要我啊！”

“别哭，我们会永远和你在一起，保护你。”昂旺赤列温和地笑道。

8

但这夜，曲桑姆却对琼芨说昂旺赤列圆寂了。他走了。他没有听从经师和丹竹的劝告，又去到那被不祥之兆笼罩的顶楼，意外的火灾中，天上的星星也变成了火焰。

夜，远远传来马的嘶鸣和野狗的吠声。曲桑姆絮絮叨叨地哭诉着，像在琼芨的心上拉动着无情的铁锯。她对琼芨反复地说：“看到的人说他的身体已凝固成了黑色……”说着，曲桑姆倒在床上，宽大的背和滚圆的臀不住地抽动着。

滚烫的泪水，从琼芨的眼里涌出来。她张开嘴咽下它们，它们像是穿透昂旺赤列的身体，带着他的血气，令琼芨热血沸腾。

“朱古丹竹呢？”琼芨问。

“他和经师一起失踪了。”

琼芨的嘴角浮出笑来。她盯着曲桑姆，感到被斩断了的，在自己的心底，像泥土里的蚯蚓。

夜，在漫天的星光里颤抖。突然，琼芨想好了。她擦了擦脸上的泪，跑到客厅从柜子里拿来那瓶藏了很久的洋酒。那是琼芨十三岁那年，那个英国来的男人吉美带来的礼物。琼芨还清楚地记得吉美的模样：黑发披肩，和父母坐在平台上用早茶，宽阔的肩背挺得笔直，耳上坠着精致的小金环。他在给父母讲述舅舅在国外的近况。说话时，每一句藏语的尾音都夸张地朝上扬。琼芨和姐姐曲桑姆问他好时，忍不住直想笑。他回头看到姐妹俩，惊喜地感叹道："两位小姐真是两朵娇美的水莲！"说着，琼芨看到那个男人又特别抬眼望望她，对她母亲说："这么聪明勇敢的姑娘应该送出去上学……"

"姐姐。"琼芨把酒瓶举到曲桑姆眼前晃了晃。曲桑姆坐起来惊诧地望着琼芨："你想干什么？我们家就要被查封了！"

"是呀，明天什么都没了！"琼芨握着酒瓶，半跪在床边冷冷地说。曲桑姆低下头，用她胖胖的手背抹眼泪。

琼芨把酒瓶放在地毯上，解下系在酒瓶上的启瓶器，学着在拉萨参加某个婚宴时看到过的，将尖端扎进木塞，旋转一下，猛地朝上一拉，"砰"的一声，一股酒香升出来。曲桑姆红着眼朝床下看，"像哥哥的血！"她蒙住脸哭道。琼芨拿来两只银杯，倒满酒，盘腿坐好了，"喝吧！"她说，"天很快会亮！"她的声音颤抖了，仿佛看到人们向石楼涌来，母亲的脸上被吐满唾沫，拽痛自己发辫的，正是早上给自己系七彩头绳的那个仆人……

曲桑姆从床上滑下来。她伸出手抖抖索索地端起杯子，迟疑了一下，一仰头干了，厚厚的唇上染上的紫红汁液，像隔夜的血渍。

琼芨的唇贴到凉凉的杯沿，轻轻抿了一小口，酒的酸涩和留在口中的奇香，使她不由又想到了那个送酒的男人，而他说过的话，像一块石头，令她绝望得喘不过气来；她不知道那个男人现在在哪里，他已杳无音信。

琼芨和曲桑姆一杯接一杯默默地喝着。从楼房东头父母的卧室，不时传来父亲强且剧烈的咳嗽声。事实上，是她们的继父。生父吾坚泽仁和自己的爱妾长年住在拉萨，眼下已逃往印度，彻底抛下了她们。琼芨常想自己的生父像个优雅的绅士，戴着金边眼镜，将为自己的出走，苦痛一生。

琼芨低声啜泣起来。曲桑姆这时却忽然安静下来了。像是流干了泪，眼里只剩下纵横的血丝。几杯洋酒似乎平息了她内心的恐惧，她迷茫又显得麻木地背靠着床，盘坐在地毯上，繁重的裙袍堆在双膝上，松懈的衣领间，依稀可见一双圆润饱满的乳。琼芨低头朝自己望，不抵曲桑姆宽厚丰韵的身体的一半，但她感到自己柔弱的身体里暗藏着的、抚摸柔软的腰，像一条浸过水的鞭子……“起来！别睡着了！”她推了推面色委顿的曲桑姆，“走，我们去一个地方……”她站起身拉曲桑姆。

9

凉凉的石阶，琼芨踮着脚，牵着曲桑姆悄悄来到底楼。她从怀里摸出一把钥匙，“吱嘎”一声，推开了沉重的木门。

月光扑下来，飘游的光影中，她俩像两株没长出枝丫的幼树。

这是底楼阴凉宽敞的粮仓。一排排木台上，一袋袋青稞堆至屋顶。粮仓里的老鼠曾被仆人逮住送过河，但这夜，它们返回来，咬破麻袋的一角。青稞水一样在滴，有的地方在流淌。

琼芨凑近姐姐的耳朵，对她轻声说：“闻到了吗？”曲桑姆使劲扇动鼻翼。青稞的气息透散出来，萦绕在粮仓里。青稞在呼吸。琼芨还想告诉曲桑姆，青稞意味着一切：家园、大地、尊严和幸福的生活——曲桑姆哭了，她全都明白。

“我们可以离开！”琼芨低声说。曲桑姆惊诧地望着琼芨，看到月光中，妹妹琼芨褐色的眸子里闪动的，如刀刃上的白焰。曲桑姆使劲摇头，嗫嚅着对琼芨说：“不，决不。”但她一阵战栗；琼芨握住她绵软的手，从怀里掏出一张纸条，借着月光打开，皱巴巴的小纸条上，她念给曲桑姆听，是刘军在拉萨的地址。曲桑姆想起来了：去年夏天，去拉萨参加一个宴会时，琼芨一直跟他在说话……曲桑姆刚想惊叫，琼芨踮起脚捂住了她的嘴。“去拉萨找他！”琼芨把曲桑姆推到墙上抵住她压低声说。

“不。”曲桑姆连连摇头，隔着薄薄的衣裙，她感到妹妹娇小的身子火一般炙烫。

“我打算等商队经过时，跟他们到印度去……”曲桑姆无力地说。她知道再也没什么商队了。

“哼，好吧！你会被抓回来，大雪封山你还会死在路上！”琼芨气愤地说。她放开曲桑姆朝楼上跑去，冲进卧室，握起地上的酒瓶，将剩下的酒一口气全喝了。

10

曲桑姆从粮仓回来时，琼芨已醉倒在床上。一整夜，曲桑姆独自啜泣着。第二天天蒙蒙亮时，她决心去山上找牧人平措。

平措，是当时半农半牧村落里的孤身牧人，靠帮多户人家在山上放牧为生。某次，希薇家族的人在山上野营度假时，曲桑姆带着妹妹琼芨去采野花。她俩在岩石下看到了许多浅色的“枕梦花”，曲桑姆开玩笑地对琼芨说：“瞧，觉桑寺的两位朱古说过，你的命会和这花一样，一生都在追赶空渺的梦……”话音刚落，突然，随风传来牧人平措的歌声，曲桑姆不由得惊呆了。她想起母亲讲过的一个古老故事：在很久很久以前，有一个流浪的牧人爱上了希薇家族的女人。一天夜里，牧人在希薇庄园的野蔷薇林里被当成盗马贼抓了。但牧人宁愿死，也不肯承认自己偷了希薇庄园的一百匹马。他发誓说：“请你们砍下我的脖子吧，如果我没有盗马，鲜血就会变成洁白的乳汁流出来……”盗马贼的头颅落地，从他的脖子里真的流出了洁白的乳汁。临死前，他唱了一首歌以辞别人世：“我的鲜血会变成乳汁，无辜的牧马人还会乘愿再来……”竟和此刻牧马人平措唱的完全一样。不等妹妹反应过来，曲桑姆一口气朝山顶跑去。从山顶，她望见对面的山坡上，牧人平措正赶着牛羊，挥鞭唱着歌。

“姐姐，你看什么？”琼芨也跑上山顶。

“听他唱的歌，他就是那个无辜的盗马贼！”曲桑姆激动地说。这时，平措回头看到了她们，他远远凝望姐妹俩，接着唱道：“来世我还要做你们的牧马人，只为了和我心中的恋人相会……”歌声回荡在山野，像盘旋的鹰翅。

曲桑姆两颊发烫，眼睛里绽放着奇异的光。

后来再见到平措，是在一次赛马会上。当时，曲桑姆和家人坐在高处，仆人们为他们撑着阳伞。突然，曲桑姆看到了平措：他盘好发辫，头上系着牧人的红缨子，穿着干净的白衫，翻身跨上马。渐渐地，他的马以最细碎、均衡和平稳的跑势，荣获第一名。接下来，赛马速度和马技比赛开始了，平措早在头一天晚上就给马儿喂过了可以让马儿提神兴奋的浓酽的砖茶汁，他骑着烈马绕过山峦飞驰而来，从曲桑姆的脚下倏地弯身捡起了哈达……全场的欢呼声中，曲桑姆欣喜地站起来向他挥手祝贺，她举起的手臂上轻绸滑落，露出一双玉藕般的胳膊……

11

曲桑姆焦急地朝山上攀爬着——她想牧人平措，突然想到他，想到那个曾被希薇家族杀害的无辜的盗马贼，来世只为了化解冤仇，以仇报恩。

平措远远地，也看到了希薇庄园的大小姐曲桑姆，他躲在了山上的岩石后面。

“平措，平措。”曲桑姆颤抖的喊声像碎裂的玻璃。

平措躲在岩石后面没动。

“今生你是我的牧马人，请忘记前世的冤仇，心中的恋人已来和你相会。”曲桑姆见他不肯出来，情急中不由开口唱道。

平措慢慢出来了。他望着她：虽然卸掉了满身的珠宝和艳丽的裙袍，但她的面容依然娇美如月，一双高耸的乳在不安的喘息中起伏着。

“我们家出事了。”曲桑姆说着泪流满面。

平措默默地点点头。

“我们该怎么办呀！”曲桑姆朝他走去，脚下被石头绊了一下。平措忙伸手扶她。

“平措，我想好了，”曲桑姆哭道，“让我做你的妻子吧，”曲桑姆仰起泪眼，“请你好好照顾我的家人，为了我俩的不解之缘……”

平措惊愕地望着她，突然，曲桑姆哭着扑进牧人的怀中。

12

琼芨一觉醒来，发现曲桑姆不见了。她靠在床上痴痴地想着,曲桑姆会去哪里。突然,她吃惊地想到了那个牧人,平措。

她从床上跳下来，奔出门外，朝远处的山上跑去。

风沙裹挟着琼芨纤弱的身子。来的路程和回去的路一样长，她费力朝前走，一只手提拽着粉色缎面绣着金黄图案的藏裙裙裾，她长长的耳坠快被风割断了一般。她大喊她姐姐的名字。流着清鼻涕，藏袍在她摔了一跤后，膝盖处刮破了一个洞。风沙在她张嘴喊时，吹到她口中，在她的细齿间像石磨中坚硬的青稞，她想如果当一辈子农妇，一年到头，不会是其他的结果……她不停地朝山上爬，要找回自己的姐姐。风越刮越大，山上干枯的草丛被狂风连根拔起，抛向空中，再飘落下来时，在地上战栗着……她躲向一个岩石后面，浑身发抖。这时，忽然，她听到了那种声音，从岩石的那面透过来：时而激烈亢奋，时而缠绵呻吟——她屏息听，竟感到心神恍惚。她探头悄悄去看：是曲桑姆！丰腴的胴体披着晨光，像缀满了宝石——山风渐渐停息，于是每一声，最细微的,交织着一股奇妙的气味……琼芨拔脚就跑。她仅有十六岁，那声音却穿透岩石，像钻进她身体里的一枚炸弹，令她四分五裂的心，从此聚散不定……

13

琼芨气喘吁吁地跑回家，跑到父母的卧房，把看到的一切告诉了父母。但德吉泽珍和强旦听完，只是微微有些吃惊地对视了一眼，默默地望着琼芨不做声。

“你们这是怎么了？难道要把姐姐下嫁给一个穷牧人？”琼芨不解地大声哭道。

“孩子，”德吉泽珍也流泪了，“我们从明天起也和他一样，是普通老百姓了。”

琼芨望望母亲，又看一眼仿佛一夜间老了十岁的强旦，使劲摇摇头，“那也不能把姐姐嫁给他……”

强旦躲闪着琼芨询问的目光，朝窗外望去。琼芨愣愣地在父母面前站了半晌，突然，她恍惚明白了什么，她抹去泪水咬着牙一字一句对父母说道：“好，你们，还有姐姐和那个牧人一起生活吧，但我，决不！”说着她扭头冲出房间。德吉泽珍和强旦无奈地望着女儿的背影，一言不发。

这晚，琼芨决意离开。曲桑姆默默地帮妹妹把她的白马“康嘎”悄悄牵出院外。她知道没有人再能阻拦妹妹，她侥幸地以为，翻过那些山群，琼芨的命运，将和希薇家族永远脱离——

琼芨朝楼上父母的窗最后看了一眼，窗里亮着烛光，她的双腿有些颤抖了，仿佛看到自己走后，年老的父母被放出来的狗追赶，看到他们衣不蔽体，到处乞讨……她想跨上马，又以为自己该跟他们站在一起，紧握化缘之钵，颠沛流离在人生的路上。但当她抬头朝四处眺望，渺茫的夜色中，鲜红的旗帜已插在了村里白色的民房顶上，在五色经幡的簇拥中随风飘扬着；仍有夜莺婉转鸣唱，村里的河由东向西，在倒淌的欢愉中奔流不息……一切如此宁静，琼芨想自己是可以在马儿疾驰的尘埃中永远消失的。她抹去泪水，紧紧拥抱了姐姐，跨上马离去了。

沿着河水一直朝东，她用头巾裹严了脸，只露出一双褐色的眼睛，怀揣刘军留给她的纸条和一只糌粑口袋，几天后，她终于到了。

第四章

1

拉萨，成群的野狗四处嗥叫，黑沉沉的夜空不见星月，布达拉宫仿佛矗立在夜的尽头，那数不清的窗扉像神秘的眸，默默注视着琼芨惶恐的身影。深处洞开的门，依稀有烛影摇曳，夜风似长长的叹息回旋在秘密的廊柱之上……但都走了。盛夏的晚宴上华贵的族人已策马背离，只留下一场残羹剩饭。以及她的生父，此刻他在拉萨的那所柳树成荫的别墅里，他曾经的气息飘散不去，但墙上的蛛网，只捕到几只视觉迟钝的苍蝇。他走得更急更早，杳无音讯……

泪水顺着琼芨的面颊流下来，打湿了裹在脸上的头巾。她的脚步有些迟疑和胆怯了。她想曲桑姆还有父母，想他们失去家园以后，此刻，也许已经被那个黑黑的牧人接住到了比他的脸更黑的矮屋里了。牧人低矮的屋里，有几张土坯床，床上铺着薄薄的黑毡。曲桑姆和父母围坐在炉火旁，正从牧人手里接过滚烫的黑茶喝着。牧人这时已是曲桑姆的男人了。他将和她的父母，度过贫寒的余生。继父吸着鼻烟，母亲在床下重又捻起羊毛线，几年后，曲桑姆又生了，是第三胎，一个男孩……

“解放军叔叔！”突然，琼芨看到一队巡逻的解放军由远及近,铿锵的脚步声和口号声惊得马儿挣脱了琼芨手中的缰绳。

“解放军叔叔。”琼芨迎向他们大声呼喊道。那一刻，她惊慌失措，忘记是为了找到刘军还是想要他们帮自己追赶脱缰的白马——那匹美丽的白雪一般的康嘎。它出生时琼芨就守在马厩里。夜半的风雨似乎加重了它母亲分娩的痛苦，但它仿佛是为了与琼芨相逢而来。从小，它围着琼芨欢跳着，嗅她的衣裙。渐渐地，又因它的不驯和刚烈，成为琼芨最爱的朋友……

“小姑娘，这么晚了哪儿去？”他们围拢她，其中一个用藏语问她。琼芨忙从怀里掏出纸条递上去。

“是找农场的刘军书记？”琼芨连连点头，她看到马儿康嘎在夜的边缘闪过，像希薇庄园最后的影子，等待她或永远消逝了——

2

琼芨吃惊地望着眼前的刘军。刘军披着军大衣，打开门，灯光下泛青的面颊上胡子已剃得一根不剩，双颊消瘦，还布满了豌豆大小的褐色斑点……

琼芨和刘军是在一年前的盛夏，中国共产党驻藏代表机关、西藏工委和西藏上层人士联合举办的一个夏日林卡盛宴上认识的。当时，希薇家族也接到邀请，但琼芨的母亲德吉泽珍犹豫着不准备参加。琼芨为了见到生父吾坚泽仁，终于说服母亲带着自己和曲桑姆来到了拉萨。宴会上，当她失望地得知生父随西藏参观团去了北京时，看见了他，刘军。蓄着一脸浓密的胡子,在那群温文儒雅的上流人士中,偶尔端起杯子笑笑——他说了藏话，琼芨不由得离开姐姐朝他走去。

"周恩来总理也留着大胡子。"她扬起下巴对他说。

"你知道周恩来？"刘军吃惊地望着眼前的少女笑道。

"当然啦，还有北京。"她自信地说。

"你们家是？"

"汉地怎么样？冬天也下雪吗？"琼芨问。

"汉地很大很大，人很多很多。"刘军夸张地伸开双臂比画道。

"比天还大？人比跳蚤多吗？"

刘军一时语塞。他想了想，努力回答她，向她描绘汉地解放后新的社会制度和人们当家做主的生活。她听着，仰起下巴又问："这么说，我如果参加革命，也能像从前的贵族子女一样自由自在地到印度、英国、瑞士去吗？"

刘军又吃了一惊。四十多岁的他，并没去过琼芨向往的那些国家。他南征北战，如今解放了西藏，他一心想着的只是要把拉萨建设成自己的家乡一般：地里有绿油油的蔬菜，果树成林，让扎根边疆的革命同志不愁吃不思乡……他想了好一会儿，才对琼芨说："我们汉地很大，你可以去北京，去西安嘛……"

琼芨眼睛一亮，"真的？您说了能算？"

刘军的心猛然紧缩了一下：眼前轻绸裹身的少女，他隐隐感到她并非他所想，是什么令她褐色的眸子里透露着一种执拗以及奇异的渴望……

3

"刘书记，我是琼芨！"她把一直蒙着脸的头巾揭下来，泪水簌簌地往外流。

"琼芨？你……怎么？快进来。"刘军几乎认不出她了，她满身尘土，衣裙也撕破了，只有那双褐色的大眼睛，泪光中像覆了一层雾。

她再次把纸条递出去，像是让他看一种凭证。他接过来时，从那皱巴巴的纸上，感到了少女的体温和他所陌生的奇异的气味。他怔怔地望着她，但他忽然明白，这远道而来的藏族少女，是在那次盛宴上，是自己令她今夜突然到来的——他不再犹豫了。他叫来隔壁的女干部，让她带琼芨去伙房吃点东西，安顿她先住下来。

女干部带着琼芨匆匆出去了。刘军坐下来，点燃一支烟吸着，心里惴惴不安，但他决定在他离开西藏之前，实现一次诺言：琼芨，这个意外的女孩，自己在西藏不为人知的纪念。想到这儿，他突然感到一种莫名的感动和奇妙的安慰……

4

那时，这个由解放军驻藏某部队在拉萨河北岸沙柳地上建起的农场已初具规模。除了白菜、土豆、萝卜等，还成功地种出了硕大的西红柿，并刚刚收留了一批流落拉萨街头的乞儿，大多十七八岁，有的不过十三岁左右，他们身上长着虱子，蓬头垢面，衣衫褴褛。琼芨到的第二天一早，刘军敲门把琼芨叫起来，把她带到他们中间，又集合农场里的女干部，要她们帮这些藏家孩子洗头换衣服。清晨的阳光照耀着这群惊喜的孩子。女干部们挽起衣袖，拿来盆子和肥皂，在压水井旁准备替孩子们洗头。但陈年的污垢令孩子们的头发像毛毡一样粘连绞缠，内衣的褶皱里满是跳蚤下的蛋，刘军在一旁看着，叹口气，挥挥手命令道：“算了，全剃光，换！”女干部们忙分头找来干净的衣服，拿来剃头的工具，在孩子们欢愉的惊叫声中唱着歌儿，动手干开了。

琼芨先是吃惊地望着这些不知从哪儿来的流浪儿，她矜持地对他们笑笑，下意识地躲闪。当她终于明白，在刘军眼里，自己也一样要被脱光了并剃光头时，趁女干部不注意，她抱起分给自己的那套衣服逃了。

她回到昨晚睡过的房子。那是一间铁皮顶平房，里面除了一张桌子和四张床外什么都没有。窗台上的罐头盒里绽开着她熟悉的金灿灿的格桑花，洒过水的地上，黄土服帖而平整，同房的几个女干部和蔼地用不大标准的藏话问她："小姑娘，多大了？好好睡，有什么事明天再说，别怕……"她睡了，她并不怕什么，只在睡梦中焦急地渴望明天来临。

她坐在床上，忐忑不安地盘算着接下来该怎么办。她不可能再有别的出路，她抚摸着自己垂到腰上的发辫，因为长途奔波，已落满了灰尘，她站起身走到挂在墙上的小镜子前，惊愕地看到自己曾经娇好的面容已被来日的风尘改变得与那些流浪儿相差无几，以及破了的藏裙……她心里突然有了主意。她站起来从里屋桌子的抽屉里翻到了一把大剪刀，又拿上女干部给的衣服，朝农场外面湍急的拉萨河跑去。

她的母亲曾告诉她说，怀着她的时候，梦见了吉祥的黄金鱼，说琼芨一定来自水里，她的一生将像鱼儿一样自在而欢愉……想着母亲的话，琼芨流着泪慢慢朝河水深处走去。她沉进水里，轻巧的身体在水浪里敏捷地旋动着。水流像母亲的手抚摸着她，将她送到水底，又推向水面，再逆流而上，她闭上眼，任流水将她冲下去卷入猛烈的漩涡……

刘军发现琼芨不见了，急忙让大家分头去找。他自己则骑马奔上了堤岸。那一刹那，他突然想到若是在汉地自己的家乡，寻短见的女人会去跳河……在农场外面盛开着野紫菊的河畔，他果然看到了一堆衣服和一双藏靴。他跳下马正要不顾一切地呼喊，一抬眼却看到了她——像一只翅羽轻展的水燕，那少女在波光粼粼的水面上或滑翔或跳跃；随着水面飘来的风，他还隐约听到从激流的河中央传来的歌——那是琼芨唱的，像鱼儿发出的长长的呜呜……刘军的心里突然涌起一阵莫名的惆怅。河水渗到了刘军的鞋里，刺骨的寒意传遍他的全身。那是晚秋山上的雪水，农场里来自南方水性极好的战士也无人敢下水。湍急的河水变幻莫测，裹挟着山石泥沙不断冲过堤岸，淹没他们刚开垦出来的农田，折断了一排排苹果树的幼苗，汹涌的水浪有一天傍晚把一头跑出圈的小猪仔卷走吞没了……刘军紧张起来。他有些不相信自己的眼睛，那单薄的少女怎么能在这样的河里流连忘返？然而，她在那边浮出水面了！水珠像璀璨炫目的宝石，缀挂在她赤裸的身上，他甚至清楚地看到少女那隐秘之处正生长着的鬈曲的茸毛……

“刘书记？”

“把衣服穿上！”

“刘书记，我穿着衣服的。”琼芨胆怯地低声说。

刘军沉默了一会儿，又命令道：“穿整齐了！”

“我……”琼芨不知该说什么。刘军犹豫了片刻，猛然转过身，愣住了：眼前的少女明眸皓齿，一身军布衣，齐耳的短发还湿漉漉地在滴水，裤腿挽到膝盖下面，赤着的一双白皙的脚站在沙子里，脚背上挂着湿泥，有一颗黑痣……

“刘书记……”几个女干部也找来了，她们的身后跟着那群已剃了光头的藏家孩子。

“你下河游泳了？”孩子们围上来问琼芨。

“嗯！”琼芨点点头。

“走，我们也游泳去……”刘军还没来得及制止，孩子们一阵欢呼，脱光衣服全跳到了河里。

刘军的那匹枣红色的马儿在河畔悠然啃着青草，琼芨赤脚朝水面上打着漂亮的水漂，水里嬉戏的孩子们，光秃秃的脑袋在太阳和水光的照射中，奇怪地摇晃着，女干部们立在岸边看出了神，刘军不由得笑了。这是他发自内心久违的笑——河岸俏丽的藏族少女以及河里欢腾的孩子们，他恍若省悟：他可以走了。假如离开是迟早的结局，这些在冰雪寒水中毫不畏怯的藏族孩子，他想，他们将会真正地在这片土地上实现他的红色梦想……

5

半年以后，琼芨学会了汉语，汉语成绩在那批孩子中遥遥领先。除了学习文化课和种蔬菜，琼芨还成了农场女干部们的舞蹈教练。她教她们跳踢踏舞，还教她们跳“朗玛”。这是从前西藏的宫廷舞蹈。当她轻缓地摆动长袖，迈着典雅的舞步，仿佛又变成了庄园里那个娇贵的小姐……刘军疑惑地看着她，只有他知道她的身世。他病得很重。上级领导已决定调他回内地治疗。想到将永远离别西藏，刘军默默地望着琼芨——这个在他戎马生涯中少见的少女，她的一双泪光闪烁炽热的明眸，他从她单薄的外表下感到她的内心，以及他给过她的希望……女孩流到肚子里的眼泪，他都看到了。他沉默了。为了这个怪异而俏丽的少女，他握着笔的手止不住微微颤抖，在推荐到内地上学的表格里，他为她填下了名字。

琼芨来到农场的第一个春天，刘军就要告别西藏了。这天清晨，刘军独自来到自己亲手种的苹果树林里，白色的苹果花儿绽开在树梢，远处的拉萨河潺潺流淌，一切静极了。似乎从未有人在这片旷野中存在过或将消失得无影无踪。一阵感伤涌上刘军的心头，他想弹指之间，自己在西藏已有多少年头了。他颓丧地在苹果林里的一处石块上坐下来，掏出烟大口大口苦闷地吸着。

果树林里响起一阵脚步。

“刘书记。”她低声叫他。

“哦，琼芨？找我有事吗？”

“没事。”琼芨使劲摇摇头。她知道他要走了，知道他得了病。

“对了，上学的事已经通知你了吧？”刘军站起来。

“嗯。”琼芨使劲点点头。突然，她忍不住泪水落了下来。

“哭什么？”刘军拍拍她的肩，“陪我最后走走？”一阵微风拂过，白色的苹果花在晨光中纷飞着。刘军深深叹了口气。他背着手低头朝果林深处慢慢走去，琼芨默默地跟着他。

“怎么没话和我说？”一个小洼地令刘军的脚拐了一下。

琼芨笑了。她望着他，他的胡子又长出来了，像她第一次见他时一样。

“看什么？”刘军摸着自己脸上的胡须笑道。前面的空地上有一截树根躺着，刘军朝那儿指指说，“坐一下？”

“您还是留胡子好看！”琼芨和刘军坐到树根上，阳光温暖地照在他们身上。

“和家里联系了吗？”刘军突然用藏语低声问她。琼芨怔了一下，低下头轻声说：“没有。”

“哎，”刘军望着远处叹了口气，“记住，去内地上学以后家里的事不必和别人说。你们什么时候走？”

“下个月十五号。”她低头一双手绞着衣角，她想对这个人说“谢谢”，但她红着脸，说不出来。

“有机会别忘了来看我。”刘军苦涩地笑道。他望着琼芨，身旁这个女孩布军衣之中裹藏着的青春在她不安的呼吸间起伏着，但刘军想到自己已经老了，告老还乡的余生中，他感到被岁月澄清的记忆里，他会怎样地回想西藏，想到她……

第五章

1

而从此，刘军再也没有见过琼芨。好比湍急的河，途中分流时，鱼与以往的水的别离。又像琼芨生命中的一颗流星，刘军永远消失了，使他无法得知曾经的少女如今的情形：一个孤寂的女人，夜半，她的一双深褐色的眼睛已经浑浊不清。她用糌粑团捏成一个和黛拉相似的人，她拉开门，悄悄溜出去，她将到大街上的一个十字路口，把像黛拉的糌粑人投掷到燃烧的夜火中，祈求黛拉和旺杰永远分离。

这天夜晚，在梦里，我就遇见了黛拉。她和旺杰正要去往拉萨河心那片广阔的灌木林。那是他俩热恋时的密林。当他俩牵着手飞跑到幡旗飘飞的铁索桥头时，有一个脸晒得很黑的短发老头拦住他们，对黛拉说别去河的东边，他指给他俩另外的方向。但远眺河滩东面的密林，青草如茵，水流潺潺，他俩仍朝东南而去。

在太阳晒得滚烫的河滩，他俩挽起裤腿赤脚在沙滩上嬉戏，旺杰用河沙塑了好几个长长的人，躺在烈日下，裸露着，粗壮的四肢朝外伸张，黛拉越看越感到害怕，她离开沙滩朝潮湿的密林中那顶蓝色小帐篷跑去。

下雨了。潮涨的河水使蓝帐篷恍若甜蜜的摇篮，黛拉在旺杰身旁沉沉地睡了。突然，她看到一个女人穿一身黑衣，披散的头发滴着雨，倚在蓝帐篷的门边，张开血红的嘴朝地上的她笑……黛拉惊叫起来，就在这时，母亲琼芨终于找到了他们。薄如蝉翼的深色衣服贴在琼芨湿淋淋的身上，透出下面已脱离骨头的松弛的皮肤，她朝黛拉走去，上前猛然掐住了黛拉的咽喉……

2

但黛拉和旺杰还是结婚了。看到母亲琼芨内心的痛苦，我就成了母亲的同谋。

那时，因为父母离异，因为丹竹仁波切的离开，从觉桑寺参加法会回来辍学了的我，整天在街上徘徊，渴望从男人们潮水般的目光里，看到我曾经有过的与普萨王子的梦幻爱情。往事从各个角落向我覆来时，把我撕成了两半。突然，一辆车在我面前停住，是黛拉，她叫我上车。她一脸喜悦，两颊泛红，开车的是个汉族男人，他在我和黛拉说话时，一直盯着她看。不，确切地说，是出神地凝望她。这是这天下午，唯一不为我注目的人。我没上车，而是给哥哥打了电话，告诉他，黛拉和别的男人在笑。

3

深夜，在旺杰急促的敲门声中，黛拉惊醒了。她开门，一阵酒气和寒风迎面扑来。

“怎么才回来？”黛拉问。旺杰摇摇晃晃进了屋，手里还抱着一箱啤酒。他走到屋中间的灯下面，回头朝黛拉冷笑一声，一脚把旁边的暖瓶踢翻在地。暖瓶碎了，淌了一地的开水冒着烟。黛拉哭了，“你干什么？”她问。旺杰在外屋的卡垫上坐下来，从箱子里拎出一瓶酒，咬开瓶盖，对着瓶口“咕嘟咕嘟”猛喝下大半瓶。他抹抹嘴，突然，把手里的瓶子朝墙上砸去，埋下头一阵抽泣。

旺杰的泪是黛拉心底潮起的源。她慢慢走近他，蹲下来，她开始抚摸他，她要他别再喝。她吻他的唇，要他躺下来，她抚摸他，让他进到自己的体内，体会她给予他的全部的海水。她帮他喝剩下来的酒，她也醉了。她哭着呼唤他：“哥哥，哥……”却是我才能有的称呼呀！

旺杰把她抱到里屋的床上躺下。她迷迷糊糊不知睡了多久，起来扶着门看时，旺杰跪在外屋的卡垫上，紧闭双眼，头朝后仰，全身在激烈地抽搐——

“旺杰！”在她的惊叫声中，旺杰一下子颓然倒在卡垫上。但他平静多了。他两眼望着屋顶，对她说就在刚才，他已经完了。他克服和抵抗了又一次对她的情欲，现在，只感到疲惫。说完这些，他闭上眼，轻声呻吟着。

黛拉两腿之间突然流淌的溪，水草湿了。

“我们睡吧……”她双眼迷蒙，脸颊上红云幻动——

他重又躺下来。在里屋卧室的床上，黛拉的手指急切地从他身上撕下那件薄如纸月的白衫，她伏满他的全身，紧握他的十指，她要旺杰，要像狂风旋绕黑夜的树林，在落叶的深处蜿蜒和翔动……母亲和我，这时，到了。

他们新婚的家，在三楼顶上。母亲敲门时，清晨的阳光刚从走廊的窗里飘进来。

门开了。

哥哥还躺在里屋的床上。我瞥见他半靠在床上裸露的身上，流溢着金黄的阳光。

屋里凌乱不堪，地上是碎了的啤酒瓶，一屋子酒味。我等着，母亲开始了。

“你和旺杰离婚吧，这样怎么过下去……”说着，泪珠从她深凹的褐色眼眶里一大颗一大颗滚落到地上，发出“啪嗒啪嗒”的回响。

“我们都是女人，您离过两次婚了，您知道离婚对女人的伤害。”黛拉脸上的红晕还没褪，从贴在她身上那薄薄的睡裙里，我嗅到白色精虫的气味……

“你们没办婚礼，没几个人知道你们结婚了，你们分手吧，旺杰他不能过这样的日子……”母亲琼芨说着，从眼睛里抠出泪甩到地上，又用脚在地的湿渍上来回蹭。我的心有些发慌。母亲渐渐失去自控……

“阿妈！闭嘴！”旺杰从里屋大叫道。

“我这是为你好，你过的是什么日子！”母亲扭头朝里屋说，鼻子已哭红了。

“你们走，回去！”旺杰气愤地喊道。黛拉神色恍惚地朝我笑笑。她朝里屋轻声说：“旺杰，别这样。”她起来给我们倒水，“妈妈，喝水。”她小声劝妈妈。

“你们俩连酥油都没有吗？每天就喝白开水？”妈妈故作惊讶。她已经不哭了。

“阿妈，您说什么呢！”我提醒妈妈，再闹下去，不好收场。这时，旺杰从里屋大骂道：“茜玛，你和妈妈一大早跑到这儿来干吗？走，带着妈妈走！”我脸上一阵发烫，“阿妈来看看你们怎么了，阿妈，我们走！”我站起来，要妈妈跟我离开，“你们对老人也太无理了！”我听出自己的声音虚弱无力。

黛拉怔怔地望着我们，我和妈妈转身一摔门出来了。刚下到楼梯口，哥哥旺杰推开阻拦他的黛拉，冲过来从楼上砸下来一个东西：“滚，滚！”他穿着条短裤怒吼道，转身“砰”一声关上了门。妈妈弯身从地上捡起来的是她给哥哥的家里的钥匙。

4

儿天过后，哥哥旺杰一直没回家。也许他再也不会回来，他和黛拉，他们已合为乳糜了吗？

我急切地想要见到他，我亲爱的哥哥，旺杰，我和母亲唯一的亲人——

一整天，我什么都不能做，心里焦急又亢奋。有一会儿我差不多要放弃了。因为，我突然发现，在这个家阴暗的屋里，有一个人比我更想念旺杰。

“您不吃午饭吗？”我冷冷地问她。

“是呀，我一点儿都不觉得饿，不知怎么了。”她假惺惺地笑道。

“您早上也没吃什么！”我盯着她追问。

“不知道，我不饿。”她有些不自然起来，“你想吃什么？我去买。”她望着我。

我站起来到里屋开始翻衣服。

“你下午不是要去看哥哥吗？你要上哪儿去？”她以为我要走，她惶恐的呼吸吹到我的脊背，我有些害怕了。我感到羞耻。我关上衣柜。母亲又跟着我出来，见我打开冰箱，她忙取出里面的剩饭剩菜，替我热起来。

过了一阵，她把冒着热气的饭菜端上桌，又为我盛好饭，递给我筷子。她在一旁坐着，眼睛望着电视，她什么都看不见。

“辣椒酱呢？”我问她。她木然地走到柜子前拿来给我，又坐下了。坐了一会儿，又起身给我倒了一杯茶。

“阿妈，你想吃什么？我去饭馆里给你买吧？”我喝着茶问她。

“我不饿。”她说时，飘来的声音像枯瘦的风。我的心有些软了：“那一会儿我陪你上街逛逛？”这个单位里，从什么时候起，已没有一个人和她说话了。但无声就像覆来的尘土，我们在其中活着。

“我下个面条……”

她的面条，淋上滚烫的牛肉西红柿碎末汤，她曾为此专门去教黛拉，要她学着做给旺杰吃，她以为充满热能的汤面，能让旺杰上岸——

我进到里屋躺下来，我突然累了。

“别睡了，睡不了多久，妈妈送给你的，起来看看。”母亲来到床边推搡我。

她捧着一对红珊瑚耳饰和一枚黄金镶嵌的绿松石戒指。

“好漂亮！”我起来了，到镜子前戴上它们。红艳艳古老的宝石在我的脸颊两旁灵光闪烁，戒指套在食指上正合适，精巧别致。母亲在一旁满意地望着我。

“阿妈，谢谢啦。”我望着镜子终于笑了。

我开始洗脸、化妆、喷香水，再挑选衣服……

5

晚上，我去到旺杰的家，和旺杰言归于好，我们还要去跳舞——

那是 80 年代初的拉萨，在某个酒店，每个周末，要举办唯一的舞会。

舞厅很大，人们像焦渴的鱼群，跃动在新的水域。

舞会就要开始了，我们还没座位。

“请坐吧，也许我的朋友不来了。”我见过他，是印度来的藏人，叫洛泽，在拉萨经商。

“谢谢啦。”我笑道。我们刚坐下来，舞曲奏响了。

“走，我们去跳吧！”我忙拉起旺杰。我想在第一支舞曲中，被每个人瞩目——我把旺杰拽上了场。

“他恐怕被那个女孩抢走了吧？”我听见坐在黛拉旁边的洛泽在问。

“你说茜玛？她是我丈夫的亲妹妹。”黛拉说得那么平淡，令我失望。

“走，不跳了。”我脑子里想到一个主意。

“那个男的缠着黛拉！”我贴着哥哥的耳朵说。我的脸发烫，我把外衣脱下来，洛泽忙起身接过去帮我挂在椅子后背上。

“您是茜玛？我们见过，我叫洛泽。”他坐到我旁边微笑道，我看到他整齐的齿格外白。

“您是茜玛的哥哥，刚才您夫人告诉我的。”他对哥哥说完，回头对黛拉莞尔一笑。我心里一阵慌乱。

“吸烟？”哥哥怀疑地看了我一眼，矜持地问洛泽。

“不……不吸，谢谢。”洛泽客气地说。他坐在我们中间，称呼我们为“您”“夫人”等等，我感到好笑。

“来，嫂子，喝酒。”我拿起易拉罐碰碰黛拉。我有些不自信，只要黛拉在。但凭一个男人的眼光看，她过于纤瘦，有些木讷的神情显得她不谙风情；她的个头还比我小，我才是一个丰韵妩媚的“女人”，但哥哥他……

“茜玛，能请您跳舞吗？”我微微一笑。在洛泽面前，我能找到一种骄傲。拉萨，不仅是漂泊域外的藏人心里的圣地，还有美艳如酒的拉萨女人——

但长长的舞曲令我抑郁，因为要和一个男人拉着手，又要保持距离——真的舞该是从腰臀解放妇女！好在洛泽的步子渐渐快了，还有些跳跃，他的肩、胯骨都轻快地在旋动。我笑起来，一面学着他。终于，下一支曲子是“迪斯科”，全场一阵欢呼，洛泽拉着我上台跳。他真是棒极了，他会唱那首歌，他拍手、踢踏，恍若印度电影里那个英俊的“吉米”。但当我和洛泽正跳得满心欢喜，我看到台下渐渐围起的圈子中，那少女野性而烂漫的舞姿博得阵阵喝彩。

“是黛拉！”洛泽眼睛一亮，我还注意到这次他没称呼她“某某夫人”，他说黛拉时，像叫一个女孩……我留下洛泽先下了场。

黛拉跳得不错。只是她与跳舞的黛拉是两个人。哪一个才是她的本性？狂野不羁……

“哥，该回去了吧。”一曲刚散，我对正在兴头上的哥哥说。

“我的耳饰不见了！”黛拉跳得两颊通红，她刚回到座位上，我低声对她说，“怎么办？妈妈会骂我！”我故意试探她。

“我去帮你找找。”她中计了。她站起来去到舞场中央，弓着腰低头转悠，像一头愚笨的羊。

“她在干什么？”洛泽也回来了，有些奇怪地问我。

“她替我找耳饰去了。”我冷笑道。

“黛拉！”哥哥生气地叫她回座位。她已引起很多人的注意。

“没有，怎么办？”她走过来悄悄对我说。

“找到了。”我没看她，望着别处漠然地说。旺杰不知我们在说什么，他狐疑地盯了我一眼，沉下脸不理黛拉。

“走吧？”我的心情突然好了。又一支舞曲开始时，我对黛拉笑道：“回去吧？”我冲她挤挤眼，让她以为旺杰是在生我的气。她一脸迷惑，还是相信了我，她转向旺杰说：“回去了？我们都不想再跳了——”

6

但我不想回家。母亲在等我。我厌倦了母亲的眼泪和她对旺杰没完没了的思恋。我要跟着他俩走。洛泽送我们出来，和哥哥相比，他显得过于华丽，我朝他挥挥手，今晚不行。

那时候，拉萨还没有出租车。我们三个喊了一辆人力三轮车，黛拉最瘦，坐在我腿上，我和哥哥挤着，一路上三轮车摇摇晃晃吱吱嘎嘎，成群的野狗跟在我们后面狂吠，我和黛拉乐得直笑，旺杰一言不发，不知他又怎么了。

穿过一条条黑暗的街，终于到了。上到三楼，哥哥的家格外明亮，一开门，有一阵苹果的清香。我坐下来，喝着黛拉泡的茶，我有些困了，四下张望，今夜我该睡哪儿？

“我可不睡客厅，我要睡卧室的大床！”我对旺杰说。他在吸烟，对我不冷不热。

“好呀，我给你铺床去。”黛拉笑道。

“你先坐下。”旺杰命令她。我有些后悔了，我可不想这么晚和他吵架。

“你今天不该去我妈妈家！”旺杰对黛拉说。

“有什么啊？我去换衣服嘛。”黛拉朝我笑笑。

我知道旺杰指责她什么，甚至恨她穿了我的衣服，他还在记恨我和妈妈。

“把茜玛的衣服脱了，你干吗不穿自己的？”旺杰果然这么说了。我有些紧张。是我今天一定要黛拉去家里换衣服的，为了让妈妈看见旺杰。

“她看你穿茜玛衣服的眼神你没感觉吗？”我吃了一惊，哥哥真是神经过敏！

“怎么了？她们是你的家人，有什么啊？”她不明白，这使旺杰气愤。可他要她明白什么？他的母亲和妹妹的真面目吗？

“睡吧！睡吧！”我没好气地说。还不如刚才跟洛泽……他看上去那么温柔儒雅。

“睡吧，明天我们再谈好吗？”黛拉站起来。

“说！当着茜玛面不能说吗？”旺杰喊道。黛拉的脸红了，“旺杰，高高兴兴的，你想吵架是不是？”她生气了，我想看她生气了是什么样。

旺杰嘴里胡乱骂着，握起桌上的杯子猛砸下去，杯子碎了，玻璃割破了他的中指，“滚，你滚……”血怎样都止不住，他疼得脸色苍白，他声嘶力竭地朝站着的黛拉怒吼。

窗外，夜已深，黛拉满脸是泪，扭头冲了出去，渐渐被夜色吞没。而当黑夜如蛛网，弥漫她的一切，那是我从小感受着的，窒息和绝望多么壮烈，我在其中朝前走，每一步都体会着残忍的快慰，茜玛，便成为那情人节妖娆的蓝玫瑰或者这拉萨辉煌的废墟上的一个尤物……

第六章

1

遥远的琼芨，她的美格外素洁。那时她刚刚十七岁。因为农场书记刘军在离开拉萨前，兑现了他一个不经意的承诺，琼芨生平第一次走得那么远，她要上路了。

从西藏送往内地读书的藏族学生一共有三十多人。送行的人们带着酥油茶和哈达，握着自己孩子的手，有的母亲哭了。农场的干部将琼芨送到车站，琼芨向他们挥挥手，要他们先回去。她上车坐到最后一排，一个人望着车窗外送别的情景，眼里不禁盈满了泪。这时，一个高个子的少年上车在琼芨的前面一排坐下来。他叫巴桑顿珠，家人远在康区，这天也没人为他送行。他坐在琼芨的前面，回头看琼芨。“我以前没见过你。”他说。琼芨矜持地对他笑笑。

巴桑顿珠朝车窗外张望了一下，对琼芨夸张地笑了笑，脸上的肌肉突然紧绷绷的，“我叫巴桑顿珠，巴顿。”他伸出右手。琼芨的脸红了。她还不习惯握手，尤其是与一个同龄的藏族少年。

“你好奇怪！”琼芨垂下眼睛小声说。

“奇怪？”他愣愣地望着她，有些不好意思地收回手。琼芨笑了，“那你父母是谁？”她突然问。

“我父母？”他不解地挠挠头，嘴一下子张得很大。

车站的喇叭里响起一阵高昂的歌曲。同学们陆续上车了。车子前挂着大红花，有家长上前把哈达系在了车头上。在送行的人们的欢呼声中，汽车缓缓开动，要出发了。琼芨的心不由一阵狂乱：在农场一年多的每个晚上，她一直被噩梦缠绕，梦见自己被带回庄园，被曾经的仆人和当地农民羞辱，变成了衣衫破烂的女农……

拉萨，开始在车窗外疾速退却着。美丽的山野、湿地上，成群的水鸟在徜徉嬉戏，远处，那金色的宫阙渐渐被云雾缭绕……

2

这是国民党时期建立的一所老牌大学，解放后改成了民族学院。琼芨他们是学院招收的第一批藏族学生。这天，覆满尘土的汽车刚驶进校园，等候已久的全校师生一下子欢呼着围上来，争先和他们握手。琼芨和巴顿最后下车，琼芨望了眼他的脸，她想在拉萨时他看上去并不怎么黑，这会儿和车外的人相比，他以及其他同学都显得又黑又高。一个女生上前握住了琼芨的手，“辛苦了！”她热情地说。巴顿回头看琼芨，又用藏语低声对琼芨说：“你比这个女生漂亮。”说完，他有些腼腆地对琼芨笑了笑，琼芨的脸红了。从小到大，她最喜欢在家里楼上闺房的雕花木镜前逗留，看自己一双褐色的大眼睛、纤秀笔挺的鼻子。她在纤巧的腰身上试穿各式藏裙；她有那么多珍珠、玛瑙、绿松石——但一切已被埋葬，而从巴顿的眼里，她恍若又看到了曾经那美丽的少女——她跟着大家朝学校里走，眼睛忍不住一直盯着巴顿高挑的背影，心里有一种莫名的感情在生动……

学校通过对琼芨他们的考试，将巴顿和另外两个男生插班分到了高年级，其他人组成了一个西藏预科班。经常在星期日，学校组织西藏班的同学在这个汉地文化古城的各处参观。一次，琼芨病了，没能跟同学们一起出去玩。她一个人躺在蚊帐里，睡在竹席上，炎热令她喘不过气，但她并不思念她的父母、姐姐以及家乡……当另外的女同学因水土不服，哭着要回西藏时，琼芨心里惶恐不安。她去到学校办公室，向学校表示她不走，她对学校领导说：“我要读书。”紧张之中又脱口说，“我也许是孤儿或是农奴，真的，我不回去……”学校办公室里，老师们向她投来诧异的目光，她的语文课教师，雷，他也在。他看到这个藏族姑娘脸色苍白，额头上沁出了汗，他绕过办公桌起来走向她，“琼芨，你不舒服吗？”一面伸手摸了摸她的额头，“校长，这小姑娘烧得很厉害！”雷说。

“好烫！”校长也摸了摸她的额头，“琼芨，没人要送你回去，你病了，先跟雷老师去看病好吗？”校长拍拍她的肩，耐心地解释道。

3

和那次一样，琼芨得的又是热病，即热感冒之类。她躺在床上，吃了一些雷老师送来的药。半开的门外，凉风一阵阵吹拂而来，她快要睡着了。这时，有一个人进来了：“琼芨，你在吗？”

琼芨在蚊帐里坐起来：“别过来……”但巴顿已经走到了她的床前：“你没穿衣服吗？”他忙背过身问她。

“你真笨，怎么能这样问我？”在巴顿面前，不知从什么时候起，琼芨说话的调子像一个自负的小姐。她套上裙子掀开蚊帐，抬头望巴顿时，吃了一惊：眼前的巴顿，黑黑的鬈发下面，轮廓分明的脸庞上，一双黑眼睛炯炯发亮，他的喉结，是的，他变了……

“这是家里给我的，你吃吧。”琼芨接过去，黄色的小纸袋上写着“甘露圣物解脱丸，乌金，贡劫仁真堪布修赠”。

“现在怎么可能有……”她疑惑地问。

“我父亲珍藏的。据说其中有西藏历代高僧大德所修的圣物聚集丸等二百七十二种，又由乌金·贡劫仁真堪布等通过金刚勇识坛城会供，念修了七天，你吃吧。”巴顿说。

“你先坐下嘛。”琼芨笑了，“吃了就好了吗？”她其实知道。希薇庄园曾是觉桑寺的福田施主之一，家里有高僧修赠的此类圣物。

“你父亲？你不是‘农奴’吗？”她想知道除了自己还有谁……

“我们出去吧？宿舍里真热！”巴顿说着脱下衬衫，只穿了件背心，露出他结实的胸脯，琼芨看到他短裤下面光着的腿上长出了长长的汗毛。“你看，”她指着他的腿笑道，“你快变成猴子了！”

“快吃，我们到外面去吧。”巴顿说，“老师会来。”

“那你给我讲你们家的故事？”

“好。”巴顿眨眨眼，他有些疑惑，不明白琼芨为什么想听自己家里的故事。他对她咧嘴笑了笑。

4

他俩来到学校后面的山丘上。几棵茂密的山楂树开着红艳艳的花，凉风从远处徐徐而来。

“好凉快！”巴顿望着远处说，“他们今天去参观一个‘陵’，就是坟墓，我可不想这么热的天去看别人的坟墓。”他张大嘴又笑了笑。

“别乱说嘛，快讲呀。”琼芨觉得他笑的时候很怪，“假笑一样。”她对他说。他们在一棵山楂树下坐下来。

“说不定我们坐的这个山丘下面也埋了死人！”

“真恶心！”琼芨笑了，“你吓唬人？”她生气地说。

巴顿这次笑的时间更长了些，脸绷得更紧了，“是呀，这个古城就是古代埋死人的地方，就是这个意思。”他说，“到处是坟墓，老师不都讲了吗？”

“行了行了，”琼芨打断他，“你讲不讲？我要回去睡了。”她沉着脸说。

“好吧，从哪里讲？”巴顿不明白。

“从你爷爷！”

“爷爷？”巴顿挠挠头，开始了，“从前，我爷爷在康区一个大户人家当管家，他叫次仁。一天晚上，夜很黑，次仁悄悄起来，挨个儿在骡子的颈铃里灌满细沙，赶着满载货物的骡帮越过金沙江直奔西藏。在拉萨，他发了一笔小财，又娶了一门亲，并在乡下购置了土地和房舍，成了一个富足的商人和小地主。而财产到了他的儿子，也就是我的父亲手上，因经营不善，为了抵债大部分已变卖了，家境陷于赤贫。西藏民主改革时，家里才又重新分到了土地。家人送我到拉萨中学读书，后来因成绩优异，我又被选送这所大学深造……”

“那现在你的父母呢？”

“他们回康区探亲去了。”

琼芨似乎没听够，继续问道："以前修赠甘露丸的堪布是你们家亲戚？那他现在在哪里呢？"她想到了自己的哥哥昂旺赤列以及那高高在上的觉桑寺和失踪多年的丹竹仁波切。

"我们家从前是堪布所在寺院的施主，那位堪布的法力远近闻名。后来他去了印度。"

琼芨突然哭了，泪珠大颗大颗滚落在地上，她的大哥已死，别的为什么能活着？一直隐藏在心底的痛苦此时令她忍不住泪如泉涌。巴顿望着低头痛哭的琼芨，"别哭了，"他笨拙地劝她，不明白她为什么哭，"怎么了？"他问，又提起自己背心的一角替她擦脸。

"疼！"琼芨推开他的手，"衣服磨得脸好痛嘛！"她哭着说。巴顿光着肚皮尴尬地对她笑。琼芨瞪了他一眼，又伏在自己膝上哭着。巴顿等了一会儿，见她还哭，猛地把她推倒在草坪上，在她的胳肢窝下面使劲儿挠痒痒，琼芨脸上挂着泪珠，止不住"咯咯"大笑，在地上滚着拼命挣扎，突然，巴顿把他的唇压在了琼芨的唇上。琼芨不动了。

"琼芨，我喜欢你……"巴顿喘着气低声说。

5

几年后，藏族班的学生逐渐适应了小城的气候，都长高了一截。琼芨也变了。这天，窗外迷离的晨光中，琼芨坐在教室的第一排，穿着一条浅粉的无袖连衣裙，长长的两根发辫垂在饱满的胸前，显得格外清纯和娇美，她已长成大姑娘了。这时，她的语文课老师雷进到教室，放下课本，一抬眼望见琼芨抿着红润的唇对他微笑，他想他平时怎么没注意到她。于是，这个年轻的语文老师雷，课堂上，忍不住不时凝望自己的学生琼芨。看她羞怯地站起来回答自己的提问，她秀气的鼻子、灵动的眼睛;有时，当雷讲解一首凄婉的诗词时，他发现琼芨的面颊上泛起了红晕，迷蒙地望着自己，两眼泪光闪闪，他不由猜想她的心事，想她身上透露出的那淡淡的忧伤……

那时，琼芨与巴顿正在热恋中。英俊少年与妙龄少女成为同学们羡慕的一对。学校晚间放电影时，巴顿常从黑暗中挤到她旁边，挨着她蹲着，望着电影屏幕“假笑”。他知道琼芨在看他，他便掩饰不住内心的欢喜，手指一个劲儿挠鼻孔。

“别这样，真恶心。”琼芨打他的手。他悄悄拽她的发辫，又忍不住挠自己的鼻孔。

“给你。”琼芨递给他一个馒头。这是她晚饭省下来的。这年，老师告诉他们，为了给苏联还债，全国人民都在省吃俭用，学校学生也要定量。巴顿吃不饱，他正在长个儿，琼芨常把自己的偷偷留下来，两个人来到学校后面的山丘上，躲在山楂树下悄悄约会。

“我真想煮一大锅肉吃！”巴顿趴在山丘的草地上，嘴里嚼着一根草说。他咽了口口水，“我们家经常煮一锅萝卜羊排，肥肥的羊肋骨，抹一点儿辣椒酱，真香……”

“我喜欢吃厨娘烧的菜，她做的辣椒炸牛肉片又香又辣……”

“厨娘？你们家还有厨娘？”巴顿不解地问。琼芨低头不语。停了一会儿，她望着远处说：“要是有糌粑也好呀，放上多多的酥油、白糖和奶渣，我真想喝酥油茶。”

“你是不是没吃东西？全给我吃了？”巴顿坐起来。

“我不饿，”琼芨笑道，“你是饿死鬼！”

巴顿挠挠头，“我老是饿，也许我是猪？”他偷看她，“我回去后给你寄多多的干肉、酥油和糌粑来。”他对她咧嘴笑道。

“算了吧，到这儿也发霉了。”她说，“你还记得我们到学校吃的第一顿饭吗？”

“这么大的红烧猪蹄子！”巴顿举起自己的脚笑道。

“那时我们都吃不惯，全给汉族班的同学吃了，现在想吃也没了。”琼芨也咽了口口水。

“今天上汉文课时老师念了一首绕口令，”巴顿说，“天上下雪落到地上变成水，不如当初就下水。”巴顿眨巴着大眼睛笑道，“你猜我怎么答的？”

“不知道，我想不出来。”琼芨摇摇头。

“我当时肚子又饿了，肠子‘咕咕’响，我心想人要是不用吃饭该多好，也就不用施肥种地一辈子累死累活，我就举手了，顺口答道：‘老师吃饭变成屎，不如当初就吃屎，老师喝水变成尿，不如当初就喝尿……’”

“真的？你太坏了，真恶心！”琼芨吃惊地说，又忍不住和巴顿一起捧腹大笑，“你们老师真蠢！”她笑得喘不过气来。“她是个老太婆，被我气病了。”巴顿挠挠鼻孔不好意思地说，“我也没想到她会病。”

山楂树影拂过琼芨的脸，闪闪烁烁。

“琼芨，我年底毕业，我在拉萨等你，我们结婚。”巴顿突然说。

“结婚？”琼芨吃了一惊。

“说好了？”巴顿抓住她的手。他的手很大，硬而有力，他的声音低宏，脸上已长出了胡须。他已从少年变成了男人。琼芨望着他宽厚的肩，点点头，又慌忙摇头。

6

巴顿毕业回拉萨后，雷，那个年轻而清秀的语文课老师，常常在暗中望着琼芨孤单的背影，看她一个人去食堂买饭，一个人在图书馆看书。学校有文娱活动时，她一个人躲在宿舍里，她的孤独吸引着雷。

雷，终于去了。他去到琼芨宿舍，轻轻敲了敲门。

“雷老师？”琼芨吃了一惊。

雷点点头，走进去坐在她床边那把空着的椅子上。时间已是秋天了，琼芨没穿袜子，淡青的脉在她白皙的脚背下隐现，雷看到琼芨左脚背上长着一颗小黑痣。

“坐呀！”雷对她微笑道。

琼茇在床边坐下来，双脚怯怯地搭在一起时，雷看到她的脚心像粉嫩的藕，轻漾的纹路印在上面又像她含苞的唇。

“怎么，听说你病了？”雷轻声问她。

她没病。只是青春萌发着。

“有点儿。”琼茇低下头说。

“看什么书？”雷随手翻了翻，是《静静的顿河》。他微笑了，“学校今天要去给部队演出，你不打算参加？”

“我……”她不想去。

“食堂今天不开饭，一会儿去我那儿吃？”雷又微笑道，“我那里小说很多。”他补充道，“病了可以不参加活动，但要吃饭，听见了吗？”他站起来，从衣兜里掏出一块巧克力递给琼茇，“我等你。”

7

校园里静极了，琼茇穿过学校里的小树林，经过池塘，轻轻走向教师宿舍。长长的走廊很暗，走廊的尽头，一扇虚掩的门透出一线光亮。

雷，在凉凉的屋子里等她。当静静的走廊上响起她的脚步，他吸着烟，他的两颊因内心的激动不安泛起了红晕。

胆怯的脚步渐渐走近，她在门口犹豫了片刻，轻轻叩了两下门。

屋顶很高，四壁排满了书，屋子的正中，对着门，琼茇看到一张巨大的床，她认出那是核桃木的，使雷简陋的屋里有了一种贵族的残迹。她暗暗猜测雷会是这座古城里，哪一个陵中人的后裔。

宽大的床上铺着淡紫色柔软的被褥，“来了！请坐，坐这儿。”雷给她搬来木椅子。琼芨并拢双膝坐下来，她的心“怦怦”直跳，她望着地上。床边，有一双很大的布拖鞋。

“喝水，”雷也坐下来，“饿没有？”他问。琼芨使劲摇摇头。

“怎么？没吃巧克力？”琼芨手里捏着雷送的巧克力。她抬起头来，大胆地望着雷：“您去过西藏？”

“没有呀。”雷笑道。

“那您有亲人在印度还是英国？”

“也没有。”

“可这巧克力是英国吉百利的 DairyMilk!”

雷不由笑了，对她说：“是我母亲从上海寄来的，上海也有，看，铁盒在这儿。”雷拿过来，空了的盒子里还飘散着可可和香草的馨香。

“您都吃完了？”琼芨笑道。

“是呀，我最爱吃巧克力。”雷说，“我是不是很馋？”

“男人还爱吃巧克力！”琼芨笑雷，她说雷是男人。她的脸红了。

“怎么？西藏也有？”他想了解她的家，和关于她的一切。

“有，小时候我多多吃了。拉萨的集市上什么都有，有尼泊尔的金饰，有印度纱丽，还有英国巧克力和波斯的猫眼石。”

琼芨笑道，“对了，还有上海的糖，糖纸上印着好妩媚的美人。”

“是吗？你有些像我们江南过去的女子。”雷望着她。

琼芨不好意思地垂下眼睛：“那里的女子像水一样，我哪里有那么好看……”

“好了，现在你手里是我的最后一块巧克力，小心我抢你的。”雷开玩笑道。琼芨剥开银色的锡纸，轻轻咬了一口，一股奶香在她嘴里流溢，泪水突然夺眶而出。

“哎，想家了？”雷叹了口气，把自己的毛巾递给她，在她身旁蹲下来，将他纤秀的手轻轻放在她的肩上。薄薄的衣衫透着琼芨的体温，雷的手微微有些颤抖。

“离开这么几年，家里常来信吗？”雷的嗓子突然有些沙哑，他抚摸着她长长的发辫。琼芨的双肩抽搐起来，她使劲摇摇头，“从没有信。”她低低地哭出了声，仿佛亲人们——母亲、继父、姐姐曲桑姆已经死了，自己像被死亡遗弃的人，孤零零地活着。

雷的双眼潮湿了。他克制着自己，轻轻捧起她满是泪水的脸，“不哭，”他在她耳旁低声说，“有我在这里……”说着，雷拿来他为她写的许多诗，他的笔迹在那样的本子里，他读给她听，句子里裸露的情欲犹如浓郁的玫瑰，又似涧水，滑过岩石，在深处潮湿着秘密的草丛……琼芨的脸一阵阵发烫，她为雷的诗沉醉。

“雷老师。”

“不，叫我雷……”雷温和地搂住她。

琼芨突然感到一种从未有过的安全感和温暖，她闭上眼睛。

“雷老师。”她流着泪。

“叫我雷……”雷解开自己的衣扣，要她的脸贴着自己滚烫的胸脯。“怦怦”的心跳坚实有力，以及雷身上的气息……

“雷。”她脱口低低地叫道，梦呓一般。

雷感到她柔弱的身体在自己的怀里微微战栗，她对他胸怀的渴慕令她像一条悸动的鱼儿，他要捉住她……他低下头，狂热地吻她的唇。自己的眼泪和着雷的鼻息流到她的口中，令她心里涌起一股莫名的冲动，双手不由紧紧搂住了雷的颈。雷缓缓地把她挪到那宽大的床上，他开始解她的衣扣，一颗一颗，他一面吻着。顺着她滑润的肩，粉色的乳头在他的唇下突然凸起来，她呻吟了一声，像是被什么击中了；以及她的凉凉的小腹，在雷的抚摸中恍若喘息的海子——雷停下来，但只是几秒，他便失去了所有的思考，猛然进到她身体的深处……琼芨尖叫起来。他跪在她身下吻她的痛时，她不由闭上眼，仿佛在高高的天宇，眩晕令她无限狂喜，“雷……雷老师。”她呼喊他，要他永不停止，永不消失……

8

夜晚的一场浅雪落在校园里，覆在堆起的那些收来炼钢的铁具上，在微弱的晨光中一点一点融化着。学校里静悄悄的，放寒假了，除了西藏班的学生还留在学校，雷也悄悄留下来没走。琼芨穿着厚厚的棉衣，揣着巴顿寄来的一封信，去找雷。她穿过那条幽暗的走廊，走廊上似乎还飘着铁锅铁盆被燃烧时铁屑的怪味。雷早早地打开门出来等着她。

雷的屋里又空了许多，琼芨四处望望，“嘻嘻”地笑了，雷门后挂毛巾的铁丝都没了，他为她准备的柔软的粉色毛巾搭在了床头。“坐吧。”他无奈地摇摇头，“拉萨呢？”他望着她。她把巴顿的信掏出来：“他没说，可能离汉地太远，不炼钢，只运羊。”

雷点点头，给她倒了一杯热水。

“他说他们单位在以前一个贵族的石楼里，墙是黄色的，有一米多厚，阳光透进来很暖和。”

“嗯，”雷听着，一面朝炉子里添了一块炭，“把衣服脱了。”雷轻声对她说。她里面穿着湛蓝色的毛衣，毛衣上绣着一枝蜡梅，是雷买给她的。

琼芨脱去棉衣，雷看到她愈加饱满的乳被毛衣紧裹着，他坐过去抱着她，手放在她的胸上。

“巴顿说等我一毕业就回去结婚。”

雷吻着她微微鬈曲的发根下纤秀的脖颈。

“巴顿说他已经告诉他家里的人了。”

雷把手伸进她的衣服里。

“好凉呀！”琼芨笑道。

“你还小。”雷喃喃地说，“不要这么小就结婚。”

清晨的阳光飘浮在窗外，苹果树上，雪花绽满了枝丫。

雷把头埋在琼芨的怀里。

“那你什么时候结婚？老了以后吗？”琼芨推推雷的脑袋笑道。雷怔了一下。他还是一个人。女人，她们与他无缘。

“说呀？”琼芨笑他。她单纯的笑声，她的身体，她小小的掌心……他对她怜惜，却不敢想与她的结果。

雷把被子掀开，示意琼芨钻进来。这些日子，雷总是熬过长夜，等她如期到来。而冬季，使他有机会在寒冷的早晨，给琼芨一张宽大温暖的床。他和琼芨躺进被子里,他给她读书、讲故事，念他在夜晚的渴盼中写给她的诗。“琼。”他搂着她，让她枕着自己的手臂，依着他的肩。他的肩并不坚厚，甚至有些纤弱，但在这个冬天，却是琼芨唯一可以依附的，让琼芨感到自己像雷的亲人。

“琼。”他开始低声念他写给她的诗。诗的字迹流露着桀骜不驯、飞扬的才华以及他将经历的短促青春的沉没，只为了在这个世上，琼，在他纷乱的梦里陡然一现……短短的句子，长长的诗，在清晨秘密的屋里，琼芨读着，她记不住一句，却记住了全部；怎样也不能想起的一个个字，连接着她对他的思念，她的憧憬或在人群中，想象他的身影转过来，是雷，雷。他原来一直在寻找她，他可以带她走了，离开现在。但那时，她会怎样抉择取舍？他的爱，他的温柔，她是否已永远错失……

第七章

1

我便设想那样一个情人。情人。令我被动，被爱抚，被渐渐潮湿激起情欲，在他身下，恣意的女人。我的每一个动作，我的快意，都是他的……

于是夜晚，我哭泣着，我又哭泣。怕他突然离开。当他闭上眼，黑夜里剩下我自己。我抚摸他，看他双颊潮红，越来越快地喘息着。我只要我的所想。

洛泽。他来自的地方，美丽的孔雀，大象和莲花盛开的白衣之邦……我，嗅到另一个世界的气息，体会着母亲的不能。

带着我不多的衣物，我找到了洛泽在帕尔廓里租赁的那所单独的小院。或许，还是因为黛拉，那晚，当她被旺杰推向黑夜，我突然变了。我要离开他们，离开母亲和哥哥，睡到陌生的情人身旁。

时间很短，但我犹豫什么？洛泽，从喜马拉雅以南降临。他住的小院，在帕尔廓某个胡同的深处，一扇小小的红木门，在几层石阶之上。门上画着的白色月亮像船，太阳是圆润的帆。我握住一双黄铜的环，用它轻轻叩了叩木门。声音在胡同里清晰地回响着，仿佛这里，沉静在一个古老的年代。

小小的院子上下两层。院子中间有一口石井。楼上是洛泽的卧室连着客厅。他带着我一间一间地看。

“茜玛，”他欣喜地说，“真没想到。”

“是吗？”我说。并不为自己的突然到来而惊奇。

“请坐，喝甜茶还是咖啡？”

“有绿茶吗？”汉地的水饮，像草或树叶漂在水里，来到拉萨我的杯中，苦，成为所有的回味。

“绿茶？”他摇摇头。

“那就要一杯水。”

“不不，我这就去买。”

“算了，就喝咖啡吧。”我说。上好的绿茶这附近肯定没卖的。这里是老城区，汉地的茶店还没开过来。而甜茶，本地多的东西我腻味了。

他很快熬好了咖啡端过来。精致的咖啡壶，精巧的杯子，阳光从窗外透进来，屋里飘着咖啡的馨香。我惬意地靠在柔软的椅子上，咖啡微苦，但可以放糖以及鲜奶，并非凭空的味觉。我明白，洛泽就是这样的。他生长的地方使他这样。他是的。他还领会过速度。为了比过去的人多活时间？像一道数学题。

“计划好，时间就慢下来了吗……”

洛泽想不出来。“你不会了解。那是一种处境。”洛泽解释说。

“我懂，比如我喝绿茶，其实也因为处境。”

“茜玛，你们拉萨女孩很聪明。”他望着我。

“那你们那儿的女孩呢？”我抿着咖啡笑问他。

“本族的尤其少。她们不玩儿，不像你们这样……”洛泽笑道。

“我们这样怎么了？”我假装不服气。我们不玩儿，会窒息。生活缺氧。

“好了，说说你，这么神秘，我猜你来干什么吧……”放下咖啡杯，我从包里拿出小化妆镜，补了些口红。

洛泽起身去了里屋。一会儿，他拿了一包东西小心放到桌上打开：是一把古老的箭，插在一个古旧的虎皮箭袋里，箭镞是远古的雷石铸造的。我不由倒吸了一口气，心幽幽地急跳起来，仿佛看到披着虎皮斗篷、身穿绿松石护胸甲、手持令旗、腰背方箭的武将，骑着黑色的骏马从雪山上奔驰而来——

“是的，这是格萨尔武将的神箭。”洛泽的声音因内心的激动有些颤抖，他虔恭地把箭抬到头顶顶礼。

我说不出话来。洛泽把古箭小心包好，收进里屋，见我还在发呆，笑着牵我来到楼下小院里。

太阳好极了，我伏在小院中央的石井上，古老的岩石透过我的衣衫，将太阳的温暖传遍了我的周身。我朝井里望，天上红霞飘荡，格萨尔的千军万马多么浩荡……洛泽盘坐在草地上，弹起他的曼陀铃：

青青的高天上有玉龙，
住在厚厚的紫云城，
发出猛烈洪声示威武，
抛出赤电长舌像箭锋，
一下就劈烂老鹰窝，
一击就粉碎红石峰——

这是格萨尔王《降伏妖魔之部》唱的歌，但洛泽以洋味儿的藏语，唱得如此欢快，还带着几分摇滚的音韵，真是古色古香又格外时尚。“再来一首。”我笑道。

我是从袖子般的山谷里来的
公龙从右边追赶
母龙从左边吼叫
雪的哥哥那冰雹
大得像象的牙指套

麦穗被打光了头
像是要修行进寺庙
麦秆被折断了腰
在寒风里哭哭闹闹……

这首古老的民谣唱出来竟如此先锋，我惊喜不已。我也要唱，我要以小檀木梳一齿一齿，把银色的太阳梳理成我的长发，我也想唱：

这个世界像绿松石一样美
薄情的人儿比绿松石还要多
我的心也变得比绿松石还硬
但我仍然等待着我的恋人
有一天给我戴上镶着绿松石的婚戒……

我一面唱着，一面眯着眼望着洛泽——多么俊美的男子。他的生命终于免于夭折：在去往印度的路上，在路上的乱石丛中，他刚一出生，母亲已死去。父亲，怀抱幼婴的那历尽沧桑的康巴男人，刚刚望见蔚蓝的印度洋，潮热的海风袭来，还没来得及脱去祖先的皮袍，颓然倒地，也死了。洛泽成了又一个孤儿。但和他在一起，我暗自惊疑：他的什么，令我的心如此甜美和明朗……

他睡了，像一个幸福的男孩。回到拉萨，拥着一个本族的黑发女孩沉沉地入睡了……明月在窗外缓缓飘移，我睁着眼，突然，感到自己才是一个真正的弃儿！侥幸被母亲生出，被她的苦痛养育，却在流落异国的洛泽的笑容里，汲取甜蜜……

“洛泽，洛泽。”我抚摸他长长的手臂，轻轻唤他。每天，他起得很早，晨练，给我煮咖啡。我昏睡着，白天太刺眼，咖啡似乎只能令我昏睡中的白日梦兴奋一些。他微笑着望着我，他喜欢我的这一部分，他不能。不能打架，不能散漫甚至不能痛苦。但他能够爱我。

“洛泽，”我想让他醒来，我想问他，心里却分外明白。我与他的不同，就像家禽与飞鸟，我被饲养，他的流落。而飞鸟的天空是广阔的，虽是一只无巢之鸟，但他一直飞着。

“洛泽，”我贴着他的肩，想他飞过的地方，这夜，他飞到我身旁，在我虚假的春天里稍停片刻……

2

在洛泽那儿住了差不多一个星期以后，我想我得回去看看。留下母亲一个人，我感到了一种报复的快感。但这种感觉持续了不久，我又迟疑了。我想回去看看她怎样了。我意识到我在想她，我不由说出来：“我想妈妈……”

“她不是在拉萨吗？”洛泽不解地问。我点头笑了，“她在拉萨，近在咫尺。”洛泽有些惊异。“那就回去看看呀？从这儿走过去也不过二十来分钟嘛。”他说得很轻松。

“哎。”我叹了口气，垂下眼沉默着。我估计黛拉和哥哥这时可能和好了。但假如黛拉那晚去舞会时，不借穿我的牛仔衣不去我们家，就不会被哥哥被我们这家人伤害，而我，还会留在洛泽这儿吗——

“我送你回去？”洛泽问我。他有良好的教养，也有钱。但母亲不会接受。在她看来，洛泽，他和我的区别在于我们生活在两个世界。母亲会从一个小小的细节确定这点。比如母亲在时，洛泽会悄悄问我：“茜玛，我可以吸烟吗？”或者他根本就不吸烟，更不酗酒。他衣着得体，是上好的质地。指甲剪得很短很干净，适中的头发既不凌乱也不呆板。不亢不卑地会说一口拉萨敬语。他几乎完美，与他孤儿的身世判若两人。他就伤害了母亲那奇怪的自尊心。

我却开始喜欢他了。喜欢彬彬有礼的和有钱的他……他棕色的皮夹里，有美元，有印币。他挑出另外的一叠，“给你人民币……”他笑道，“买些你喜欢的衣服，这是你的……”他的笑容里甚至有一种仁慈。

“我——明天早上再走？”我说，我犹豫着。我脱了高跟鞋。

“好吧，”他有些惊讶，“不看妈妈了？”

我仰在他的床上大笑起来，以掩饰我内心的虚假。他的床很小，单人床。铺着卡垫，枕头上散发着松柏枝叶的淡香。

“你可不可以换张大床睡？”我岔开话题。

“喝点儿威士忌？”他笑了。

“威士忌里来点儿冰咖啡。”我说。他脱去外套，很有兴致地点亮印度工艺的烛台。烛光中，镶嵌在黄铜上的贝饰泛着银中带粉的神秘的光。他很快热好了晚餐，说：“那我们就随便吃点儿？外面在刮风，不出去了。”

盘子里是尼泊尔风味儿的炒饭以及两份蔬菜奶油汤。

“你们在海边长大？”我望着烛火，海，湛蓝的，夜晚，海变成了黑色。

“听说夏天很长，热浪会要人命？”

他把勾兑好的酒递给我，盘坐在我对面。我呷了口，美极了。

“下次我带给你那边的一些照片看。”他温和地笑道。

“那边的藏族男人都像你这样吗？”我问他。其实他的境遇算是很一般，回到西藏，冒险为国外的买主找古玩。是变相出卖。

“汤真好喝！”我说。

“我加了奶，再来点儿？”

我摇摇头。奶是盒装的，汤是袋装的，都可以放上一两年不变质。但那个质与原本的质肯定是两码事。我放下勺子。

“你想不想过去看看？”他说。

我从来没去过，甚至无从知晓。温暖的印度洋，我一无所知。“不想。”我说。我不想为了另外一种生活背井离乡。我习惯了，成了我习性的部分，以及我心里那“如一根毛发的百分之一的最细风心”，永不能自见日月光明。

我有些醉了。洛泽的手伸过来，朝着我的，那仅仅在死后可以捐赠的肉团心……他轻轻脱去覆在上面的薄衣。他吻着。这时，箍是心儿梦里的床，激亢地颤动着，令洛泽沉醉……

3

我披上风衣，下雨了。

洛泽把我送到大门口，我朝他摆摆手。楼上，家里的灯亮着，妈妈她在干什么呢？我把风衣盖在头上，冲过夜雨，疾步朝家里跑去。

走廊上的木地板被我踩得“咚咚”响，我瞟见几户邻居都从各自的窗户后头朝外张望。他们是希望发现或发生什么，令空白的日子有一场热闹、一次幸灾乐祸或别人有什么事能疏通一下他们堵塞已久的泪腺？对我们家，他们希望的指数该是最高的。这晚，听到我的脚步，他们一定预感到了，我的背后，我感到一双双窥视又充满期待的目光。

“妈妈，是我，茜玛。”门从里面扣上了，她睡了吗？

“来啦。”母亲的声音听起来挺年轻的，我笑了。

“茜玛？”她有些意外，随即尴尬地朝我笑道，“他们只是来躲躲雨。”听她这么说，我才看到屋里还坐着两个中年男人，脸黑黑的，桌上立着好几瓶啤酒。

“是您的女儿？”我走进里屋时，听见他们这么说。

母亲只“嗯”了一声，算是结束对我的介绍。

“再喝一杯？”我听见她劝酒的声音和平时说话时大不相同，她披散着一头褐色的浓密长发，从她的双颊，我还发现了红晕，一双深凹的褐色的眼睛像有水光闪动。莫非母亲她……我觉得不大可能。外面那两个男人看上去很平庸。

到家了。我脱去外衣，扔到我的床上。那张占去半个屋子的大床。母亲她什么时候开始不再上这张床了？一直睡外屋的小床，记不清她一个人已经多少年了。

“茜玛，喝茶吗？”妈妈从外屋问我。

“好吧。”

她拿着暖瓶和茶碗进来。

“我自己来。”我接过来时母亲躲闪着我的眼睛，她笑了笑又出去了。看她纤巧的背影，像二十来岁，但她的双肩明显地朝前扣着，还有些耷拉。老了。一晃这么多年，她有多少岁了？正想着，外面传来哥哥的声音：“好大的雨！我全淋湿了！”

这么晚了，他怎么也回来了？我撩起里屋的门帘，“哥。”我叫他。

“你在家？”见我在，他显得很高兴。但当他跺跺脚上的湿泥，一转眼看到屋里还有别人时，笑容突然不见了。

“是我儿子。”妈妈一面递给旺杰毛巾，一面向坐着的两个男人说道。

旺杰并没像我似的径直进里屋。他从妈妈手上接过毛巾擦了擦头发，在外屋两个男人旁边坐下了。

“哥，喝茶。”我趁机出来。

“你先去把湿衣服换掉吧。”妈妈对他说。她有些慌张。

“不用。”旺杰冷冷地打量了一眼站着的母亲，掏出一支烟，坐着的一个男人忙把火凑上去。

“我刚洗了头，他们俩来了。”母亲坐到一旁，局促不安地解释道。她脸上的红晕还没褪，侧身抚弄着长发。屋里一阵沉默。

“琼芨啦，我们先告辞了。”那两个男人起来想溜了。

“外面雨还没停，要走吗？”母亲把他们送到门口，露出妩媚的笑。

哥哥进里屋换了衣服出来，我收拾着桌上的空酒瓶，一共六瓶，三个杯子，好像妈妈也喝了。

“别关门，散一散臭气！”哥哥对刚进屋的妈妈说。妈妈沉着脸，恢复了原状，坐下来梳辫子，再像平常一样盘好。只剩下我们三人了，气氛不妙。

我们三人坐下来，沉默着，谁都不想先开口。等了好一阵，我忍不住问哥哥：“你怎么来了？”

“我路过。”他看也不看我地说。我先前见到的他的喜悦一下全没了。再看看妈妈，她漠然而神经质地搓着一段头发丝，似乎我和哥哥回来得不是时候。

“阿妈，看到我的那件外衣了吗？”我打了个哈欠站起来，让他们俩去吵吧，我要收拾收拾明天一早离开。我进到里屋翻衣服。

“您这两天在忙什么？”我听到哥哥话里有话。

“我有什么好忙的。”妈妈答道。

“昨天下午您去了哪里？”

“怎么了？”

“我回来时门锁着。”

“你和茜玛，谁知道你们俩什么时间回来！”

“您去了哪儿？”

“管不着！”

窗外飘着雨，遥远的夜空上有几颗星星时隐时现。

“您知道茜玛这一段怎么鬼混的吗？”

我吓了一跳，哥哥他什么意思？

“你是她大哥，她怎么样都是跟你学的。”

他们俩在说我。

“算了吧！有其母必有其女。”

“是吗？要是我当初没生她呢！还有你！我真后悔！”

又是这些老话。生，仿佛是我的罪孽，造成她痛苦的根源和我欠她的永远还不清的债。我在大床上躺下来，胸口感到一阵阵地痛。

“要是没有你们俩，我琼芨不会活得像今天这样……”妈妈哭了，因为从我和旺杰身上，她看到那些个男人的影子，有时她惊恐地感到同出一辙。我们是她痛苦经历的活证。

“别扯远了！”我听见哥哥冷笑道，“哭什么！”

他这么冰冷。我们这是怎么了！而只要我不离开，妈妈在一墙之隔的外屋，她不在乎我和哪一个男人上床……泪水从我眼里流出来，这就是她对我的爱。

“我怀上了茜玛，我老实告诉了巴顿，我没欺骗他，这么做我认为我是高尚的……”她在撒谎。她企图令我流产，她去爬山，去游泳又去刮宫，但都失败了，那时，她并不想和巴顿离婚。所以，我得为我的出生而一辈子赎罪。

“又来了！”哥哥在笑，“废话！全是废话！”

“茜玛，你在干什么？”哥哥叫我。我看到柜子上放着的刀，它的柄是银雕的。它闪着光。

“茜玛多长时间没回家了？”

母亲嘤嘤地哭着。旺杰和我。两条聚拢的往事，河，愈加清晰，令她沉溺。我不由起来，伸手去够它，它的光闪耀在河面，银色的。它能令从前和以后断裂吗？雨夜，有风凉凉地吹拂而来。

“你想让茜玛重复你的路？”

哥哥的话很远。我就要睡着了。

“那还得问她，问问茜玛去！去呀……”

“茜玛！啊，救命啊，我的茜玛！”母亲的头发又披散下来了，屋里挤满了人，他们要把我带走，带去哪里？地上淌着红红的花瓣，母亲说那是血，但那是琼芨和雷的学校里，殷红的夕阳长长的尾巴……

第八章

1

短暂的冬季就要结束了，校园里已呈现一片早春的景象，陆续返校的同学都换上了各色春装，只有琼芨一直穿着宽大的棉袄。她怀孕了。因为身材纤瘦，一直没人看出来。但同宿舍的央珍，一直暗恋着巴顿。每当琼芨在下铺看巴顿的来信时，央珍便从上铺伸头偷看。后来，她察觉琼芨和雷的隐情，开始跟踪琼芨。一天晚上，央珍从上铺溜下来，猛然揭开琼芨的被子，当她看到仰躺的琼芨圆鼓鼓的肚子时，不由失声惊叫……

央珍，这个小小的藏族女孩，据说她的曾祖父曾在旧西藏噶厦政府供职。出现内讧时，很善于借助外部力量扼杀自己的族人。就比如一个家里两兄弟发生冲突，便投靠其他门户，叫来邻居和外人杀伤自己的手足，并以出卖家园为交换……这些，在央珍的身上，像一种遗传，一种天赋和秉性。为了报复琼芨夺走了她的所爱巴顿，央珍在暗中等待着时机。

等到学校掀起“三面红旗”“与党交心”的热潮，央珍便去主动找到校党组织，倾吐她内心的秘密。

那天，校园里的花儿都开了，空气里弥漫着芬芳的气息。央珍朝学校党委副书记张瑞宝的办公室疾步走去时，一只发情的公猫跳到办公楼的窗沿上，朝着楼下草坪上的母猫叫春。央珍心里发颤，脚步有些迟疑了，这时，张瑞宝推开窗用一根鸡毛掸边打边骂道：“去去去，野猫！”她看见了央珍。

“来，上来，我正等你呢。”她对央珍说。张瑞宝的笑容使央珍心里掠过的一丝不祥之感一扫而光。她毫不犹豫地迈进了张瑞宝的办公室。

“她床上睡了，她干了他们干的事情……”央珍以倒装句和藏味儿的汉语表达着，显得努力而真诚。这是她预先设计好的。藏族人原本有着极高的语言天赋，经过近三年的学习，比起张瑞宝这种小地方来的汉人，央珍已能说一口更纯正更流利的普通话，但她故意显得笨拙，她断断续续地说，“她琼芨，课不上，睡去了雷老师床上，肚子皮球大……”

张瑞宝终于听明白了，不由大吃一惊。她在脑子里飞快搜索着有关琼芨和雷亲密的情景，但一无所获。

央珍仍沉浸在叙述中，为了她一直暗恋的人，巴顿。她想念巴顿。她曾在某个深夜把巴顿叫到教室里，那时巴顿就要毕业回拉萨了，央珍不顾一切地在他面前脱光了又穿上，又抑制不住地脱光了衣服哀求巴顿占有自己……

张瑞宝怀疑地盯着她："你怎么知道得那么清楚？"

"我去跟她门口，里面我看，雷老师的床上琼芨抱了，地上衣服光光地脱了，还她和雷老师……"她装出欲言又止害羞的样子低下头。

"央珍，你这样向组织交心很好，以后要继续保持下去。"

央珍点点头站起来："张老师，那我课上去了。"

"好好好，"张瑞宝连声应道，对她说，"下课后叫琼芨上我这儿来。"

2

张瑞宝是这所院校的政治部主任。工作多年来，凡是作风不正、道德败坏的事情她都要亲自过问，严加惩治。这一次，她没想到这种事会发生在藏族班里。她一直以为藏族孩子纯朴老实，她甚至没留意过那个叫琼芨的女生长什么样，本校的才子雷怎么会……张瑞宝惶惶不安地在办公室来回踱着，等着那个叫琼芨的女生到来。

几个小时以后，学校下课了。央珍领着琼芨，穿过操场，走进了张瑞宝的办公室。

琼芨挺着圆圆的再也无法遮掩的肚子站在张瑞宝面前。

张瑞宝背着双手，围着她慢慢踱着步子，左看右看，上下打量她。琼芨的脸红了。当她与张瑞宝惊疑的目光相遇，她抬起她褐色的眸子，给了这个剪着短发的妇人一个甜甜的笑。张瑞宝不由一怔。这样的微笑发生在这种时候，出乎她的预料。她不忍再仔细审视眼前这个怀有身孕的女孩。

“哎，说吧，雷老师是怎么骗你的！”张瑞宝长叹一口气，她肯定央珍编造了谎言，眼前这个少女，张的心头隐隐作痛，像是体会到了男人，雷，怎么对少女生起的那一腔柔情。“坐吧，”她指指椅子，“来，喝水。”张突然变得温和起来，“慢慢给老师说，别怕。”她拍拍琼芨的肩，感到这女孩孱弱的身骨柔软而温顺。

“从头给老师说，他是怎么脱你衣服的？你害怕地叫了吗？他听见你叫，见你畏缩和胆怯，他是不是更兴奋了，他抱你，强奸你，最后他……你告诉老师。”

“他写诗，写了很多很多，但昨天晚上他全撕了。”琼芨咬着嘴唇哭了。

“他写诗？在你的身上？”

琼芨哭着，使劲摇摇头：“雷老师说他害怕，他要我赶紧请假回西藏去……”

“哎……”张瑞宝沉痛地长长叹了一口气，朝椅背靠去，闭上眼对琼芨喃喃地说，“他不该这样。”

3

琼芨和雷的私情很快传遍了全校。一时间，校园里的墙上贴满了密密麻麻的大字报。雷的一些琼芨没读过的诗也被贴出来，一夜之间，雷成了强奸犯、反动右派分子。

这时，琼芨挺着一天比一天高的腹，低头躲闪着四面八方投来的哄笑和羞辱。夜晚，她孤单地躺在宿舍的床上，感到胎儿欢愉地在腹中翻动，一会儿滚到左边，把左腹顶得鼓鼓的，一会儿小脚又踢右腹。“好了嘛，别闹了，人家要睡了。”她悄悄摸着肚子，小声说。还是少女的她，母性的本能被肚子里的胎儿触动着，双乳肿胀，像充盈着乳汁，对雷的思恋，淡薄起来。

雷躲藏在他的角落终日惶惶不安。琼芨的身体，她裸露的模样，她在他的大床上走来走去或转半圈。他在床下望着她：被胎儿撑起的小腹，绽开了淡淡的纵向的纹路，像细风在湖面上的涟漪；手去抚摸时，像是透明的，珍贵的宫阙里如意珍宝般的圣子……他眩晕了，他的手在战栗。这个来自神秘喜马拉雅的少女，他不敢以为那个圣子是他所为。

琼芨对他说：“我要带他回西藏。”她想让孩子在直射的阳光下，她要在他身上涂抹掺了甘露的油，采高山香柏，为他熏染童身以及黄金雕琢的经文，沉醉在他纯净的眸子里。

“跟我去医院吧，”雷说，“你还只是个少女，这样会毁了你的一生。”

“不，我不去。”她害怕起来。害怕雷，怕这个布满坟茔的地方埋葬她唯一的亲人。当她从内心断绝，与母亲、继父、姐姐曲桑姆，孑然漂泊着，她感到今天在这世上，就要降临的，她的骨肉，血脉相承，她至亲的人儿……

雷，哭了。雷蹲在门后，手撑着脸，像头系白毛巾的那些个找不到水源、没有肥沃土地的山民，泪水和鼻涕纵横，拍着地，绝望地哀号：“这下完了，全完了……”

琼芨惊诧地望着那个男人，想着他写的那些美丽的诗句。她跳下床，从他抽屉里翻出来，她给他看，要他看她爱慕过的诗人的句子。雷接过去，看了几眼，突然将纸撕成碎片向空中掷去。琼芨怔住了，她伸出手想要去接住，缓缓落下的像白雪，雪花儿上的字迹像不净的污渍……

4

雷走了。被下放到边远地区劳改。他的宿舍被查封，那张琼芨睡过的核桃木大床被拆散送进了学校的伙房。没过几天，琼芨也被送进了医院。学校安排她堕胎。

这时，孩子在琼芨的腹中已长出了黑黑的眼睛、鼻子、耳朵和小嘴，还长了一头浓密的黑发，毛茸茸扎得琼芨常感到胃那儿痒痛痒痛的。再过几个月，孩子就要出生了。孩子开始用他的小拳头小脚不安地轻叩母亲。他感到了母亲的惊恐与绝望，母亲的哭泣和抽搐令他住着的小暖房像糌粑口袋一会儿勒紧了令他喘不过气，一会儿被揉搓一般，长长的脐带绕住了他的颈，他无助地哭喊着，奋力想出来……

然而，命运早已被注定。央珍和另外几个同学协助护士把琼芨压在床上，任凭她怎样挣扎，毒液已被一滴滴注入她的血脉，驰向她腹中那无辜的婴孩。凌晨三点多钟，琼芨感到自己像被屠宰的母牛，在撕心裂肺的哭喊声中，孩子终于被驱赶出来了。

护士们惊呆了，这是一个多么漂亮的男婴啊！胖胖的，长着长长的睫毛，他浑身青紫，脐带紧紧勒住他的小脖颈，他还没死！琼芨不顾一切地夺过来抱在怀里，但孩子张了张小嘴，吐出最后一口气，在她怀中渐渐僵冷……

小护士掉眼泪了，央珍也哭起来。琼芨紧抱着死婴，下身的污血像溪流一样流淌着，她昏了过去。

第九章

1

我不由哭泣。这人世间，还有什么比母亲失去亲子更痛苦的啊！泪水模糊了我的双眼。

“如果……我死了？”我脱口说，“黛拉，你没必要害怕，不许流泪。”

黛拉惊异地望着我，又看看旺杰。

“总有一天，我会自己了断！”说着，我又干了一杯酒。我们醉了。

“快凌晨四点了，茜玛，我们回去好吗？”黛拉恳求道。她是胆怯了？我的手腕上是刚愈合的伤，嫩嫩的，呈粉色。

“再坐一会儿。”我说。街上华灯通明，拉萨这时已是一个疲惫不堪、没有夜、没有睡眠和梦的都市。年轻人聚在街两旁的酒吧里纵情畅饮，老人牵着狗，也在街上，整夜地转经。

“死于意外，老死、病死……”旺杰说着一掌拍到桌上。

“不过是一种短暂的离开。”我故作平静地笑道。泪水噙满了我的双眼。

“但怎么可以？”黛拉坐在我和哥哥的对面，一脸的迷惑。她穿得很薄，像是冷，双臂交护在胸前：“自杀，会使心从死亡里坠入地狱！”

“哈哈哈！心？地狱？”旺杰笑道，“老套！”

“感受一下地狱的酷怎么啦？”我睨了她一眼，“生生死死，反正没完没了。”

黛拉不吭气。我望着她，我想，比如这张木桌子，只是某棵树的躯体。这杯美酒，是葡萄离开藤蔓和土壤的复活之灵。而所有的一切，像漂泊在水里日月的光影，谁能说活着或已死，生命就像一场虚无的盛宴。

我不禁感到莫名的狂喜。我想呕吐。

这时，头发鬈曲、印度美男子一般的洛泽，一直踯躅在拉萨的街上，推开一扇又一扇门，进去又出来，在缭绕的烟雾和袭人的酒香里，他要找到我，美艳的茜玛——他听说那晚，她离开以后，躺在家里的床上，切割自己的手腕。流淌的鲜血像红色的花瓣，又像夕阳拖着的长长的尾巴。茜玛快死了，她还那么年轻，生命又要从头再来。那时，她不想再见这个令她心生幻想的男子。无端的幻念比生死轮回更令人绝望，茜玛要离开他。

夜半时分，洛泽终于找到了。在这个城市龌龊的角落，他跌跌撞撞地闯了进来。他是多么地英俊啊，他的身上，印度洋的暖风或许还有某个热带女人的气味……他看见了我，茜玛。他从来没有如此愤怒过，他以为，他所有的颠沛流离，是为了拉萨那虚构的圣洁……他粗野地抓起立在门边的一个垃圾桶，他接受过的西方文明的教化转眼化为乌有，只剩下暴力。垃圾桶从黛拉的左肩上飞过去了。纸屑和垃圾从半空飘了一些在我们的桌上，我嚼着口香糖。

“你想干什么？”旺杰冲上去。他们要打起来了。我的情人和我的哥哥。而他们的血，流的血会是什么颜色？像稠稠的奶汁或黑炭……我紧张起来，拉萨在他们自相残杀的血垢中，魔界的罗刹即将复活吗——我张皇地拿起一个空酒瓶，对准桌子的一角狠劲敲碎，我宁愿用尖利的玻璃齿狠狠地自残，刺进我自己的血肉……

桌上的残迹被凝合在一起，红里透黑。洛泽惊诧地转过身，呆呆地望着我，慢慢坐下去，垂下了头。后来，他走了。他还要去往别处，瑞士、加拿大或北欧……

黛拉弄来一瓶云南白药。

“走吧，我们回家吧。”黛拉求旺杰。

“你要走你就走，”我一字一句地对黛拉说，“记住，你只是我嫂子，仅此而已。”

“我们一起来的，也该一起走。”黛拉小声说。但假如，假如她撇下我和哥哥……她坐着没动。我又说:“还坐着干吗?没人留你。”哥哥沉默着。我和黛拉,他心里无法平衡的感情。我感到阵阵眩晕。周遭的一切都像是离开了原本的位置,无序而混乱。

“去医院看看去!”哥哥说,“包扎一下!”

我痛得发笑。我趴在桌上。

“看她脸色都变了。”我听见黛拉悄悄说,“洛泽为什么对她那样?”

“茜玛不愿理他。”

“那茜玛为什么用酒瓶扎自己的手?”

“走,疼得不行了!”我站起来,浑身有些颤抖。黛拉上前扶住我,我感到我快要痛昏过去了。

我执意要去一个小诊所。

诊所很偏,在一处街角。青蓝的日光灯下,某个无照行医的汉人像是从地缝里钻出来的,身上有一股臭味。他说:“她肉里刺进了玻璃,要打麻药。”他的口音很奇怪。我咬咬牙,朝他摇手,我不要用麻药,坚决不用。

“这不行,不行。”他把刚穿上的白大褂脱下来,“不打麻药不敢做,不敢。”

“给你二百元?”我说。

“好嘛好嘛,但痛得很,你能忍住吗?”他有些不相信。

“茜玛,你就打麻药吧。”黛拉哀求我。

“一点儿玻璃渣子,不用。”我笑道。

“茜玛，别逞能！”旺杰怀疑地说，“为什么不要麻药？”

“还站着干吗？嫌钱少了吗？”我朝江湖医生大喊。

他开始了，一脸惶恐，抖抖索索地拿起锋利的刀片划开我的中指，再用镊子从血肉模糊中挑出一粒粒玻璃碴。疼痛使我面目扭曲，神志恍惚。疼痛原来是这样，如此强烈，令我亢奋和疯狂。那么死，是否一如那生命的高潮，潜藏在欲望深处……

2

所以洛泽，后来，在没有你的路上，当我走着，或又会遇见你和与你相似的人。

你举起长长的手臂，你有了新的主意，“下面这样，”你瞧瞧我，得意地笑道，“我们大家：国外的藏族说藏语时不许夹杂英语和印地语，你们，”你指指我，“不许加汉语，要不就罚谁喝酒！”

“哦！哦！ok!”大家齐声起哄道。

“开始！”

好一阵，我们和你们都不吭声，害怕一开口就说错，我在心里暗暗连续着一段完整的藏话。

“您……您今天非常，很漂亮，白吉啦。”还是洛泽的朋友先开口了。他说藏语的尾音朝上扬得厉害，怯生生的。我的女友白吉吃吃笑起来，不知该回答什么好。

洛泽端起酒杯准备罚她了。

“谢谢。今天天气不错？”哇！这家伙！外面天都黑了！她分明是用藏语生搬硬套。

“罚一杯！罚一杯！哈哈哈……”洛泽和他的朋友们高兴坏了。

“他本来说得就不对。藏族男女之间不这么表达。比如我们现在喝酒玩儿，他该说‘我要敬您一杯酒，白吉啦’才合适嘛！白吉，你快开口呀！”我急了。

“把刚才说的再重复一遍！”洛泽对我说。

“为什么？”

白吉捂住脸在笑。天哪！我最后一句对白吉说的是汉语！

“都怪你！”我连连笑骂她。

“罚酒！罚酒！”洛泽把酒倒满了。

“No！ No!”

“哇，他说了英语啦！”我们大笑起来，我们拉平了！

游戏又重头来，但再玩儿下去大家都顶不住了，纯粹的藏语式的交流，显得脆弱、虚假和强求。让这些见鬼去吧！放响音乐，让我们狂欢纵饮，有一句谚语说得很好：自己不享乐，别人就要让你吃苦……而我们，好比竹筒里的蛇，还有别的出路吗？所以，洛泽，当我醉了。又醉了，你扶着我，带我去吧。我不在乎临时的憩所，而不想背负空渺的家园。

你走过来，点燃烛火，你训练过的体格，你从那个国度学来的，温柔的爱……

第十章

1

那时，在与我相仿的年龄，母亲她，却躺在白色的病房里，她枕在梦中。她梦到了，再一次梦到，底楼的屋子里，她梦到了雷：在他的窗外，苹果花儿，一树树的苹果花儿，碎小的白色花瓣，透着淡淡的水粉。花儿静静地舒展，没有尘埃……突然，一只鸟儿倏然跌落在花瓣上，落进了草丛。雷，就在那一瞬，看到坠落的小鸟。泪水不由盈满了他的双眼。他推开布满蛛网的窗，跃到鸟儿的身旁。他解开衣襟，把受伤的鸟儿轻轻贴在胸膛。他把鸟儿带回家，给鸟儿上药，陪伴着虚弱的小鸟度过沉沉的黑夜。

雷，哭了。

这夜里，只有小小的鸟儿看到他的泪水怎样淌满双颊……鸟儿慢慢死去。在雷的泪光中，鸟儿慢慢死去。

雷也死了。在琼芨的心里，死去的把记忆变成了空白，犹如茫茫雪野，看不到一个脚印……

2

琼芨病愈后，学校安排她退学返藏。

这时，巴顿从央珍炙烫的来信中得知了琼芨在学校发生的一切。他的思恋变成了灰烬，另外的，却在他深藏的心底无法预料地燃烧起来。他被一种奇异的痛苦折磨着。一会儿决定和琼芨一刀两断，一会儿又迫不及待地想见到她。这天，当他得知琼芨即将回到拉萨的时间，他悄悄去到民航车站，躲在一棵白杨树后面等着。

一辆满是泥土的民航公交车终于摇摇晃晃地驶进民航局大院。

巴顿紧盯着汽车出口，琼芨出现了。她双手拎着一个看上去很沉的黑色旅行包，肩上挎着一个塞得鼓鼓的大提包，有些费力地跟在下车的人们后面。久违的阳光令她微眯那双褐色的眼睛，她把行李放到地上，用手背遮住头顶的太阳，张望前来接她的人。巴顿忙闪到树后面。一会儿，两个巴顿不认识的人上前和琼芨握手，帮她拿行李。琼芨和他们上到另一辆车上，一阵尘烟，车开走了。巴顿远远望着，双腿竟无法朝前挪动一步。他就一直站在白杨树的暗影里，树的枝丫随风摆动时，巴顿有些无法自控了。

民航局大院里人都走光了。巴顿懒懒地拉开裤子拉链，对着白杨树一面撒尿，一面在心里发誓要忘掉琼芨。尿液激到裸露在地面上的粗粝的树根时，升起一阵白烟。巴顿的心突然阵阵发痛，恨不能立刻掐死琼芨，他走出大院，走着走着不由在街上跑起来，汗水顺着他的额头滴下来，渗进了他的双眼。

接下来整整一个冬天，巴顿没有再见到琼芨。他蜷缩在飞雪的寒夜里，像一个等待着复活的蝉。

第二年初春，全区业余调演，巴顿是单位的文艺委员和热巴舞里的男主角。琼芨在单位选送的《洗衣歌》里扮演小卓嘎。也许因为两人的节目一个下场时一个要准备上场，错开了，在第一次各单位联合彩排时，琼芨和巴顿谁也没有看到对方。直到第一次正式演出时，他们相遇了。当时，大部分演员都在场上跳热巴舞，琼芨在后台练习小卓嘎腿突然崴了的那段戏，巴顿喘着粗气冲下来，他刚在台上打完一圈蹦子，激烈的心跳令他头晕目眩，他躺倒在后台化妆室里的一个服装箱上。巴顿脸上化着浓妆，琼芨没有认出他。她倒了一杯热茶赶过去扶起巴顿，“喝下去就会好的。”她说，一面把茶杯触到巴顿的唇边。巴顿闭着眼，含了口滚烫的酥油茶。

“好点儿了吗？”她问。突然，她长长的睫毛一阵颤动，“巴顿？怎么是你！”

巴顿睁开眼睛。刚才，他听出了琼芨的声音，嗅到了她身上那独有的气息。巴顿和琼芨四目相望，一时无语，巴顿的眼睛湿了。这时，有人在叫琼芨准备上场。

所有的节目终于演完了。巴顿等着琼芨卸完妆出来。

他们默默地在路上走着。暮色暗沉，风不时从夜的深处旋来。

“去我的宿舍吧？”巴顿低声道。琼芨点点头。

巴顿开门进屋点亮蜡烛，房间不大，还有一间小厨房。

琼芨脱了外衣坐下来。巴顿进到厨房烧开茶，倒进酥油茶桶里，小屋里响起木轴在茶水和酥油里上下旋击的声音。

“好香。”琼芨说。她使劲吸了口茶桶里飘溢出来的奶香。一会儿，巴顿将打好的酥油茶倒进一个五磅暖瓶里，给琼芨倒了一杯，“趁热喝。”他说。

琼芨吹了吹浮在茶上的白色油沫，喝了口。

“酥油好鲜呀。”她微笑道。

“当然，是老家自己家的牦牛奶炼的。”他洗了洗手，揉好一碗糌粑递给琼芨。

“你父母身体还好吗？”

“我母亲还健在，父亲前年去世了。”巴顿喝了一口茶，将一块糌粑递到口中吃着。

琼芨心里吃了一惊，前年，那时她在学校……

他俩在昏暗的烛光里默默地吃着晚餐。

“要加点儿白糖吗？”巴顿问。琼芨摇摇头。窗外夜风呼啸，野狗的吠声远远传来。巴顿给琼芨添满茶，“多喝点儿。”他说，又想了想，“好像还有干肉。”他起来去厨房找，“我还以为被他们吃光了呢，还剩这么多！”巴顿捧着小半袋风干牦牛肉出来，琼芨又看到那熟悉的、有些生硬的笑容。

“好久没吃，挺酥的。有辣椒酱吗？”

“有，有。”巴顿忙拿来。琼芨蘸着辣酱吃了一口，立刻辣得眼泪都出来了，“快，凉水！”琼芨呼着气叫道。巴顿给她盛了一杯冷水。半晌，辣味渐渐退了。

“头都辣晕了！”琼芨笑道。她的脸红红的。巴顿笑呵呵地望着她。但一会儿，屋里又静下来，巴顿喝着茶。突然，琼芨再也无法克制，小声抽泣起来。巴顿低下头沉默着。

“巴顿，我该回去了。”过了一会儿，琼芨抹去泪水站起来，“我该走了。”她穿好外套，等着巴顿送她。巴顿还坐在床上，低着头不动。

“我回去了。”等了等，琼芨小声又说。但话音刚落，巴顿猛然站起来，紧紧搂住琼芨……

3

不久，琼芨怀孕了。巴顿从单位里领到了一张双人床，他们要结婚了。

婚礼上，人们看到新娘子微隆的腹，脸上的妊娠斑像蝴蝶的翅羽投下的影子。身着军黄色上衣的双方单位的领导，在人们热烈的掌声中，将烫着金色毛主席语录的结婚证书递到新郎新娘手中。舞曲响起来:“深深的海洋,你为何荡漾……”巴顿牵着琼芨，跳起在学校学会的俄罗斯的华尔兹。

4

第二年，旺杰出生后不久，“文化大革命”在西藏也拉开了帷幕。巴顿开始和同事们没日没夜地赶着印报纸,办广播站，写与造反派辩论的文章。而当时，造反派总部设在琼芨所在的单位，琼芨是革命造反派中的一员。后来，派系之间斗争日趋激烈，琼芨被迫带着不满周岁的旺杰，从巴顿处搬回到自己的单位住。

一条街隔开了两幢对峙的楼。一边由巴顿的单位“保守派”所踞，一边是琼芨的单位，造反派指挥部。虽然两人都似一粒沙尘,也只能隔街相望。琼芨想念巴顿时,就背着旺杰，悄悄溜过大街，溜进对面的大院。

“长这么胖啦？”巴顿捏捏襁褓中旺杰的小手，又捏他胖嘟嘟的脸。小旺杰“哇”的一声大哭起来。

“他怎么哭啦？”巴顿有些不知所措。

“是你捏痛他了！”琼芨说着撩起衣服，把乳头塞进旺杰的嘴里。旺杰不哭了，喘着粗气，贪婪地吮着乳汁。巴顿呆呆地看着，慢慢地在她们母子旁边蹲下来，心里阵阵感动，不由伸出手，抚摸琼芨长长的发辫，又轻轻吻她光洁的额头。

旺杰睡着了。琼苃起来把他小心放到床上，她的衣衫还开着，哺乳的双乳饱满而滑润，巴顿上前搂住她，满怀崇敬地用指尖轻轻碰触它们，琼苃不由闭上眼，孩子吮吸过后丈夫的抚摸，竟令她浑身酥软……

但巴顿越来越忙了，忙于给年轻的姑娘们写歌词，他写的歌词谱成曲，令姑娘们爱慕不已……

5

在琼苃与巴顿分居近一年后的一天清晨，琼苃的单位召开红卫兵串联动员大会。大大小小的车驶进单位大院，广播里播放着激昂的歌曲。琼苃喂过孩子，轻轻走进会场，在最后一排的角落里坐下来。一抬眼，与台上的他，那双惊喜的目光相遇了。琼苃怔怔地望着那个男人，她想起来了——洛桑次仁，农场里曾经的同学。

会上，人们的讲话像一条西流的河，河里，有一个飞跃如燕的少女。为了能和少女在水中相遇，一个少年逆流而上，在水里“扎猛子”、腾空入水，泳技好不惊险……

琼苃都想起来了。

这时，洛桑次仁从台上远远凝望着她，十多年以后，他没想到，今天，在这个时候突然再见到她。他朝她微笑，掩饰着内心的激动，一直在看她。看到坐在角落里的琼苃，那个曾经可望不可即的娇贵的少女，她变了，忧郁而秀美，洛桑次仁的心在颤抖。

将近三个小时，终于散会了。在琼芨回家的某个拐角，洛桑次仁等在那里。

“琼芨，不认识我了？”洛桑次仁迎上去对她笑道，少年时代，他渴慕的人，已近在咫尺，“我是洛桑，在农场时……”

“洛桑？你怎么……”琼芨假装吃惊地笑起来。曾经被农场收容的流浪儿中，那个帅气的康巴少年……

“是我！”

“你长这么大啦？”

“什么？你不比我大几岁呀。”洛桑低头看着她笑道。这个女人仍像从前一样小巧可爱，只是……

“到家里去喝茶吧！”琼芨热情地说。

“孩子和保姆去他爸爸家了，屋里没收拾，乱糟糟的，请进吧。”琼芨一面说着，一面推开门。

“快进来呀！”琼芨见洛桑有些迟疑，扑闪着一双褐色的眸子朝他笑道。

洛桑进屋在卡垫上坐下来。琼芨忙着为他烧茶。望着她依然袅娜的身影、双颊上泛动的红晕，洛桑压低声音说道：“先别忙了，过来坐吧。”

“已经好了。”琼芨笑着给他倒茶。滚烫的茶冒着热气，琼芨离洛桑很近，他甚至看到了她倒茶时衣服下面突出的乳。

洛桑一阵冲动，一把握住她为他斟茶的手：“琼芨，我要等你离婚！”

茶，溢了一桌，洛桑的手被烫得“哎哟”一声收回来。

“你还一个人吗？”琼芨拿来毛巾递给他问道。她默默地擦着桌子。

“对。”洛桑低声说。

屋里的气氛突然变了。琼芨在洛桑对面坐下来，垂下眼轻轻叹了口气。

半晌，洛桑抬起头，“琼芨，我没结婚，因为我忘不了你！”他激动地望着她说。

琼芨的脸红了。她没有忘。她记得。那时，洛桑还帮她洗被子，他的胳膊粗壮有力，硬硬的军被在他手中像棉花一般柔软。

“我现在在市委工作。”见琼芨不语，洛桑又对她说，“我分管市财政工作。”

“那你就是？”琼芨吃了一惊。

洛桑平静地点点头。他说：“我在名单里看到了你的名字，但我不敢确定是你。”

琼芨站起来，给他添茶，悄悄打量眼前这个魁梧的男子，她的内心突然有些莫名的慌乱。

“明天，我可以约你出来吗？去看看农场？”

“不行，不行。”琼芨慌忙摇头。

“为什么？”洛桑问。琼芨垂下眼睛不语。

“琼芨，他对你……好吗？”洛桑沉默片刻，认真地问。琼芨摇摇头，“不，挺好的。”她轻声说。心里突然一阵伤感。

“哎……”洛桑望了望零乱简陋的屋子叹道，“琼芨，你的生活不该是这样的……”

琼芨抬起头笑道：“该怎样？”

“你该……”他想说从前的琼芨多么骄傲和俏丽，但现在……

“琼芨，我一定要等你离婚。我等你很多年了。”洛桑望着她一字一句地说，“我要让你幸福！”

琼芨怔怔地望着他，一脸的迷茫。洛桑站起来，走到她身旁，蹲下来，牵起那双因为家务变得粗糙的手喃喃地说，“我一定要让你过上好日子！”

“不，洛桑。”琼芨慌忙抽回手，她想说他错了，她想对他说巴顿多么爱她，但话到嘴边，琼芨突然哭了。洛桑把琼芨搂进怀里，他的双臂拥着她，越来越紧，像一双铁钳……

6

那时，旺杰已经摇摇晃晃会走路了。胖胖的脸蛋，一双和巴顿一模一样黑闪闪的大眼睛，令巴顿单位里的姑娘们格外喜欢。姑娘们几天不见小旺杰，就冲巴顿嚷嚷着要他去接来。姑娘们抢着抱小旺杰，忙着给他洗澡、喂饭，旺杰玩儿高兴了，晚上也不肯回家，要和最漂亮的卓玛阿姨睡觉。这天，琼芨已有两三天没见到儿子了，她来到巴顿的住处，他们曾经的家。卧室里，那张单位发的双人床依然放在靠墙的位置，朝阳的窗前是一张书桌，书桌上是朋友们在婚礼上赠给他们的马克思、毛泽东著作。白白的墙上贴着毛泽东在天安门上接见红卫兵时的画，她和巴顿的结婚照挂在床头的墙上。

“坐，我给你泡杯茶？”巴顿给她端来椅子。

“收拾得挺干净的。”琼芨环视了一下熟悉的屋子，看到巴顿洗过的衣服挂在窗外，“你怎么自己洗衣服了？我拿过去洗就行了嘛！”话音刚落，外面响起敲门声：“巴顿，巴顿哥。”

“是旺杰回来了。”巴顿笑道，一面去开门。几个姑娘抱着旺杰，小保姆流着鼻涕跟在后面。

“宝贝，过来，妈妈抱。”琼芨迎上去伸出双臂。

“不，不要。”旺杰抱住卓玛的脖子不肯松手。琼芨有些尴尬，“好哇，不要妈妈了吗？”她笑道。

“我们刚给他洗过澡。”卓玛把旺杰递给琼芨。

“我来介绍一下，”巴顿说，“这是我妻子琼芨，她叫卓玛、央金、拉姆，她们三个刚毕业分来的。”

琼芨对她们笑笑。

“看，那时巴顿哥好帅呀！”央金走近床头看琼芨和巴顿的结婚照，三个姑娘都围了过去，叽叽喳喳地议论着。琼芨抱着旺杰，吻他的小脸蛋，对他喃喃地说：“想妈妈了吗？今天跟妈妈回家好吗？”

“今天晚上我们有演出，我们想带旺杰去看。”卓玛回过身，不知是对巴顿还是对琼芨说道。

巴顿低头笑了。他的儿子被姑娘们争先宠爱，他心里感到美滋滋的。

“他在我这儿挺好的，她们都帮忙带他，你放心吧。”巴顿对琼芨说。

“是呀，再留旺杰玩儿几天吧？”央金和拉姆也对琼芨说。

“那……好吧。”琼芨的脸红了。她突然感到自己似乎在他们中间很多余，儿子也喜欢留下，喜欢那些快乐而年轻的姑娘。

“他吃饭吃得好吗？”琼芨问巴顿，她朝巴顿的小厨房里看。

“她们几个每天买菜做饭，旺杰吃得可多了，是吧？臭小子！”巴顿对儿子笑道。

“过来，到阿姨这儿来。”旺杰立即伸开小手摇摇晃晃地扑进卓玛的怀里。卓玛把旺杰抱到大床上，挨个儿捏他的胖手指唱道：“大拇指是矮蛋叔叔，食指舔糌粑糊糊，中指要戴金戒指，敬奉三宝的是无名指；专门干不该干的坏事儿的是这个这个……”卓玛捉住旺杰的小拇指一个劲儿捏道。旺杰张开嘴“咯咯”笑着在床上爬，卓玛假装伸手去抓他，旺杰笑得更带劲儿了。琼芨和巴顿看出了神，巴顿傻乎乎地“嘿嘿”笑着。央金和拉姆也凑过去，在大拇指上套上纸折的小红帽逗旺杰，旺杰淌着口水，光着小胖屁股，在三个姑娘的笑声中爬来爬去。

“我先走了，过两天我再来接旺杰。”琼芨小声对巴顿说。她感到自己该走了。

“我送送你？”

“不，你不用送，你陪她们吧。”琼芨回头望了眼玩得正起劲儿的旺杰，悄悄拉上门出来了。

夜很黑，偶尔从很远的地方传来几声枪响。琼芨低头走着，刚走出大门，有一杆枪瞄准了她。

“她是造总里的人，我认得！”

“你看清了？”

“没错，就是她，她和造总里的一个头儿，那个康巴人洛桑关系密切！”

“等等……”

“怎么了？”

“千万不要开枪，她是巴顿的老婆琼芨……”

“喂，琼芨，快跑呀……滚回造总的狗窝去，哈哈哈哈……”

7

黄昏时分，空气里弥漫着浓郁的蓝，琼芨望着窗外，她想念孩子。但巴顿单位的警戒越来越严，他们不准琼芨进去。而一想到那晚回来时，从大门上的岗楼指向她脊背的枪口，琼芨不由倒吸一口冷气。

她一个人准备煮一点儿面条吃。

“琼芨，快下来！”洛桑骑了一辆部队上的三轮摩托车，在楼下大声喊她。

琼芨放下筷子，心“突突”乱跳。

“你在吗？琼芨！”洛桑又从下面喊道，把摩托车喇叭按得“嘟嘟”响。

“我在……”她的嗓子发干。

“快下来。”

“来啦！来啦！”琼芨慌忙答应着，跑到墙上那面蒙着灰尘的镜子跟前，胡乱理了理头发，带上门疾步下了楼。

邻居从窗子后面在打量他们。

她坐上他的三轮摩托车，洛桑冲她笑笑，猛然一踩油门，冲上了马路。一路上，疾风吹乱了他的头发，他像是在骑一匹烈马。

琼芨笑着，捂着双眼，大声惊叫着。一会儿，摩托车又开进了一段凹凸不平的土路，把琼芨上下颠得一个劲儿跳；接下去，路上又是一片泥泞，摩托车发出野兽般的吼叫奋力向前；终于，摩托车跃上一个大缓坡，道路豁然开阔，只见湍急的拉萨河从山谷奔涌而下，河岸的草滩上水鸟成群。洛桑刚把摩托车停好，琼芨欣喜地跳下来。

“好美——”琼芨眺望远山感叹道。

“看，农场就在下面。”洛桑朝河的南岸指道。只见那儿绿树成荫，依稀可见从前的铁皮平房和操场。

“我们去看看？”洛桑问她。

“一会儿去，先坐一会儿。”她说。她已经多少年没来过了，她喜欢河、河水、河岸突兀的山石、河滩湿漉漉的青草。

洛桑从摩托车后面抱来一捆东西，在一处干燥的草坪上，铺开一张羊毛卡垫，又打开一个草筐，他叫琼芨过来。他煮了牦牛肉、新鲜的土豆，还带了酸奶和一壶青稞酒。

“请坐！”洛桑笑道。

“准备了这么多呀！”琼芨高兴地坐下来。

“来，尝尝我煮的肉。”洛桑刀口朝里，娴熟地削了一块半肥半瘦的牛肉递给她。

“好吃！”琼芨笑道，她望着远处说，“可惜今天来晚了点儿。”

“才七点半不到，”洛桑看看表，“九点过天才黑嘛，还早。”

“也是，还有好几个小时呢。”说着，琼芨惬意地吃着牛肉，将一只手撑在身后，伸长双腿。洛桑望望她，又看远河。夕阳在天际飞腾，河岸、霞光和水雾交织。

“真想下到河里去。”琼芨眯着眼喃喃地说。波光粼粼的水面上，像是落满了五光十色的宝石。

“以后我们可以经常来，”洛桑给她斟满一杯酒，“来，我们碰一杯，多少年没见了？”他端起酒。

甘凉的青稞酒，琼芨接过去一口干了。

“你在水里很美！”洛桑说。

“是吗？你都记得？”

“当然记得，”洛桑停了停说，“一直记得。”

琼芨微微低下头，“我……我老了。”她不好意思地拂了拂垂到耳边的头发说。

“不，没有，只是……”洛桑不知该怎么说，他望着琼芨，她变多了。憔悴而忧郁，她很瘦。

“来，喝酒。”他端起酒杯。

琼芨望着远处，默默地抿着酒。

“琼芨，我那天在你家对你说的，都是我的心里话。”洛桑沉默半晌，低声说。

“现在水可能很冷？”她岔开话题。在农场的时候，她记得他，高而强壮。

“你想下水吗？”洛桑问。在水里，琼芨像一条鱼，阳光刺眼，他怎么也追不上她，没人追上她……

“去试试？”洛桑干掉杯中的酒。

“水太冷了。”琼芨漫不经心地说。她不想动。

洛桑起身开始脱衣服。

“你真要下水？”琼芨吃惊地望着他。

“对。”

“你会感冒的——别——”琼芨还没说完，洛桑除了一条短裤，已全部脱了。他朝河里走去。

“冷吗？”琼芨笑道，她站在河岸羡慕地望着他。

“还行！”洛桑大声说。河水承载着他过于粗重的身躯，发出“扑通扑通”的响声，他游出很远又返回来。

“快，披上。”琼芨忙拿来一件洛桑的上衣。

“不用，一会儿就晒干了。”他在岸边坐下，夕阳扑在他古铜色的肌肤上，身上挂着的水珠像跳跃着的小星星，他面朝阳光，仰起头，像一只开屏的孔雀，为她炫耀着。

琼芨有些不好意思地从他身上挪开目光。这时，一阵风拂来远处农场果树林里的芬芳，她朝河的南岸眺望，不由想到了刘书记，那天那群剃了光头的孩子们以及后来，洛桑，在足球场上，穿着一件红背心……一切已如此遥远，像一场依稀的梦，令她无法确定。

琼芨回到毯子上，头枕着双手躺下来，微闭着双眼，内心充满了伤感。一会儿,洛桑披着衣服走过来。在她旁边坐下。

“怎么了？”他弯起食指，抹去她眼角渗出来的泪，低声问。琼芨嗅到了他手上水的气味。她闭着眼睛。

“是不是想到在农场时的事了？还有刘书记……”

琼芨轻轻“嗯”了声。

“那时我们都很年轻，很快乐。”洛桑抚摸着她的面颊。河水拍打着河岸，琼芨隐隐约约听到远处传来悠长的燕鸣。她躺着没动。洛桑粗粗的手指顺着琼芨的脸颊，触到她微微张开的唇。柔软的唇沿，唇上白茸茸的汗毛。他慢慢俯下身，厚厚的唇贴在她的额上。她抬起一只手，想推开他，却无力地垂下来。他撩开她的上衣，把她抱在怀里。

“不，别——”

“琼芨，我想了你这么多年，给我吧——”他说着，扑到她身上。

“有人会看到的——”琼芨挣扎着说。

“我不管，我想你——我要你！”洛桑喘息着。

夜，渐渐覆盖了拉萨河。河面黑浪翻滚，河对面幽深的山谷中，暮色弥漫……

第十一章

1

那段时间，小小的旺杰常住在他的父亲巴顿处，以为那该是他的另外一个“家”——有爸爸巴顿和阿姨卓玛。他们很忙，来去匆匆，单位的广播里，成天回响着卓玛清脆明朗的声音，不时插播的歌曲，响彻每个角落。小旺杰和保姆在单位院子里玩游戏时，偶尔会停下来，侧耳听听，或眼巴巴望着某处发出卓玛声音的大喇叭，指望她停下来或能突然变换嗓音,从广播里给他讲一段兔子大叔的故事。但,没有童话。他便举起小木枪四处“啪啪”射击；或在屋里，跳到桌上砸碎玻璃或一只碗。他整天都亢奋不安，保姆束手无策。卓玛只好常常带着旺杰一块去上班。一次，单位开批斗会，旺杰看到大人们都围坐在一起，一个男人站在中间，低头念什么。穿着深蓝的布上衣，瘦瘦的，握着纸的手剧烈地抖索着。突然，那人蹲在地上，哭了，鼻涕和泪水流在一起。旺杰听到卓玛和旁边的阿姨低声感叹："哎，怪可怜的……"那人被押走时大声哭喊起来，会场鸦雀无声。旺杰的一双小手紧紧抓着卓玛的上衣角，他感到害怕，小心脏"咚咚"直跳……这天晚上，旺杰好不容易才睡着了，他梦见了妈妈，他对妈妈说："带我回去，我怕……"他醒了，揉揉眼睛刚想哭，他看到他们——他的爸爸和卓玛。

卓玛靠在墙上，巴顿背朝着床，月光照耀着他们白晃晃的身子……

"巴顿，别，别，小旺杰会看到，他会醒的。"

小旺杰忙躺下，露出一双大眼睛，好奇地瞧着他们。不一会儿，卓玛抑制不住轻轻呻吟起来，小旺杰听着像是在哭。他把头蒙在被子里。过了一阵，他又忍不住悄悄坐起来，望着两个大人，突然，他说话了："卓玛阿姨，我要妈妈。"

"巴顿，旺杰他看着我们的，巴顿！"

巴顿并没有停止，只是焦躁而更加猛烈，旺杰听到卓玛又像哭一般低声叫喊起来。

"卓玛阿姨，我爸爸在打你吗？"他稚嫩的童声清晰地在巴顿身后响起。巴顿回头一看，小旺杰打着赤脚已下床站在了他们身旁。

巴顿不动了。他俩开始摸黑往身上套衣服。卓玛拉开门匆匆离开了。

“明天就回你妈妈那里去！”巴顿拉亮灯，坐下来吸着烟，一脸怒容。

见巴顿生气，小旺杰有些害怕，他乖乖钻回自己的被子。一会儿，睡眼惺忪的保姆抱着被褥，从卓玛的宿舍回来。

“卓玛回房了？”巴顿问保姆。

“嗯。”

巴顿看了看表，掐了烟站起来。

“爸爸，你要出去吗？我怕，我想妈妈……”小旺杰从大床上爬过去站到巴顿的身边，“求你别出去……”他摇着巴顿的手哀求道。

“半夜三更闹什么！”巴顿在气头上，他推开旺杰，摔门出去了。

“别哭别哭，姐姐在。”保姆忙上前扶起小旺杰。小旺杰大哭不止。

“别哭了，哪里摔疼了？姐姐看看。”

小旺杰“哇哇”哭着，用胖胖的小手指指自己的脑袋。保姆一看，撞了一个小红包，大概碰到了床沿，她一面给小旺杰吹冷气，眼泪掉了下来。

2

巴顿一夜未归。

小保姆早上起来给小旺杰喂了一碗糌粑糊糊，带上门牵着他在院子里玩儿。

院子里停了好几辆车。人们都在往车上挤。

“爸爸和卓玛阿姨。”小旺杰指道。他们上了一辆北京吉普车，车开出了大门。

“我也要去，我也要去。”小旺杰挣脱保姆的手追了上去。

“小心！”随着车上人的惊呼，后面的大卡车猛然刹住了。

“上来吧，上来吧。”大卡车上的人喊道。几个人伸手把小旺杰拉上去了。保姆也爬了上去。

车开了。旺杰被车上的人抱来抱去，笑个不停。

过了一会儿，车开上了土路，剧烈地摇晃起来。车上的人帮忙把小旺杰绑在保姆背上。

“叔叔，我们去哪里？”小保姆抓紧车栏问旁边的人。

“小旺杰，去看枪毙人，你怕不怕呀？”旁边的人捏捏旺杰的小胖脸蛋笑道。

“什么叫枪毙人？”

“一开枪,人的脑袋就‘砰’一声开花了,你见过死人吗？”

“阿妈！我害怕！”小保姆尖声叫道。

“我不怕！”小旺杰从保姆的背上望着大人说。

车子开到了山脚下的一片平地上，停住了。车上的人纷纷往下跳。一个人帮保姆接下旺杰，匆匆对他们说：“小心走丢了，你爸爸在那儿。”那人指了指，随人流朝前涌去。

小旺杰已不想去找爸爸了，眼前，他从来没见过那么多的车，各种颜色，大的、小的，好像玩具一样。他和小保姆跑去摸，在车之间捉迷藏。

太阳很大，没一丝风，小旺杰想喝水了。但四周光秃秃的坝子只是黄土，保姆朝山上望去，山上有一条亮闪闪的，是泉。

“走，山上有水，我们爬山去！”保姆牵着小旺杰朝山上跑。刚爬上一个小山坡，山下传来刺耳的枪声。

突然，又有几声枪响回荡在空中。

“看，爸爸！”小旺杰叫道。小保姆也看到了，巴顿和卓玛跑出人群，正朝着山下跑来。

“巴顿叔叔，等一等……”

“爸爸……”

保姆和旺杰从小山坡上大喊。巴顿像是听见了，他抬头，朝上望，看到了他俩。

3

巴顿从山上背着儿子跑下来时，人群已冲散了他和卓玛。他把保姆和旺杰塞进车，反锁上车门，一转身消失在人海中。

保姆从巴顿紧张的神色中感到了恐惧。外面枪声不断，人声鼎沸，她不知发生了什么，战战兢兢地搂着旺杰不敢出声。小旺杰闹了一阵，他要喝水。车里又闷又热，小旺杰尿湿了裤子，嗓子也渐渐嘶哑了，他和保姆昏睡过去。

晚上十点多钟，天全黑了，巴顿和单位里的人终于平安返回。

小旺杰还没醒。保姆把他抱上床，盖上毛毯。巴顿进来了。他沉着脸一言不发，拉灭屋里的灯，在书桌旁坐下来。

零星的枪声使这夜显得格外沉寂。小保姆傻愣愣地望着巴顿。她看不清他的脸，他在吸烟，烟头忽闪忽闪的。突然，巴顿动了一下，从腰上解下什么，“砰”的一声放在桌上。

“阿妈！枪！”保姆看清了那泛着寒光的铁器，是一把手枪。她捂住嘴惊叫道。

“闭嘴！”巴顿吓了一跳，“谁让你带旺杰到那里去的？”他压低声克制着怒火。

“他自己要去的……”保姆捂着脸哭道。

“不准哭！闭嘴！”巴顿气得发抖。

旺杰醒了，“我要喝水，我饿。”他哭道。他看见了巴顿，从床上跳下来，“爸爸，我要去妈妈那儿，我要妈妈……”不等小旺杰靠近他，巴顿一脚朝小旺杰踹去，小旺杰一声不出，朝后倒了下去，小脸上满是血……

4

那时候，茜玛我，在妈妈琼芨的肚子里不安地踹动。小哥哥旺杰，我听到了他哭，他小小的心儿的痛苦。他想念妈妈。

但妈妈她，因为我，她不能挺着微隆的肚子去巴顿处看我可怜的小哥哥旺杰。我终日躲藏在她漆黑的腹中，见不到光。我感到了哥哥曾经的气息。

这晚，妈妈把我很好地隐藏起来，穿上宽松的黑大衣。那是她上大学时巴顿和她一起选的一件。她仍能穿上，她很瘦，憔悴的面庞上，一双褐色的眼睛陷在淡淡的眉骨下……

她系上一条长长的红丝巾，掩上门，她去了。夜里，她的脚步格外细碎，躲过街头的岗哨，低垂着头，害怕别人看出我——那个原本不该出生的茜玛。

巴顿在等她。

她推开门时，巴顿面朝窗站着。她看到他宽阔的肩背，她站在他身后，望着他，准备好的一番话，说不出来了。

巴顿慢慢转过身，望着她。突然，从她身后，飘来外面夜里的寒气，他哆嗦了一下。

琼芨关上门。

他们一直没说话，也无法坐下来谈什么。互相望着，再垂下眼皮各自承受着内心的痛苦。

琼芨的手一直在绞缠红丝巾的一角，把丝巾快拧断了。过了一阵，她的手终于停下来，她小声说："旺杰能在你这里再放几天吗？"说完，一滴泪落到微凸的腹上，我不安地动了动。

"他一直闹，要去找你。"巴顿说，"坐吧！"他先坐下来，点燃一支烟，"旺杰去卓玛那里了，要叫他来吗？"

“不用了……”琼芨在他的大床边上怯怯地坐下，眼泪流得更急了，她会不会大哭一场？巴顿沉默着。他什么都不说。

她终于没提到她肚子里的我。巴顿显得疲惫而茫然，他们还是夫妻，除非我……

琼芨站起来，突然要走。巴顿怔了一下，他不明白，“你还和造反派那个头子在一起？”他问。琼芨使劲摇摇头，“不，没有。”她慌张地说。

“那你？”他示意她留下来。她垂下眼。

巴顿上前轻轻拽住垂在琼芨胸前的红丝巾，她站起来往门口走，脖子上的红丝巾一点一点滑向巴顿。她走了。她突然走，是否为了再回来……巨大的恐惧向我袭来……

5

回到家以后，琼芨还在哭，没完没了地流泪。洛桑沉默着，但渐渐失去了耐心。

“你说，怎么办吧？”洛桑烦躁地站起来在屋里来回踱步。

“这个孩子……”她泣不成声。

洛桑停下来。

“孩子不能要……”她哭道。

孩子，就是我。是一个女婴，鬈曲的黑头发，继承了父亲洛桑那健美的骨骼。如果我出生，我决非一个纤弱的女子，世道人情、恨，与我与生俱来。

洛桑坐下来，痛苦地埋下头。

但琼芨，她说不出我的性别；他或她。她执意不要。

“好吧——”洛桑终于答应了。

“真的？你答应了？”

洛桑点点头。

“我们以后还会有的。”她的谎言，洛桑有些将信将疑。他看到她这段时间以来第一次有了笑容，露出白白的牙，感激地冲他笑着。他的心软了。

6

第二天一早，洛桑陪着琼芨来到郊外，他吃惊地看着她不顾一切地爬山，又跑又跳，她干得起劲，他惊愕万分。

我在暗中无望地挣扎着。没人看见我，我已气息奄奄。

连续三天后，她带着洛桑去到一个更荒僻的山野，当她看到一处从山上流下来的雪水，她奔过去，开始脱裤子。洛桑跟过来，他紧张地四处张望了一下，害怕有人看到她。但眼前，琼芨光着大腿，长长的发辫垂在柔软的腰上，双乳在内衣里凸现着，他不由冲动地上前搂住她，他好久没和她亲近了……

“干什么嘛？”琼芨推开他。

“琼芨，你答应和我结婚的，我们可以把这孩子生下来。”

“又来了！”琼芨白了他一眼，找到溪流的一处落差口，站到了下面凹进去的水坑里。差不多齐腰的雪水立刻像一圈圈刺骨的箍，将我勒紧。我感到被窒息、被扼制——我渐渐僵冷无力，意识涣散，我开始下坠，在一阵急过一阵痛苦的抽搐中，刚活了几个月的我要死了……

洛桑在一旁坐下来等着。他已等了整整三天。等他自己的孩子死于眼前这个妇人莫名的疯狂。他的内心渐渐焦躁不安，他站起来紧张地来回走了走，又坐回到那块岩石上。突然，不远处的溪水里，出现了一只肥大的青蛙，它发出奇怪的叫声，颔下的皮肤气球一般鼓胀起来。洛桑看出了神。一会儿，又有一只小一些的蛙跳出来，肥大的青蛙立刻扑上去拥住它。它快要被那只蛙挤死了——洛桑惊异地抬头想叫琼芨看，但只见琼芨站在水里剧烈地颤抖着，面目扭曲，脸色苍白，口唇青紫，咬着牙，绝望的笑令她更显狰狞——

"够了！你给我出来！"洛桑惊呆了，冲她大声叫道。

"不，马上要流产了！"她咬着牙笑道。洛桑的心被一阵突然的痛攫住了，"你这个女妖！你给我出来！"洛桑大喊着，这些天的忍耐仿佛顷刻崩溃了，他纵身往前一跳，揪住琼芨的头发，一把把她从水里拎了出来，"贱女人，我受够了！"他怒吼着，又弯身抄起地上一只带来喝茶的木碗，狠狠砸向琼芨。

琼芨的额头上隆起一个包。这是洛桑第一次动手打她。她没哭，她瞪着他，心里只想立刻见到巴顿，想到这么多年，巴顿没动过她一个指头……

“我不要这个孩子！”她哆嗦着一面穿着衣服，一面小声而坚定地说。阳光重又温和地照在她身上，我的痛慢慢平息下来，我宁愿在这样的光阴中平静地死去……

7

那天下午，琼芨去了医院。哪怕全拉萨的人知道，她也要堕胎，她和洛桑的事，就这样公开了。

但医院一直停电，手术没法进行。后来又因她得了肺炎，我侥幸活下来，并在她卧床休息的那一段时间，悄悄生长着。

那是一段温暖的时光。据说父亲洛桑带领红卫兵到各处串联去了，家里只剩下母亲和我——我蜷缩在母亲安静下来的腹中，独自愈合着心的创痛。过了几天，旺杰和小保姆也回来了。旺杰很乖，他给病中的妈妈端来茶喝，每天晚上用小手帮妈妈揉腰背，一次，他胖胖的小手触到了妈妈的腹，“妈妈，妹妹什么时候出来呀？”他能看见我。

“是妹妹吗？”妈妈笑了，“快了。”

“我想和妹妹玩儿，妈妈。”他把小脸贴到妈妈肚子上听我，“妈妈，妹妹在唱歌！”他瞪大眼惊喜地笑道。

“是吗？”妈妈的脸上露出疲惫而甜蜜的笑，“她是一个小美人。”她轻轻拍着我说。

“我想要两个妹妹，还要一个弟弟！”

“胡说！”妈妈轻声骂他。

“妈妈，妹妹有名字吗？她叫什么？”

“名字？”妈妈被问住了，她想了一会儿，眼泪突然涌了出来。

“妈妈，你哭了？”旺杰仰起小脸怔怔地望着妈妈。

小保姆忙拿来毛巾递给母亲，又端给她一杯热茶。

“我也想哭了，妈妈……”小旺杰嘟哝着伏在妈妈怀里，眼泪“啪嗒啪嗒”流下来。

“你真傻，你哭什么吗？”小保姆抱过旺杰，摇晃着他说。旺杰笑了起来。

“妹妹的名字就叫茜洛卓玛好吗？”妈妈抹去泪笑道。

“茜洛卓玛？”小保姆问。

“是啊，死还，复活……她总算没死在我肚子里。”

“我要妹妹茜洛卓玛，我要嘛……”小旺杰撒娇地闹起来。

又过了几天，妈妈能下床了。她来到太阳下面，小保姆帮她梳头。

“琼芨啦，肚子这么大了？快要生了吧？”邻居们围过来七嘴八舌地说。

“你和洛桑的婚礼就在孩子满一百天时一块儿办吧！”

母亲低头轻轻抚摸着我，微笑着。

“洛桑对您可真好，我们瞧见洗衣做饭都是他。”

“是呀，他真是个会疼女人的好丈夫，他出去多久呀？”

“不会太久，我快生了。”母亲垂着眼皮不好意思地说。

“你和巴顿离了吗？”

母亲愣了一下，忙点点头。

“听说他跟他们单位的一个小姑娘早好上了，这些男人！”

“是呀，也怪不得琼芨呀。”

母亲找了个借口，躲开闲聊的人们，进了屋。小旺杰到院子里玩儿去了，她一个人坐在屋里发呆，一会儿，她又独自落泪了。

8

吃过晚饭，她挺着大肚子，牵着旺杰去布达拉宫背后的湖畔散步。湖面结了厚厚的冰，湖心的小寺院静静地矗立在冬日夕照的残阳中，寺院已被红卫兵封闭了，紧闭的大门上挂着蛛网，周围成群的野狗在墙根蜷缩着，旺杰和妈妈不敢过去，顺着湖边走着。许多左旋的古柳伸进了湖底，在冰里伸开枝丫。晚上回来，旺杰坐着给妈妈画画，烛光中他专注地画着妈妈，把妈妈画在了湖底的树枝上，他说：“妈妈是水里的公主，琼芨白姆……”

但平静的日子终究随着父亲洛桑被贬职回到家的那天结束。那晚，母亲显得忧伤而疲惫，小旺杰已熟睡了，突然外面响起脚步声，有人敲门。是父亲洛桑。

“怎么这么晚？怎么回来的？”母亲打开门，只见他满身尘土，蓬乱的头发下面一双眼里布满了红血丝。妈妈替他倒好洗脸水，又叫保姆起来热饭。

“不，别叫醒她！”父亲说。他显得激动不安，望着她，“先坐过来，琼芨。”

琼芨的长发在睡前披散开了，她的肚子高挺着，脸上有了淡淡的斑。

“全都回来了？”她披了件衣服坐到洛桑旁边。

“让我摸摸，我们的孩子这么大了？”

“你还没说呢？”

“琼芨……”洛桑低下头，他停了停，“我被撤职了。”

“为什么？”琼芨吃了一惊。洛桑沉默不语。

“为什么？你不是带红卫兵串联，还要去北京，去天安门见毛主席吗？”

“真的，我被撤职了。”洛桑望着她，“琼芨，我们结婚吧？”

琼芨一阵茫然。

“琼芨，”洛桑迟疑了一下，低声说，“有人查出了你的出身。”

“我的出身？我的出身怎么了？”

“你们家，解放前，原来是庄园主。”

琼芨愣住了，一时说不出话来。

“我和你……我不能留在党内。”

琼芨哭了：“都怪我，我不该瞒着你……”

“我们的孩子就要生了，琼芨，等了这么多年，我终于娶上你了！”洛桑抱住她，“我不怪你。”

琼芨神色黯然，她隐瞒了这么多年的事，是谁告的密。

“我去把旺杰抱出来睡，”他伸手摸她的乳，“别想了，我要要你。”说着，洛桑进到里屋把熟睡的旺杰抱到外面的床上。琼芨替旺杰盖好被子。

“他和那个人长得太像了！”洛桑望着熟睡的旺杰不由自主地感叹道。

“是吗？我怎么不觉得呢？”琼芨俯下身，轻轻吻了吻旺杰的脸颊。

“行了，我们睡吧。”洛桑牵着琼芨进到里屋。

“不行，会压着孩子的！”

“没事，我想你……”

里屋的灯灭了。

这时，旺杰醒了，他想尿尿，里屋传来他熟悉的呻吟声，急促粗重，连绵不断，他在黑暗中睁着眼侧耳听着，他知道那是他的继父，是洛桑，他回来了……

第十二章

1

第二年秋，洛泽从印度又回到了拉萨。洛泽找到我。

“茜玛，今天是沐浴节最后一晚，我们要去拉萨河……”

“我不去。”我走到里屋翻衣服，洛泽跟进来，他晒黑了一些，但更英俊了。想到那晚在酒吧里发生的事，虽已过去一年多了，我仍感到不好意思。

“不去，我有别的事。”我掩饰地说。

“茜玛宝贝，你可别去，会生病的。”妈妈跟进来。

“阿妈啦，沐浴节下河，一个冬天也不会感冒。”洛泽对妈妈笑道。我的心里有点儿想去了。

“阿妈的宝贝别去，那是胡说。”母亲站在我的左边，他们俩你一句我一句，一个要我去，一个要我别去。

“行了行了，都别说了！”我没好气地笑道。我看看洛泽，又瞧瞧妈妈。突然，我说，“现在就走吗？”

“对！”洛泽喜出望外，又抱歉地对母亲笑笑，“阿妈啦，没问题的。”

“茜玛你要去？”母亲显得慌张又一脸无助。我瞟了一眼她地上的大铁箱，心想就让母亲和想象中的贼做伴吧，我笑道：“我当然要去了，晚上别等我。”说着，我以最快的速度收拾好我的东西跟着洛泽往外走。

“阿妈，如果害怕，就给你宝贝儿子打电话叫他回来陪你吧。”说完，我忍着笑逃出家门……

2

穿过一片茂密的灌木林，人们洗好的卡垫、氆氇五颜六色地铺满了长长的河岸。河畔、草坪上开满了紫色的野菊和金灿灿的苦菜花。有的人躺在上面，把帽子盖在脸上酣睡，有的三五人围在一起玩藏式棋。我跟着洛泽在他们中间穿来穿去，微风习习，河水清澈如镜。

“你是不是天天都来呀？”我不无羡慕地问洛泽。洛泽牵着我的手回头笑道：“差不多吧。”我想，洛泽在夜晚的河畔会不会有艳遇呢？也许已有了新的女友。

“他们煮好肉啦？好香！”洛泽说着高兴地跑上前去。

洛泽的朋友们煮了一大锅肉，还在河边扎起了帐篷，看来已经住了好多天了。还带了几个拉萨姑娘。我好像认识她们。一个像是拉萨小学的老师，有两个是医院的，另外一个也见过，是银行的……拉萨就这么小，总是似曾相识或知根知底。一个没有隐私和秘密的城市。我瞧瞧几个拉萨女孩，又望望在河畔金色的夕阳中，走路也踩着舞拍又跳又唱快乐的小伙子们，我想，也许，我们的生活对外人——对生活在我们以外的人们，是不可知的，他们无从领会我们的自在、欢喜、悲切和迷惘……

白央、德吉、普珍、旺姆和茜玛我，我们笑着，在一起玩。他们温文尔雅，浪漫，有朝气。而假如，假如那时我没离开洛泽，会有一个结果，一个家吗——我悄悄朝他望去：夕阳中，他正弯腰给我们女孩子盛肉汤，一缕黑发垂下来，俊美得令我心醉……

"嗨，茜玛啦，发什么愣？"洛泽的朋友叫我。

"茜玛，快吃呀！"洛泽递过刀和肉来。

"哇，好棒！"我熟练的刀法令其他几个女孩赞叹不已。刀口朝里，对着自己，顺着肥瘦相间的肉的纹络，一片一片割下来递到口中，真香啊！石头垒灶，木柴生火，河水入锅，肉里有盐、野茴香以及奇妙的超乎食物的……

"茜玛，给我几片。"白央说。

"我也要。"普珍也伸出手。

"来，男士们帮她们割肉呀！"洛泽帮我给不会用刀的几个女孩割着肉说。

“藏族人连肉都不会吃了！”洛泽的朋友一面割了肉递给她们，一面摇头，“学学茜玛嘛！”

我笑着，心里却很吃惊。因为洛泽他们差不多出生在国外的，怎么吃起肉来那么利索？还把煮肉的火候掌握得那么好？

“什么呀？我们拉萨人才不这么大块吃肉呢，所以不会用刀嘛，都是切好的。”白央争辩道。

“那人家茜玛怎么会？”

“我父亲是康巴人，他教我的。”我朝白央眨眨眼，对洛泽他们说。

其实，我更会用筷子。在拉萨，川菜、粤菜、火锅、东北水饺等等挤满了街市，近郊农民也改学种蔬菜。所以，用刀的技法以及其他，注定要丢失。

“好好好！请喝热汤，尊贵的拉萨妮啦……”洛泽和他的朋友们调侃道，一面给我们几个盛肉汤。听到他们以古老的尊称“妮啦”即从前的贵小姐称呼我们，我们不禁乐得笑起来。妮啦，多么美妙的发音啊！昔日里，拉萨那些打着阳伞的尊贵又窈窕的淑女！可现在，我们身上，多少都染上了大蒜的气味……肉汤又鲜又烫，一碗喝下去，身上马上就热乎乎的，连心都温暖起来。

“我再要一碗。”我说。

“我也要。”白央她们也说。洛泽抱来一些干柴，一面添火，一面笑道：“好哇！拉萨妮啦们的麻雀肚子今天变这么大了！”他夸张地比画道。大家喝着热汤，笑着。天慢慢黑下来，河水越来越静了。再过一个时辰，可以下水了。我们望着天空，喝着牦牛肉煮的热汤。

“澄水星出来了，快看！”

我无法比拟。西藏的夜晚，繁星满天，几乎每一夜都能见到流星拖着长长的光焰飞翔在远天……

“茜玛！”洛泽凝视我，轻声说。是的，这样的时候，我知道，我变了。我变成那样一个清澄圣洁的美丽女子。天上的澄水星照耀着我皎洁的面容，明朗的夜晚啊，清冽的河水多么甘柔，粼粼的波光在我周遭闪闪烁烁，我潜入它们，像一个初来世间的生命，裸露我纯洁的心和无垢的身体，在水波中尽情欢愉……

洛泽他们，以及岸上所有的人都下到河水中了。夜晚星光璀璨，神秘的风轻轻回旋于耳畔。洛泽牵着我的手朝河心走去，水越来越深，快淹过我的脖子了。我忽然想到，人的呼吸呼出十六指以外若吸不回来就断气了。生命所依附的多么脆弱不堪一击啊。夜空辽远，肉身却随时可能溃散。

洛泽和他的朋友们在水里站成长长的一排，面朝天上的澄水星虔诚地祷告着。突然，白央顽皮地朝他们泼水。我正想加入，只觉得双腿被人往下拽。是洛泽。

“好哇！”我惊叫着，猛吸一口气潜入水中，我和洛泽在水里“摔跤”。别看他来自印度洋，这儿可是高山雪水，不一会儿他便要浮出水面换气。我紧追不放，该他逃了！

我们在甘冽的水里领受着这秋夜无上的恩泽。突然，我多么希望母亲能一起来。多少比她更老的人，这晚，在水里宛若圣婴……

3

夜深了，我们背上洗好的卡垫，提着喝剩的酒，离开河畔，穿行在帕尔廓洒满星光的青石小路上。帕尔廓里静极了，街两旁的门和窗都紧闭着，沉睡在黑暗中。小巷里，再没有从前此起彼伏的狗吠。白天的纷涌和浮躁恍若一场梦，我们不自觉地压低了说话的声音，更不敢像以前放声唱歌。洛泽的朋友们似乎从酒醉的状态中清醒过来，大家默默地围着大昭寺转了一圈，便各自回去了。我跟着洛泽，再次回到了他租的那所熟悉的小院。但时过境迁，没有任何幻念的我，再不会像上次那样，痛苦地逃避自己的感情。我和洛泽之间，可以比过去更亲密了。这就是我们这个时代的爱情吧。

4

没和洛泽住几天，传来黛拉流产的消息。

原来，那夜，当金灿灿的左旋柳在夜风中摇曳，沐浴节藏历十五圆润的月亮升现在天上时，我们的母亲，琼芨啊，她多么孤独。秋夜的肃静和月儿的圆满令她更加忐忑不安。

她拉开门，穿过一条条街巷，去往旺杰和黛拉的家。

“旺杰，是妈妈……”她叩了叩门，颤声说。

“怎么？”旺杰忙开门让母亲进来。

“茜玛去河边了，我一个人……”

“阿妈啦？”黛拉为她沏好茶，在她身旁坐下来。孩子不到两个月，黛拉的身材还没变。

琼芨朝她肚子上瞟了一眼，对旺杰说：“这段时间很害怕，真的，每天晚上都有人企图从天花板上爬过来，茜玛不回家，我真的害怕……”说着，她的眼里盈满了泪。

“这个茜玛又上哪儿鬼混去了？”旺杰趿着拖鞋，点燃一根烟骂道。

“旺杰，求求你陪我住几天。”琼芨望着旺杰恳求道。旺杰在沙发上坐下来，吸着烟，沉默不语。琼芨见状，又转而恳求黛拉道：“黛拉，让旺杰陪我住几天可以吗？”

“可以可以，他应该的。”黛拉忙点头，“旺杰，你去吧，我没事的。”

“这可是你自己说的！”旺杰慢吞吞地站起来进到里屋换衣服。黛拉没听懂他的意思，她对琼芨笑笑说：“旺杰说什么呢？”

琼芨没搭话，她阴沉着脸，想着自己的满腹心事。

旺杰收拾好自己的东西出来，“我中午下了班就过来。”他拍拍黛拉的肩说道。黛拉点点头，拉开门，目送着他们母子在这深夜远去的身影……

5

回到儿时的家、母亲身旁，旺杰和琼芨都显得有些激动。琼芨毫无困意，她要旺杰帮忙，翻出一个大木箱。打开箱子，里面全是旺杰小时候玩过的东西，有弹弓、木头手枪……还有一把红色的钳子。

“还记得吗？”琼芨拿起钳子兴奋地问他。旺杰摇摇头。

“有一天上午，我们邻居家烧电炉引起火灾，眼看火苗顺着电线要烧到我们家了，你当时只有九岁半，你翻出这把钳子，爬上了屋顶，剪断了电线，你太聪明了……”琼芨陶醉地说。

“对，我想起来了！”

“你真勇敢。”

旺杰拿过那把手钳，左右看着。

“看，这是你小时候画的画。”

“真的是我画的？画得真好！”旺杰惊喜不已。

“你是个乖孩子，但有时也很淘气，”琼芨沉浸在回忆中，“有一次，你妹妹茜玛在温室顶上玩儿，我让你叫她回家吃饭，她不肯下来，你便使劲拉拽盖在温室顶上的毡子，一下把妹妹拉下来摔出老远！”

“摔晕了？”旺杰想笑。琼芨点点头，“晕过去差不多有十分钟！”

旺杰笑出了声。

“我怀疑她的脑子有点儿笨，也许就是你那时摔的？”琼茇也笑了。

“她小时候又笨又肥——”旺杰打了个哈欠笑道。

“困了吗？我们睡吧？”琼茇问，“我去给你铺床？”

“不困，好像有点儿饿。”旺杰揉揉肚子说。

琼茇让旺杰靠在卡垫上盘坐好，拿来一床毛毯盖在他的膝上，又转身端来一盘风干牛肉，烧好了滚烫的酥油茶。旺杰一面吃着，一面看电视。琼茇还在厨房为他热菜，她轻声哼着歌，旺杰的心，不由得在这夜深人静的时刻，被一种苦涩的甜蜜充盈着。

第十三章

1

初春，琼芨领着小旺杰，重又踏上乡村小路。这是她离开十多年后第一次返回村庄。

刚播种的田野还沉睡着。一束束晨光从天上的云层中落下来，在地里流泻。连绵的山峦，熟悉的山的褶皱，岩石上的阴影……风掠过河面，带来一阵芬芳，高高的山岗上，稀稀落落的野蔷薇已绽开绿芽，掩映着破败的荒冢一般的石楼。琼芨眯起眼，朝东边山上的觉桑寺望去，那里也只剩下一些残垣断壁。

村里的孩子流着鼻涕围过来。

“小孩，你们知道曲桑姆家在哪里吗？”琼芨问。

孩子们带着琼芨和旺杰走进村里，来到一所白房子前。拴在门口的小黑狗一阵狂吠，小旺杰吓哭了，躲在妈妈身后。村里的小孩哄笑起来：“看他像个胆小的老鼠！”

“在我门口闹什么？”屋里有人闻声出来，琼芨一抬眼，不由怔住了。只见一个蓬头垢面肥胖的妇人撩开门帘，粗着嗓子冲门口的孩子们喊道，“走开！滚远点儿玩儿去！”

“酒鬼！酒鬼！”孩子们起哄地笑骂。妇人欲弯腰捡石头。

“姐姐曲桑姆？”琼芨颤声叫道，不敢相信自己的眼睛。

曲桑姆转过身，呆呆地望着眼前这个穿一身汉地布衣、消瘦而苍白的女人。

小狗还在狂吠，旺杰从琼芨身后探出头:“妈妈，她是谁？好脏呀！”

“姐姐，你不认识我了吗？”琼芨上前握住曲桑姆的手，触到曲桑姆满手心的硬茧，心里不由一惊。

“你是？”曲桑姆嘴里满是酒气。

“是我，姐姐！”琼芨含着泪想拥抱曲桑姆。

“他是你的儿子？这么大了？”曲桑姆躲开琼芨，一面问一面朝旺杰走去，“来，让姨妈看看……”

“不要！不要！”旺杰躲闪着。

“好吧，那到姨妈家，姨妈给你奶圈吃……琼芨，快进家里来。”曲桑姆有些生硬地叫着琼芨的名字，她掀开门帘示意琼芨进去。

屋里很暗，琼芨两眼一黑，闻到一股酒味。

“琼芨，坐。”曲桑姆说着转身翻柜子。

待眼睛适应了屋里的光线，琼芨看到这小小的屋里一贫如洗，土坯垒的床座上，只铺了一层薄薄的毡子，床上的一堆旧皮褥中，有一双乌溜溜的大眼睛在闪烁。

“妈妈，看，那里有个小妹妹！”旺杰惊喜不已。

“他是小弟弟！”曲桑姆笑道。她战战兢兢地给琼芨拿来一只旧瓷碗，倒满一碗清茶，又忙着拿来一个小草筐，“吃吧！”她递给旺杰。

草筐里是一些陈年的油炸面果子和发黄的小奶圈。小旺杰看看筐里，又看看妈妈。

“不，他不吃的。”琼芨忙说。小旺杰会意地朝曲桑姆摇头：“我不吃。”

曲桑姆将草筐放到桌上，坐下来吸了一撮鼻烟，望着琼芨，“这么多年，你去了哪儿？”说着，曲桑姆的眼睛有些红了。

琼芨低下头，她没想到，曲桑姆变成了这样：苍老和不堪。

曲桑姆撩起围裙擤鼻涕，她擦去泪，并不看琼芨，端起桌上的一碗青稞酒喝了。

“阿妈，快看！”旺杰叫道。只见被褥里的幼儿光着屁股爬出来，小手伸向桌子上的草筐。

“给，小馋鬼！”曲桑姆拿一块奶圈递给幼儿，将幼儿抱起来。

“这是我的小儿子，他还有两个哥哥，跟着他爸爸上山放牧去了。”曲桑姆笑道。

“你生了三个儿子？孩子的爸爸？”琼芨吃惊地问。

“他现在已经成了老头了，老头平措！是不是呀？”曲桑姆逗着怀里的孩子。

小旺杰凑过去摸幼儿的光脚丫子，好奇地问：“他冷不冷呀？”

“他是不会冷的！”曲桑姆把小孩放回床上，端起碗干了一杯酒，用围裙抹抹嘴，有些醉眼蒙眬地望着琼芨，“你……这些年好吗？”

琼芨点点头，垂下眼不看曲桑姆，将涌到喉咙口的话都咽了下去。她明白，此刻，连一声叹息都是多余的。

“姐姐，我给你带了一些砖茶、红糖，还有妈妈的……”琼芨翻包往外拿。

“妈妈住在二村，一会儿我带你去！”曲桑姆喝着酒。

“阿妈！快看他头发里有虱子！”旺杰指着床上爬来爬去的小孩，对琼芨惊叫道。

“别怕，你看，这样就行了！”曲桑姆抱过孩子，分开孩子粘连在一起的头发，对着虱子下的蛋，用两个大拇指一夹，虱子蛋发出清晰的破裂声。

旺杰惊奇地看着，琼芨趁曲桑姆不注意，一把把旺杰拉过来。

“你头发上也有虱子吧？”旺杰天真地问曲桑姆。

“有，你来试试？”曲桑姆挠着头发对旺杰笑道。

“不，太脏了！”旺杰摇着头。

“不许胡说！”琼芨搂紧旺杰，怕他再过去。曲桑姆笑呵呵地望着他们母子，一杯接一杯地喝着。

“我想去看看妈妈……继父还在吗？”琼芨迟疑地问。

“都在，现在去吗？”曲桑姆呷了一大口酒问。琼芨犹豫着，她想父母变成了什么样子，会不会也像姐姐曲桑姆……

“走，我领你们过去。”曲桑姆说着又干了一碗酒，她站起来，肥硕的身子有些摇摇晃晃。琼芨忙上前扶住她，“还不到中午你就喝醉了？”琼芨轻声说。

话音刚落，一个黑黑的男人掀了门帘进来。

“平措，我妹妹琼芨还认得吗？”曲桑姆说着跌坐下去。

“小姐琼芨啦？”男人抬眼望她，怔了一下，随即谦恭地吐吐舌，垂下眼，连声道，“请坐，坐。”

他上前拿茶壶准备给琼芨添茶。

“不不，不喝了。”琼芨忙摆手。这个男人比十多年前是老多了，但身体看上去仍硬朗有力。想到自己那时在岩石后面曾见过的这个男人与姐姐交合的情景，琼芨躲闪着他的目光。

“妈妈，他叫你小姐？”旺杰仰起小脸摇晃着琼芨的手不解地问，“为什么叫你小姐，你说呀？”

“你领他们去我妈妈那儿一趟吧。”曲桑姆说着又喝开了，端起碗的手在发抖，酒溢出来。平措望了眼曲桑姆，有些羞愧地垂下眼对琼芨说：“她很爱喝酒。走，我带你们去。”

“姐姐，我们先去了？”琼芨牵着旺杰站起来。

“去吧，我马上来。”曲桑姆沙哑着嗓子说。

路上，平措走在小路的一侧，步子小而快，显得谦卑而驯良。琼芨牵着旺杰跟在他后面，尽量不去看他，她感到羞耻。在这个曾经卑微的牧人面前,她早已丧失从前心里的尊贵。而他善意保留下来的对琼芨的尊称和尊敬的态度，像对如今的她和她们一家无情的嘲讽。琼芨牵着旺杰低头走着，正午的阳光无比明媚，山野沉静如初，琼芨却只想把脸藏起来，只祈望不要遇到什么人，仆人……

2

绕过一段土路，爬上一个缓坡，琼芨的父母强旦和德吉泽珍住在索朗平措以前的房子里。房子带着一个小院，索朗平措推开院门，一个白发苍苍的妇人正在小院的太阳下纺着羊毛线，琼芨怔怔地立在门口,不禁泪流满面。那是她的母亲。离开家时，她记得自己的母亲还是一个颇有风韵的富态的夫人……

“阿妈啦……”琼芨哭道。

德吉泽珍回头，望见门口立着一个憔悴纤弱的女人，“琼芨？”她颤颤巍巍地站起身，喃喃地说，“琼芨……真的是你吗？”德吉泽珍老泪纵横。

“阿妈……是我。”琼芨上前扑向老母亲，痛哭不已。德吉泽珍缩得已比她矮了一个头。琼芨紧紧搂着瘦小的母亲，嗅着母亲衬衣领子上熟悉的淡淡的香柏的气味，哭得浑身颤抖。

“妈妈别哭，妈妈，她是谁呀？”旺杰拽拽琼芨的衣服问。

又冲着德吉泽珍傻笑。

“这是？”德吉泽珍擦着眼泪，望见旺杰，惊喜不已，“琼芨，这是你的儿子？”

“旺杰，快叫奶奶。”琼芨才想起旺杰，牵过他说。

“孩子这么大了！”老母亲牵起旺杰的手，眼泪又涌了出来。

“奶奶，别哭。”旺杰用小手替德吉泽珍抹去脸上的泪，“你住在这里吗？”

“对，这是奶奶的家，快，到家里去。”德吉泽珍说着牵着小旺杰往屋里边走边喊道，“看谁回来啦？”

索朗平措悄悄退出去，轻轻带上院门。

简陋的屋里收拾得十分干净。琼芨的养父强旦盘坐在床上吸着鼻烟。

“爸啦。”琼芨怯生生地叫了一声，眼里盈满了泪。

强旦抬头一惊，但很快镇定下来，把目光转向小旺杰。小旺杰放开奶奶的手跑过去，爬到强旦的怀里，“这是什么？”他从强旦手里拿过念珠问。

“小孩子不能玩儿的。”强旦说道。旺杰握住不放：“给我看看嘛！”

“快坐，琼芨。”德吉泽珍拉着琼芨的手，“快喝杯热茶。”

“妈妈，您坐，我自己来。”说着，琼芨拿过炉子上的茶壶先给母亲倒满。德吉泽珍坐下来，仔细端详着琼芨，哽咽道：“孩子，这些年你上哪里去了？妈妈以为你——”德吉泽珍泣不成声，她还清楚地记得，那晚，她从窗子里看到琼芨领着曲桑姆进了底层的粮仓，她有些惊慌起来，曲桑姆敦厚善良，她肯定曲桑姆不会走，将留下来承受所有前世与今生的果……第二天半夜，她起来悄悄去到马厩给马儿添了夜草，祈愿那白色的烈马能带着宝贝女儿琼芨远走高飞，断离这个家族的孽缘……从此，她每天都在一点点努力埋葬着对女儿琼芨的牵挂与思念，只希望琼芨能找到另一条出路……

“孩子好不容易回来了，你怎么老哭个没完！”强旦说道。他抱着旺杰，旺杰在拉他的长胡子玩儿。

“对，不哭了。你一直在拉萨吗？”德吉泽珍抹着泪问。

“不，但现在……”琼芨的两眼也哭得红红的，垂下眼不知该从何说起。

“趁热喝茶。”强旦起来要给琼芨添茶。

“我自己来。”琼芨忙接过茶壶。

“哎！”德吉泽珍叹了口气，眼睛又潮湿了，喃喃地说，“人这一辈子就好比处在针尖上，哪儿有不苦？只是什么事都要轮转的，苦乐也一样，都会过去……”

“妈妈，我们今天住在这儿好吗？爷爷答应给我讲好多好多故事，还要带我到山上去玩儿……”旺杰跑过来恳求琼芨。

“好呀，我们不走，听你的，宝贝。”琼芨对旺杰微笑道。旺杰高兴地又跑回爷爷的怀里。

“你们要留下来住一段时间？”德吉泽珍喜出望外，“晚上我们吃面疙瘩，把曲桑姆一家也叫来，这会儿我去把今晚盖的被子拿出来晒晒。”德吉泽珍说着站起身，“来，琼芨，帮帮我。”

琼芨紧张地瞟了旺杰一眼，拉住母亲的手小声说：“您先坐，等等。”

德吉泽珍坐下来不解地问：“怎么？”

“阿妈，”琼芨小声说，“我得走，女儿还没断奶，我一会儿得悄悄出去，不能让旺杰发现。”

“你刚生了女儿？”德吉泽珍打量着琼芨惊喜交集地说，“怪不得这么瘦！”

琼芨有些焦急地看了看表：“女儿才几个月，阿妈，我这次来，是想把旺杰放在这里一段时间。”

“多可爱的孩子。”老母亲望着和爷爷正玩儿得高兴的旺杰说。

“妈妈，我——我得走，要赶回去的车。”琼芨有些吞吞吐吐地说，“我会经常回来……”她悄悄指了指地上的提包，“里面有我给你们捎的一点儿东西和旺杰换洗的衣服。”

“刚回来就要走？”德吉泽珍有些不知所措。

“我——我过几天就来。”琼芨悄悄站起来，“妈妈，您坐着别动，旺杰会发现的。”她慌张地说。

“可是……”

“妈妈，我会经常回来看你们的。”琼芨吻了吻德吉泽珍的面颊，看了看在老父亲强旦怀里玩儿的旺杰，眼睛又红了。她忍住泪，趁小旺杰没注意，低下头匆忙溜了出去。

3

一直到吃过晚饭，旺杰才发现妈妈不见了。初春的风在窗外呼啸着，旺杰哭喊着要找妈妈。无论两个老人怎样哄他，逗他玩儿，旺杰只是一个劲儿哭，哭哑了嗓子，哭着哭着终于睡着了。第二天一大早，旺杰从梦中醒来，跳下床就朝村头跑，说要等妈妈回来接他。旺杰眼巴巴地等着，德吉泽珍陪着他。到了中午，旺杰仍不肯回家吃饭，德吉泽珍就把茶和糌粑拿到村口。

烈日炎炎，旺杰的脸蛋被晒得通红，眼睛还一眨不眨地望着前面的路。双眼望疼了，他就用小手揉一揉。德吉泽珍看着，忍不住在一旁掉眼泪。等了整整一天，天快黑了的时候，德吉泽珍背着疲惫的旺杰，蹒跚地回到住处，强旦远远地等在门口。

“睡着了？”强旦从德吉泽珍背上接过小旺杰。

“我要妈……”旺杰迷迷糊糊地说。

“琼芨这么扔下孩子，”德吉泽珍喘着气，痛心地说，“这孩子还小，太可怜了！”

“哎，她肯定有什么难处瞒着我们。”强旦说着，帮德吉泽珍把旺杰小心放到床上盖好被子。

深夜，一轮皎月透过小木窗，静静地照在小屋里。恍恍惚惚中，旺杰仿佛听见妈妈的声音：“旺杰，宝贝，旺杰……”旺杰睁开眼，看见妈妈琼芨的脸从窗户里飘进来，苍白的面容上挂着温柔的微笑，“宝贝……”旺杰坐起来，但他看不清妈妈的身体，只见妈妈的脸慢慢朝自己飘来，飘到他的床前。他抬头望着妈妈，心“扑通扑通”直跳，有些害怕，又有些高兴……“妈妈我想你……”他伸出手想去触摸妈妈的脸，但手指碰到的只是空的，他吓得哭起来：“奶奶，奶奶……”

“你怎么了？怎么站起来了？梦游了？别怕别怕……”德吉泽珍忙搂过旺杰。

“我看到了妈妈，刚才从那儿进来了。”他哭道。强旦也醒了，他起来点亮油灯，穿上袍子来到旺杰的床边。

“这孩子……”德吉泽珍搂着旺杰哽咽道。

“来，旺杰不怕，到爷爷这儿来。”强旦敞开袍子，旺杰钻进去，蜷缩在强旦的胸口，露着两只受惊的大眼睛，像可怜的小袋鼠。强旦和德吉泽珍都没了睡意，强旦怀揣着小小的旺杰，盘坐在卡垫上，接着头一天晚上讲的“格萨尔”，用他略微暗哑的男低音轻轻哼唱起来。烛火在悠远的唱诵中摇曳着，德吉泽珍热好了茶，盘坐在矮一些的卡垫上和着强旦的吟诵，沉浸在远古的故事中。村庄安详地沉睡着，窗外满天星斗。旺杰渐渐平静下来，强旦温暖的怀抱、德吉泽珍轻柔的话语令他感到了一种从未有过的温馨和安全感。渐渐地，旺杰睡着了，呼吸平缓，攥着的小拳头慢慢松开了。德吉泽珍抱过他，放回到被窝里，又替他擦去手心的汗。朦朦胧胧中，旺杰听见强旦走出小门：“快看，陨星！”他听见强旦叹道，“一定是又一个伟人过世了！”

“哎,什么都不会总停滞在一种境况里。”德吉泽珍轻声说。

“是是，走，安心睡吧，睁着眼闭着眼都是梦。”强旦喃喃地说。

德吉泽珍脱了袍子刚躺下，旺杰重又爬起来，要德吉泽珍的手。德吉泽珍和旺杰头对头睡着，从此，每一夜，旺杰都要她把手伸过来，整夜握着，睡着了也不放开。

4

过了很长时间，琼芨再去看旺杰时，旺杰变了，变得沉默寡言。原来，因为强旦和德吉泽珍被乡里划为“反革命”，村里很少有孩子跟他玩儿。他的游戏便只是和姨妈曲桑姆家的孩子上山放牧或捡牛粪。他的眼睛变得又黑又亮，总能最先发现牛粪，捡得最多。他还学会了从高高的山崖上直直地跳到河水里的本领。一次，琼芨去看他时，小旺杰和几个孩子正光着屁股流着鼻涕在水里扑腾，琼芨见了，眼泪不由得落下来。小旺杰听见妈妈责怪爷爷奶奶没有照顾好他。爷爷的耳朵差不多聋了，奶奶又老又咳嗽，像是听不懂自己的女儿在说什么。琼芨把旺杰抱在怀里抹眼泪，旺杰有些害羞，曲桑姆家的几个孩子都挤在门外看，笑他。他想从母亲怀里出来，心“怦怦”乱跳，以为这一次，母亲一定会接他回家。

第十四章

1

旺杰在乡下一留就是四年多，直到爷爷奶奶相继去世，才又回到拉萨。那时小茜玛，差不多也快有四岁了。她看到一个黝黑的瘦瘦的男孩，个头比自己高一点点，琼芨牵着他进到家里。

“妈妈，他是谁呀？嘻嘻……”茜玛望着旺杰露出脚指头的破胶鞋笑。

“旺杰，这是你妹妹茜玛。”琼芨轻柔地对旺杰说。旺杰扑闪着一双大眼，怯怯地望着小茜玛。

“茜玛，过来叫哥哥。”琼芨对茜玛说。

“哥哥，哥哥旺杰。”茜玛知道自己有一个哥哥，但她没想到他那么瘦小。小茜玛有些亢奋，凑近旺杰，一会儿抓他的头发，一会儿拽他的手。旺杰腼腆地笑着，躲闪着。

“琼芨。”洛桑的声音很洪亮。他回来了。每次进门，因为是老房子，他都得稍稍弯腰，低下头进来。他是一个强壮的康巴男人，小小的门被他的身体堵住了一般，旺杰先看到投到地上的他的巨大的黑影。旺杰下意识地抓紧了琼芨的手。

“旺杰，叫爸爸。”琼芨说。旺杰望着自己的脚尖不吭气。

“怎么又黑又瘦的？不像小时候了？”洛桑弯下腰，想凑近旺杰摸摸他的头，旺杰躲闪开，躲到琼芨的身后。

“哥哥，这是我爸爸，别怕。”小茜玛大声说。洛桑回头抱起她：“小肥猪！”他把小茜玛猛地举过头顶，茜玛惊叫着，要他再来一次。小旺杰紧挨着琼芨，冷冷地望着他们。

“旺杰，中午想吃什么？”琼芨搂着他温柔地问，“妈妈给你做酥油奶渣面丸子好吗？”

旺杰笑了。望着琼芨的脸，他点点头，笑容那么甜蜜。小茜玛挣脱洛桑，挤到琼芨的怀里，“这是我的妈妈！”她噘着嘴搂着琼芨的脖子说。

“又丑又肥的笨猪，我才不是你的妈妈呢。”琼芨冲旺杰挤挤眼笑道。

“丑八怪！”琼芨故意气茜玛。旺杰笑了，他轻声冲小茜玛笑道：“肥婆！”

“你是瘦猴！瘦猴！”茜玛从琼芨身上跳下来，边笑边拽着旺杰想把他压到床上。

琼芨和洛桑进到里屋低声商量着什么。

旺杰安静地坐下来，打量着他曾经的家：门后面的墙上画的杠杠是妈妈给他量身高时留下的；面前这张桌子，有一次他刚拿油漆乱刷了一下，被妈妈抢过去了。桌子的一角留着抹不去的黄色，比刚刷时暗淡多了。他像个成年人一样吐了口气，疲倦的小脸上露出一丝笑容。他以为从此他可以躲在妈妈的怀抱了，可是谁能想到，回到家，旺杰童年的不幸，才真的开始。

2

那时，洛桑受琼芨的牵连，已被单位免去党内职务。刚开始，他并不在意，因为他盼望多年的和琼芨的新生活刚刚开始。但后来，他情绪日渐低落，心情烦闷，对两个孩子也失去了耐心，加上旺杰，他和他的生父巴顿长得太像了。当他在洛桑面前走动，洛桑的心里，就会想到那个男人。

这天，因为一点儿小事，洛桑又打了小旺杰。晚上，小旺杰躺在被子里，左脸红肿，五个指印还没消……琼芨来到旺杰的床边，轻轻抚摸他的面颊。

“旺杰，宝贝，”琼芨低声唤他，“妈妈给你热敷一下。”琼芨端来一盆热水，用毛巾轻轻敷着他的脸。温热的毛巾贴在他的脸上，还有妈妈俯身时熟悉的气息，他感到心里热乎乎的，但他半闭着眼睛，佯装睡觉。

“旺杰，对不起，妈妈以后再不让你挨揍了。”琼芨说着，眼泪流了下来。旺杰沉默着。他恨她。他想如果妈妈不和洛桑结婚，洛桑就没权利打自己。旺杰转过身面朝着墙哭了，他想自己的生父，但又想不起什么，记不清了，只有爷爷奶奶的爱，他们却都已过世，想着想着，旺杰的小肩膀禁不住抽搐起来。

“旺杰，妈妈的宝贝，别哭，都是妈妈的错。”琼芨哽咽着想要把旺杰抱在怀里，旺杰推开她。

“琼芨！还不睡干什么？”洛桑从里屋喊道。琼芨没吭声。旺杰把头缩进被子，等着妈妈到里屋继父那里去。等黑夜一点一点过去，熬到天亮，他就可以离开这个家，在学校过一整天。

“你在干什么，还不睡？”洛桑披了件衣服从里屋出来气呼呼地说。旺杰从被子缝里悄悄看他，看到洛桑粗壮的大腿和裸露的手臂上结实的肌肉，他赶紧闭紧眼。

“你先睡，我要给旺杰热敷脸。”琼芨低着头小声说。

“脸怎么了？不就是我打了一下吗！”洛桑瞟了眼旺杰不屑地说。

“你的手也太重了，怎么能把孩子打成……”琼芨没说下去。

“打重他了？”洛桑扯高嗓门儿道，“你是不是嫌我对他不好？虐待他？那好，你把他送回你前夫那里去！明天天一亮就送走！”

“他是我的孩子，要走你自己走！”琼芨气愤地说。

“你！”洛桑握紧拳头，牙关咬得“嘎嘎”响。旺杰躲在被子里，出了一头汗。

“我怎么了？从今天起不许你打我的孩子！”琼芨站起来流着泪大声说。话音刚落，洛桑抬手扇了琼芨一巴掌，琼芨的嘴角淌出了血。

“阿妈啦！”旺杰从被子里跳出来。茜玛听到哥哥的惊叫，光着脚从里屋跑出来，看见旺杰护着琼芨，父亲洛桑光着膀子站在他们跟前，披在肩上的衣服掉在了地上，她好奇地拽住父亲的手问：“爸啦，你们在干什么？”

“去去，回床上去！”洛桑推开茜玛。

琼芨小声啜泣着，旺杰冷冷地看了一眼被洛桑推到一旁的茜玛，用小手替琼芨擦去嘴角的血，小声对琼芨说：“阿妈，别怕，我们去找爸爸巴顿。”琼芨惊愕地抬头看旺杰，又茫然地朝洛桑望去。

“听见你儿子说什么了吧？他从来没把我当父亲！”洛桑的声音在颤抖，“你心里肯定也还惦记着那个人，对不对？”他额头上的青筋鼓了出来，“别人早把你甩了，当初只有我要你和你的这个小崽子，没良心的女人！”说着，洛桑一拳砸到桌上。桌上的茶杯被震倒了，碗里的酥油茶渍淌出来。

琼芨坐在床上愣了几秒，突然站起来朝洛桑哭喊道：“你怎么能这样说我？你这头驴，给我滚出这个家！”

“阿妈……”茜玛吓得爬上小床。

“茜玛，别闹！”旺杰小声说，他拉过被子给茜玛盖上。

“什么？让我滚？贱货！”洛桑边骂边冲上前又扇了琼芨一耳光，并拽住琼芨的头发往外拖。

“阿妈！”茜玛和旺杰惊叫着扑向琼芨，洛桑将两个孩子推开，一面拽着琼芨的头发一面痛骂道：“为了娶你这个贱货，我的前程都断送了，你这个没良心的女人！”

旺杰突然跑进厨房，翻出一把割肉的刀冲出来指着洛桑大声喊道：“洛桑！不许你打我妈妈！”

洛桑愣住了。

“再打我就杀了你！”

“旺杰！你胡说什么？”琼芨顾不得身上的痛，爬起来惊慌地夺过旺杰手中的刀。洛桑一时说不出话来，吃惊地望着旺杰，从年幼的旺杰的一双眼睛里，他看到了对自己所有的恨，仇恨。他不由倒吸了一口冷气，颓然跌坐在椅子上。

茜玛用她的小手搂着琼芨，旺杰拿来毛巾替琼芨擦眼泪……看着他们母子三人，洛桑这个强悍的男人不由把头埋进双手，痛苦地抽泣起来。

“爸爸哭了，嘻嘻……”茜玛笑道。

夜已深，沉沉的黑夜里只听得这个男人从喉头发出的阵阵哽咽。琼芨流着泪，深深地叹了口气，沙哑着嗓子轻声说：“茜玛和旺杰，今晚跟妈妈睡里屋大床。”说着，琼芨抱起胖乎乎的茜玛，让旺杰抱上自己的被子，进了里屋。

琼芨把茜玛装进被窝，又把洛桑的被子抱出去，旺杰怯怯地把自己的小被子放在陌生的大床上，立在床边等着琼芨进来。

“快进被子呀！会着凉的！”琼芨将里屋的门反扣，拉灭大灯，走到旺杰跟前，她忍着泪抱了抱旺杰，又吻了吻他的额头，“睡吧，宝贝。”她怜爱地说。

“阿妈，疼一下我嘛，要阿妈的亲。”茜玛在被子里撒娇地叫道。

“好好，小肥猪。”琼芨脱了衣服，钻进茜玛的被子亲了亲她。旺杰也悄声钻进自己的被窝。

“好啦，不许再闹了，睡觉。”说着，琼芨拉灭台灯。

外屋的一线光亮从门缝里透进来，夜，寂无声息。

黑暗中，小旺杰隔着被子贴着妈妈，心“咚咚”直跳。茜玛从琼芨身上伸过手揪旺杰的头发。

“哎哟，讨厌！”旺杰拽开茜玛的小胖手时，琼芨握住旺杰的手，“睡吧，你明天还要上学。”说着，又用另一只手轻拍着茜玛。茜玛笑了几声，立刻睡着了。旺杰握着妈妈的手，过了一会儿，他轻声问：“阿妈，您疼吗？”

“不疼，睡吧……”夜风吹拂着窗外的树叶，旺杰嗅着母亲的气息，心里的惊恐和痛苦慢慢平息下来，渐渐地，他也睡着了。

3

那是很久以来，旺杰睡得最香甜的一夜。为了天天能睡在母亲的身旁，一天夜里，旺杰悄悄起来，拿着一支从学校得来的粉笔，摸黑溜到楼下院子里，在琼芨单位的黑板上，用他稚气的汉文字体写道："琼芨的丈夫洛桑是特务，里通外国，打倒洛桑！"又落名道，"眼睛雪亮得一名群众揭发。"

第二天一早，琼芨从家里出来准备去单位扫地。因家庭出身的暴露，琼芨这时也已被清除出"造反派"队伍，被定为反革命子女，除了大会小会做检讨，还沦为单位清扫工。她握着长长的扫帚来到院里，却看到比她更早的一大群人围着黑板墙议论着什么，她一出现，人们突然安静下来。琼芨愣了一下，顺着众人的目光走近黑板墙一看，脑袋不由"轰"的一声，那熟悉的字体分明出自她自己的儿子之手，工整，还有几分纤秀，其中的那一个错别字："雪亮的"写成了"雪亮得"更是旺杰常常出现的笔误……洛桑还在被窝里睡懒觉，要是被他看出来……琼芨拨开人群，慌忙挤上前撩起自己的衣袖使劲擦黑板。

"喂，你这是干什么？"有人说道。琼芨不顾一切地继续擦，擦完了，她拿起扫帚转身奔向自己的小屋。

洛桑盘坐在卡垫上喝茶，旺杰背上书包正要去上学。

"旺杰！你？"琼芨冲上前扇了旺杰一巴掌。旺杰捂住脸没哭，躲闪着琼芨的目光。

"他又干什么坏事了？"洛桑问。

"没……没有……"琼芨怔了怔说，"他又要迟到了。"

洛桑厌恶地瞪了一眼旺杰，骂道："还不快滚！"旺杰低头溜了出去。

“一大早愣什么神？”洛桑指指自己的茶杯，“给我倒杯茶。”琼芨拿了茶壶，摇了摇，心不在焉地将酥油茶倒在了桌子上的烟灰缸里。

“怎么回事你？”洛桑生气地说，“魂儿被鬼给偷了不成！”

“阿妈，我要尿尿……”茜玛醒了，从里屋叫道。琼芨趁机躲进里屋。

“琼芨，我上班去了。”一会儿，洛桑从外屋喊道。

琼芨答应着，听见洛桑带上门，她松了口气，呆呆地坐下来。

接下来的几天，琼芨忐忑不安，偷偷观察洛桑的脸色，担心丈夫的单位拿黑板上的事做文章，怕他挨整。但洛桑看上去心情不错，还下厨专门为全家人做了一顿酥油土豆泥。那是他拿手的一道菜，将新鲜的小土豆削皮入锅压熟后捣成泥，浇上热酥油汁用手揉匀，再根据各人口味加红糖或蜂蜜或者食盐……饭间，旺杰和茜玛连吃了满满两碗。洛桑打开一瓶酒一面喝着，一面对两个孩子笑道：“再吃会撑破肚皮，”他笑道，“食物是身外之物，肚子可是你们自己的！”

琼芨很久没看到洛桑的笑容了。一家人也很久没有在一起开心地用餐了。望着孩子们，又悄悄看看洛桑，琼芨心里不由一阵酸楚；两个孩子一天天长大，洛桑与刚结婚时相比，已显得疲惫和苍老，额头上已有了深深的皱纹。

“琼芨，吃呀？想什么呢？”洛桑见她发愣，笑道。

“嗯。”琼芨轻声应道，“挺好吃的。”她端起碗舀了一小勺刚放进嘴里，洛桑忙道，“等等……”他用他粗硬的手指凑近琼芨的唇，“有根毛。”他拿给琼芨看。琼芨因为紧张，脸有些红了，“真是的。”她微笑道。

“我知道那是妈妈的头发。”茜玛尖声尖气地说。

“好了，你们俩吃完了准备写作业。”洛桑对孩子们说。

“阿妈，今晚广场要放《闪闪的红星》，我想去看。”旺杰低声说。

“不行！”琼芨想都没想，厉声道。在黑板上乱写的事她还没找到机会和旺杰算账。

“我也要去嘛，哥哥带我去，带我去……”茜玛摇晃着旺杰嚷嚷道。

“去吧去吧，小心带好妹妹。”洛桑同意了。他有些笨拙地握住琼芨的手，“让孩子们去，我们单独在家里坐坐。”

“旺杰，带上外套。”琼芨抽回自己的手，起身从门背后拿了衣服递给旺杰，“晚上冷，给妹妹披上。”旺杰答应着领着茜玛往外走，琼芨忙又叮嘱道，“电影完了直接回家来，不许去别处啊！”

“好，知道了！”旺杰和茜玛跑下了楼。

“好啦，孩子们没问题的，把门关上吧。”洛桑望着琼芨的背影，胸口隐隐作痛，她的憔悴和眼中的忧伤，她是洛桑失落的日子里，唯一令他痛心的人。

琼芨关门时，感到了自己背后，洛桑的目光。她有些紧张，她垂着眼坐到离洛桑有些距离的另一张卡垫上。屋里就剩下她和洛桑了。她沉默着，过了一会儿，突然，她忍不住哀伤地长长地叹了口气。

“怎么了？坐过来呀？过来。”洛桑说道。琼芨绞着一双手，没动。

“来吧，求你了！”洛桑低低地说道，夹杂着一丝愤恨。

琼芨抬眼看他，看见洛桑这些天因为失眠，眼睛里布满血丝，她的心软了。她起来轻轻坐到他的身边。

“好久没抱你了。”洛桑搂住琼芨。

“别这样。”琼芨推了推。

“怎么？孩子又不在。”说着，洛桑拉开卡垫上的被子，示意琼芨脱衣服。

“拉上窗帘？”他问。他嘴里的酒味儿吹到琼芨的脸上，她感到双颊发烫。

“嗯。”她点点头。洛桑拉上了窗帘，脱去衣服，黄昏依稀的光晕透过窗帘，琼芨看见洛桑强悍的身体裸露着，已迫不及待。

“你在偷看我？”洛桑笑着，猛地扑上床，粗糙的大手抚摸着琼芨的双乳，又把头埋下去……琼芨禁不住轻轻哼了一声。

“你也想要我了，对吧？”洛桑喃喃地说着进到了琼芨的体内。

正在这时，响起一阵敲门声。

“谁呀？”琼芨问。她的声音有些发颤，喘息着。

“小姐琼芨啦，是我。”是琼芨的姐夫平措的声音，“你姐姐曲桑姆病重，我带她刚赶来拉萨。”

琼芨忙坐起来：“等等，我马上开门。”

她从地上抱起衣服塞给洛桑，小声说：“快穿上。”

“怎么这个时候！”洛桑叨叨着。琼芨穿好衣服又急忙叠好被子。等洛桑套好鞋，她打开门，夜色中，只见平措背着曲桑姆，黝黑的脸上淌着汗。

“姐姐！”琼芨吃惊地叫道，忙让开路让他们快进来。洛桑上前帮平措把曲桑姆抱到床上躺下。

“怎么了？病成这样了？”洛桑望着枯瘦如柴的曲桑姆，问平措。曲桑姆闭着眼，脸色铁青，“琼芨，别送我去医院，快叫平措回去请仁波切。”她低声说着，剧烈地咳嗽起来，琼芨慌张地端来一杯水要她喝，被她推开了。

“小姐琼芨啦，拜托您一定送她去医院……”这个黝黑的牧人因为痛苦，面部有些扭曲了，“你姐姐她或许有救，我马上回去找仁波切……”平措低下头有些哽咽地说。

“嗯。”琼芨点点头，又忙说，“现在就走？喝杯茶吧。”

“不了。”

“这么晚你怎么赶路？先住下吧。”洛桑也劝道。

“不，孩子们还没安顿好，我赶马车来的，我走了。”说着，平措朝曲桑姆望了最后一眼，咬着牙一转身低头出了门。

“琼芨……”曲桑姆低声唤道。

“姐姐。”琼芨答应着，坐到床边握住曲桑姆的手。

“我好冷啊！”曲桑姆在发抖。

“洛桑，快去里屋再拿床被子来。”

琼芨给曲桑姆盖好被子，又端来滚烫的酥油茶。她把曲桑姆抱在怀里喂着，曲桑姆喝了几口，推开琼芨的手喘着气痛苦地呻吟起来。

“她这得的是什么病？”洛桑望着曲桑姆被疼痛扭曲的面孔，不安地说。

“姐姐，你哪儿痛呀？”琼芨焦急地问。

曲桑姆按着肝区，额头上渗出了大颗大颗的汗珠子。

“右边是肝，”洛桑蹲下来望着曲桑姆，“是肝痛！她……”洛桑犹豫了一下说，“可能因为长期酗酒，明天还是先送医院吧。”

“琼芨，我要死了……”曲桑姆呻吟着说。

“不会的，姐姐，不要胡说。”琼芨将曲桑姆的头小心放在枕头上，含着泪进里屋翻药。

“没用的。”洛桑跟进来，“看她痛得那么厉害，恐怕——”他没说出口。

琼芨哭了。

“别这样。”洛桑叹口气安慰琼芨，“还是先去医院看看再说。”窗外刮起了风。

“我给姐姐吃两片安痛定吧？”琼芨说。

“对。”洛桑应道，“把眼泪擦干净。”

洛桑出去等两个孩子了。琼芨给曲桑姆喂了药，曲桑姆的疼痛似乎减轻了一些，低声哼哼着陷入了昏睡。窗外飘起小雨。琼芨轻手轻脚打开台灯，灯光在小屋里柔和地散开，照在曲桑姆塌陷的双颊上，琼芨望着她，这个世上她唯一的亲人，不由想到多年前的一天，那个雍容华贵的少女曲桑姆，佩戴着珍珠宝石，为十八岁生日接受隆重的洗礼，她面如皎月，在母亲的陪同下，羞怯地微垂双目，接受着来宾敬献的哈达。琼芨在一旁既羡慕又妒忌，恨不能马上也年满十八……一晃二十多年过去了，曲桑姆如今已被病痛折磨得瘦骨嶙峋，而琼芨，她想她如果当时不离开家，不出逃，恐怕情形也比曲桑姆好不了多少……琼芨正愣愣地想着，洛桑抱着茜玛弯腰进来了，旺杰跟在后面。

“阿妈。”茜玛叫道。

“嘘！”琼芨忙道，她上前抱过茜玛，“怎么头发全湿了？感冒了怎么办？”她亲亲茜玛的脸，洛桑拿来干毛巾替茜玛擦头发。

“阿妈，是……曲桑姆姨妈？她怎么了？”旺杰吃惊地望着躺在床上的曲桑姆。

“你带茜玛进去让她先睡吧。”琼芨轻声对洛桑说。

“不，我也要看姨妈。”茜玛顽皮地嚷嚷着，洛桑把她抱进里屋。曲桑姆翻了个身，琼芨摸摸她滚烫的额头，沉重地叹了口气。

“姨妈她变得这么瘦了？她生病了吗？”旺杰站在琼芨身旁小声问。

“她病得很重。”琼芨忧伤地望着紧闭双眼的曲桑姆说。

“阿妈，你哭啦？”旺杰见琼芨双眼盈满了泪水，不安地问道。

“你也去睡吧。”琼芨用手背抹抹眼睛说道。

夜深了，窗外的雨越下越大。曲桑姆时醒时睡，琼芨不敢合眼，一直陪在她身旁。

4

第二天一早，有人来通知洛桑，叫他立即到单位报到。

洛桑匆匆去了。望着他的背影，琼芨心里惶恐不安，她想会不会……但她没时间多想了，她把小茜玛喊起来吃过早饭锁在屋里，和旺杰一块儿把曲桑姆扶下楼，放在自行车后面，让旺杰扶着，慢慢地朝医院推去。

那时小小的拉萨像一个村庄，只有一两条柏油马路，沼泽和湿地连接着树林，一条流沙河横贯拉萨以北伸向色拉寺脚下的西藏军区总医院。

晨光照耀在沙砾上，泛着银色和金色的光。光色如水，静静地弥漫着。

“妈妈，我渴。”小旺杰累了。

“乖宝贝，再帮妈妈推一段，你看前面就到了。”琼芨的额头上渗出了汗珠，她喘着气有些哀求地对旺杰说。

小旺杰眯起眼望去，在这条沙砾路的尽头，依稀能看到一个十字标志，那是当时拉萨条件最好的部队医院。

“琼芨，琼……芨，”曲桑姆坐在自行车后面，看到琼芨和小旺杰费力地推着自己，一直咬着牙忍着剧痛一声不吭。上坡的路很长，她看出琼芨有些推不动了，“停一停吧。”曲桑姆虚弱地说。

他们在路边停下来。琼芨把自己的外衣脱下来让曲桑姆垫在地上坐下，她和旺杰坐在被太阳晒得发烫的沙地上，累得半天不想说话。

“琼芨，你看那是色拉寺吧？”曲桑姆手心朝上虔恭地指着远山上的寺群问。

“是。”琼芨点点头，远眺的目光显得有些迷茫。

“你看，山上有秃鹫，看见了吗？”

琼芨没吭声。

“琼芨，我求你，我死了，请你送我去色拉寺天葬好吗？”一阵剧痛袭来，曲桑姆说不下去了。

“妈妈快看，来了一辆车子！”旺杰惊喜地说。只见一辆绿色的大卡车慢慢爬上沙坡，离他们越来越近了。

“停一停！”琼芨和旺杰忙冲上去招手拦车。车子开了一截，慢慢停下来。几个战士下车帮琼芨把曲桑姆扶上卡车，又帮他们把自行车扔上去，小旺杰和琼芨高兴地爬上车，医院终于就要到了。

第十五章

1

沐浴节，我和洛泽出去后的第一个晚上，母亲琼芨就去了旺杰和黛拉的家，她恳求旺杰陪她回家住一段。于是，旺杰在母亲琼芨家一住就是一个多月。只在每天中午，去看看黛拉。入冬之际，黛拉患了感冒，发起高烧。她独自上医院去输青霉素，回来勉强吃点儿东西便整日昏睡。一天下午，旺杰来看她时，她正在被子里哭。

“怎么了？哭什么吗？”旺杰在床边坐下来笑道。在母亲家住的这段时间，旺杰的气色好多了，人也胖了些。

“我病了，你也不管我……”黛拉哭道。

“医院就在你的枕头旁边，你自己就是搞医的，我不管你？”旺杰拍拍她，“别整天睡，起来活动活动。”

“人家都病成这样，你不会给我倒杯水吗？”黛拉气愤地说。

旺杰拿暖瓶，空的。他站在厨房里烧水，等到水开了，他倒了一杯放在黛拉的床头。他坐了一会儿说：“我该走了，你好好休息。”

“你……你上哪儿去？”

“回去陪母亲住不是你同意的吗？”旺杰气恼地说，“别冲我喊！”说着，他生气地站起来就要走。

“你滚！再也别回来！”黛拉见状一面哭着，一面将床边的水杯砸向旺杰。旺杰一闪，水杯撞到墙上碎了，热水洒了一地。他怔怔地立在门口，半晌，突然疯了似的冲进里屋，拖起盖在黛拉身上的毛毯冲着家里的书柜、桌子一阵乱掷乱砸，尔后一脚踢碎暖瓶扬长而去……

书柜上玻璃窗的碎片、暖瓶的碎渣和落得满地的书、相框、花瓶、茶杯等等躺在地上冒着热气的水洼里，黛拉没了眼泪，呆呆地坐在床上。窗外，黄昏惨淡的光在秋风里飘游着，远处，隐隐传来一段歌：“悄悄地蒙上你的眼睛，让你猜猜我是谁……”

天快黑的时候，外面的人说说笑笑从黛拉窗前经过。单位这晚要举办国庆联欢晚会，黛拉想起来了。她坐了一会儿，犹豫着，最后决定去。她起来洗了洗脸，对着镜子在憔悴的脸上化妆，又换了件格子外衣。怀孕两个多月了，她的身材看上去还没变。对着镜子轻轻转了一圈，她依然是袅娜的女子。

换上高跟鞋，她朝亮着灯的单位歌舞厅走去时，心里激动不安，像是要诀别某种生活……

这晚，黛拉一共和二十一个男人跳了二十一支舞。高烧令她两颊潮红，一双凹下去的眼睛又黑又亮，她甜美地微笑着，令每个握住她冰凉的手的男人顿生爱慕。她是这个晚会上的皇后，不停地旋转着，双脚像飘在冰上……夜半，黛拉疲惫地睡下了。一场薄薄的雪轻轻覆盖了屋外的草地。突然，一阵又一阵绞痛令黛拉醒来，她要流产了。殷红的血令黛拉惊慌失措，她哭了。这并非她所望，要这个无辜的孩子刚刚入到温暖的母胎又漂流于无明的中阴，传说，死去的孩子的灵魂会始终跟着母亲的脚后跟，等待再生的机会……她哭泣着，拨响电话，要孩子的父亲旺杰来。

琼芨陪着旺杰赶到了。看到屋里一地破碎的情形，琼芨默不作声。旺杰忙背上黛拉来到医院急诊室，黛拉需要住院。她望一眼神色紧张的旺杰，摇摇头，她想跟旺杰走。就这样，这天夜里，旺杰给黛拉穿上厚厚的大衣，锁好家门，将她放在自行车后面，推着她回到母亲琼芨的住处。

蜷缩在旺杰为她铺好的床上，黛拉以为一切都过去了。吃过药，她很快沉沉地睡去。

第二天一早，琼芨打发旺杰去上班。她向旺杰保证会好好照顾黛拉，要旺杰放心。旺杰走后，琼芨给黛拉端来了早茶，黛拉喝过茶想下床帮琼芨干一些家务活，但一起来就感到肚子一阵阵地痛，她又躺下来不敢乱动了。琼芨胡乱收拾了一下屋子，也坐下来发呆。但当黛拉就要昏昏入睡时，琼芨忽然和她说起话来。

“黛拉，中午你想吃点儿什么？”她问。

“旺杰不回来吗？”

“不，他中午要加班。”

“妈妈，我随便吃什么都行。”黛拉失望地说。

“哎——”琼芨长叹一口气。一会儿，她突然自言自语一般地说，“也许医院误诊了，孩子也许已经流产了。”

“怎么会呢？”黛拉笑道，“宝宝还在我的肚子里，我能感觉到他。”

“孩子死了，我那会儿只想一死。”琼芨伤感地看了黛拉一眼，垂下眼低声说，“我那时只有十九岁。”

“旺杰都给我说过了。”黛拉小声说道。她不明白琼芨为什么突然对她说起往事。琼芨在抹眼泪。黛拉忍不住轻声劝她说，“妈妈，过去的事情不要再想了，您现在不是有旺杰和茜玛两个孩子吗？”

琼芨抬起泪眼，痛恨地说：“巴顿和我离婚时，竟然说他不要孩子，说是卓玛不同意，他还算是男人吗！”

黛拉不知该说什么好。琼芨看上去有些激动，起身拿了一条毛巾，一面擦着眼泪一面站到黛拉的床边问道，“我觉得我是诚实的，我没有骗他，我告诉了他离婚是因为我怀上了洛桑的孩子，你说说一个女人还能怎么样——”

“是茜玛吧？”黛拉问。她有些害怕，肚子隐隐作痛。

“我不想要这个孩子，不想和洛桑结婚。他是一个粗暴野蛮的男人，我害怕有一天他会把我打死，但是孩子还是出生了。为了旺杰和茜玛这两个孩子，我牺牲了我的一生，都是为了他们俩。”琼芨说着，又哭又擤鼻涕，有些失去自控。黛拉躺在床上，望着站在床前滔滔不绝的琼芨，看到她那双褐色的因为痛苦和仇恨而深陷在眉骨中的眼睛，以及她枯瘦的面容，掉下了眼泪。时间不觉已经快中午一点了，渐渐地，黛拉感到疲惫不堪，她指望琼芨能停下来，能让她睡上一小会儿或者喝一杯滚烫的酥油茶，她觉得又累又饿。琼芨却已沉溺在往事中，不能自拔。她执意要讲下去，还有旺杰和茜玛，他们伤透了她的心，所以，旺杰和茜玛，命中注定这一生要为此赎罪——黛拉听着，仿佛陷入了琼芨沼泽般的内心，她惊恐地挣扎着，肚子里的婴儿因为她紊乱的心律，就要窒息了——不知过了多久，旺杰下班回来，琼芨突然平静下来，像没发生任何事情，忙着做饭、打扫房子。但第三天、第四天，那个阴冷的旧房子里，白天琼芨也要拉上窗帘，她哪儿也不去，也不坐下来，就站在黛拉的床前，要她再听，没完没了地听她控诉她的过去和现在，她要黛拉听着，一直听，听下去……

2

黛拉的孩子最终没有保住，流产了。

旺杰那以后又在母亲琼芨的家住了一段，并在母亲琼芨的资助下，准备开一家餐吧。

黛拉和旺杰曾经的屋里，只剩下一张空着的大床。夜晚，摇曳的月光深入她沉沉的睡梦。皎月，是她唯一的情人，流溢在她孤独的胴体上。月光的吻，那样冰冷，黛拉闭着眼，梦中喃喃地对她夭折的孩子说：“宝贝，树叶金黄，散发着奇异的香气时，你该降临……”但夜晚的月亮像一种预兆，圆润而明亮。突然，她清清楚楚看到了他。在这之前，她从未见过那个人。那个男人闯进了她的生活。

他粲然笑着，像是凭空而降。

他走上来，后面停放着一辆红色的吉普车。

他看到了她，黛拉。在他的视线里，他见她穿着一件旧衣服，衣服的颜色和她的脸一样白，苍白。一种与阳光无关的颜色。

她对他微微笑了笑，他便看出她的微笑里掩藏着的惊讶和震惊。以及她的眼角那些细小的皱纹，他也看见了。

“黛拉。”他热情地笑着朝她招手。他走上来时敏捷而优雅。黛拉望着他，他的身影从高处迎向她，双眼炯炯，始终在她躲闪不及的身上。

她瞥见他的车停在外面，坐过的不同的女人，这时已一一离开。

于是，她等待的人，她从此想叙说那瞬间而又漫长的故事，最细微之处，却没有一个字或词能够连续起来……她决意要离开，离开旺杰，离开我们。

她绝望而镇定。她决定离婚。

3

卧室里的窗户向外洞开着，夜晚，暗影婆娑。旺杰退出来。他在外屋的沙发上不安地坐着。

“旺杰，”黛拉说，声音轻而空渺，“我们的婚姻结束了。”她穿着一件宽松的红上衣，使这间屋子更显颓败，“其实我们早分手了。”她望着他，一件一件说了出来。她夹着烟的手指在颤抖。她说，“我对你再没有了爱……即使在一起，我无法再和你上床了。”日光灯把她的脸照得惨白，像涂了一层墙灰。

“嗯……对……”旺杰沉默着，点点头，望着别处，他只是怕看见她的脸，怕她突然哭。但他忍不住了。喉头被什么堵住，胸口阵阵地痛。他不住地点头，有一会儿，他说不出话来。

“黛拉，我错了，我发誓以后再不……”突然，他乞求她，盈满泪水，蹲在她身旁，冲动地摇撼她的双膝，想从她手指上抢过燃着的烟，掷到地上碾碎再发誓。但他心里，又渐渐冷起来。他重新坐回到沙发上，等她说下去。

“你不是一个恶人，也谈不上善良，你冷漠，骨子里冷。我累了。”黛拉说。她显得疲惫而迷茫，像是突然老了，一夜之间变了模样。

烟盒里只剩下最后一支烟，她望了一眼，没去拿。

“我真的错了，黛拉，原谅我，我以后全听你的。”旺杰盯着她的脸。他隐约感到，她离他像是很远了，她仍飘忽不定，而他的少年、青年到他步入中年以后，她，再不属于他了。

“你，有合适的了？”他怀疑。他想一个男人，会怎样去疼爱她，却被她所伤……

“不，这与你无关。”黛拉摇摇头，目光茫然。

“离开我，我看你怎么生活下去！”旺杰咬着牙。

“你走吧。”她说。厌倦使她的嗓音变得有些嘶哑。她努力回想他们的当初，但只感到厌倦。

一阵沉默过后，他们之间再没有什么可说的了。

旺杰站起来时，她看到他剪得很短的头发，贴着头皮，穿着灰色的西裤，都十分得体，但淡漠的人生，再没有热情和激烈的梦想，生活平庸形同市侩。

“这么晚了，我就住最后一个晚上？”

“不，不行！”她硬下了心肠。他的变幻莫测，杂乱的小心机；她对他失去了所有的爱与信赖。

这一天，等待这么多年，终于发生了。

旺杰竖起衣领，双手插在上衣口袋里，低头走进了茫茫黑夜。他低头走着，沮丧令他停下来好几次。他大口喘息着，流下夜里谁都没看见的泪水。他冲动地想再返回去，敲开那扇门，那里存在的亲情，在她与他之间，他怀疑这沉沉的黑夜里，谁能了断……

4

但黛拉很快有了第二次婚姻，与我们家似乎相隔于两个世界了。是那个叫贝玛的男人，最终帮助她离开了我们。

也许，黛拉和旺杰，他们从未真的共为伴侣；或者，两条路在某一段并行。但旺杰和茜玛我，母亲琼芨的脐是苦味的，有时，我们的心，亲如孪生。

那些不眠之夜啊。

茜玛的床搬来，和旺杰的床紧挨着，茜玛和旺杰一个头朝东，一个头朝西，头对着头躺下。心里的苦水是烈酒，他们吸了很多烟，烟雾粘连在屋顶缭绕不去。

旺杰先说了，他沙哑地说：“妹妹，我觉得我难受，心里像有石头……”旺杰的泪顺着鼻翼流下来。他不明白为什么自己会哭。

“哎……”茜玛的叹息有些颤抖，“哥哥，她也许太渴望爱了……”茜玛想说的是，旺杰从不曾真的爱过。

旺杰沉默着。他默认了。这一点，他觉得是的。

“但我……”他感到内心空渺。

“没有办法，我们是这样的。”茜玛打了个哆嗦。她和哥哥，她清楚他怎么想，怀疑与仇视……

“你也……怎么？”旺杰有些惊诧。茜玛长大了。饱满的青春，美艳无比，她长成一个尤物，拉萨的尤物。但她仍是空的，像无心的青竹。他不明白。

屋子很小，在商品楼的二层。一层的卷闸门里，是旺杰已经经营起来的小餐吧。晚上，几个县郊来的服务员睡在店里的沙发上。茜玛想上卫生间。她下床，端上那个便盆，来到门后。

旺杰等她回答。他听到她在“方便”。美色，旺杰觉得不过如此。从茜玛身上，他腻味了那样薄如蝉纱的巧饰。

茜玛将盆里的尿顺着下水道的小孔倒下去，重又回到床上。旺杰嗅到一股夹杂着尿味的香水的气味。法国一流的正品香水。他心里一阵痛楚，因为妻，黛拉。他忽然回想着黛拉的皮肤，奶味的气息和她的纯洁……他被这些压得喘不过气。

但黛拉再也不是他的妻子了。他嘘了口气。

茜玛躺下来。屋子里很冷。但从小，这个家里，她和旺杰就是这么长大的，没有距离，没有要隐藏的，她习以为常。

旺杰吸着烟。

茜玛有一会儿没说话。她来陪哥哥。她怜悯他,黛拉走了,但到现在，旺杰并不提。

“她和那个男人……”茜玛想告诉旺杰，关于贝玛。

旺杰都知道。他不羡慕，也不嫉妒，他累了，困意令他的上下眼皮快粘上了。

楼下，高跟鞋走来走去，敲着磁砖地，县郊招来的几个服务员还没睡。

茜玛拉灭灯。一会儿，旺杰摸黑起来，趿着皮鞋，他不用便盆，直接朝着下水道的小孔小便。

“睡着了吗？”旺杰哆嗦着钻回被子。

“嗯。”茜玛用被子蒙住头，她要睡了。

旺杰又点燃一支烟。窗外的月光是蓝色的，轻拂着窗纱。树影投在屋里的地上，街上有车过时，树的影子便要抽搐一阵。旺杰盘算着明天的事情，该去进一些伏特加，还有雪茄，奶油味、巧克力味……旺杰的心渐渐平静下来。他知道自己会挣到更多的钱。

于是，爱情，多么苍白。

只有黛拉，她能够再憧憬……

离开旺杰，她获得不曾遭遇旺杰之前的心境。像是恢复了她的单纯、坚定和内心的欢愉与宁静。她像一个少女，涂着口红、婀娜多姿的女子。

时光的空隙透明而洁净。

因此，黑夜，当茜玛和旺杰在楼上沉沉地叹息，黛拉新的故事正要临近。

贝玛已走进了黛拉的房间。

干净的袜子、干净的牙齿以及他的长发。

月光照耀着宽敞的床，贝玛吻着她。她的唇，寂寞的心房。

这夜，一个炽热又阴柔的男子，让黛拉的梦发芽了。

5

洛泽却仍是来去匆匆，永远在路上的、拉萨的过客。我并没想过要挽留他。就好比顽石，如何能逐流而去——我的往返，只在他或他之间，我的空间，我为我洞开的窗，使我去到他们身后，那些我不曾触及的。

我一个人跑去了藏北。

严冬，皑皑的雪覆盖了草原山野。我再听不见哥哥哭，看不见他独自咽到肚里的眼泪……

连鸟儿都绝迹了。

我在小镇上找到一份工作。当然，我不会去尼姑庵。

如果遇上一个情人，我这样想。

我分到一间宿舍。有人送来牛粪。我整天待在火炉旁，窗外大雪纷飞，雪灾十年不遇。夜晚，呼啸的北风中，有一种声音，我侧耳聆听：来自积雪之下广袤的草原，它们并没有因为严寒而死，雪，漫天的雪是冥冥之中它们厚重的庇护，无一疏漏地将它们的生命蕴藏起来，而雪原上那些彻夜悲号的生灵……我感到我的心战栗着，又恍若充盈着一种奇妙的甜蜜。

时光照亮我的指尖。天上，每天有飞机盘旋，救灾的人越来越多了，雪地里踩出渗着泥水的脚印，远远看去，密密麻麻，歪歪斜斜，黑的脚印从各个地方伸向雪海深处。

我内心挣扎。

当我开始明白母亲为什么为我的出生流尽泪时，我就老了。爱情的翅羽，将不在一株自觉老去的枝丫上停歇；而青春，好比母亲陈旧的羊皮箱子里，已近腐朽的某件华丽的上衣。遇上风一吹便散去，一片粉末。

第十六章

1

琼芨和小旺杰终于把曲桑姆送到了当时拉萨最好的军区总医院，医院很快诊断出曲桑姆为肝癌晚期，治疗已无济于事，医生劝琼芨把病人带回家准备后事。

当琼芨和旺杰推着曲桑姆再从医院回到家，天已黑了。洛桑还没回来，小茜玛满脸泪痕，睡着了。琼芨扶曲桑姆躺下后，心疼地将茜玛抱在怀里。

“阿妈，我饿，我饿。”茜玛一醒又哭起来。

“乖宝贝，妈妈马上做饭。”琼芨放下她往厨房去。

“我要吃肉，还有人参果饭。”茜玛一面哭，一面跟在琼芨后面说道。

“妈妈给你煮面条吃，好吗？”

“不嘛，我要吃煮羊肉和牛肉！”茜玛咽着口水喊道。在屋里被锁了一天，她饿坏了。

“阿妈，我渴，我要喝茶。”旺杰站在厨房门口说。琼芨望了旺杰一眼，心想多亏旺杰一直帮她推自行车，否则她一个人不知什么时候才能带曲桑姆回来。

“去，洗洗脸，阿妈热好茶叫你。”

“嗯。”旺杰点点头，又对妹妹笑道，“你也洗洗脸吧？看你哭得像花猫。”

“不，我才不洗，我要吃肉。”

“馋鬼！”旺杰小声骂茜玛，眼睛却忍不住朝琼芨身后望，他也饿了，他也想吃大块大块的手抓肉。琼芨不由叹了口气，泪水涌上眼眶。

“去帮妹妹也洗洗。”她克制着泪水低声对旺杰说。单位凭户口一个人一个月只有半斤肉票。

“妈妈，曲桑姆姨妈吐血啦！”琼芨正在厨房里发愁该给孩子们吃什么，旺杰惊叫道。琼芨忙出来扶住趴在床沿的曲桑姆，“快拿盆子！”她对被吓得躲得远远的旺杰喊道。旺杰慌忙拿来盆子放在地上，曲桑姆喘息着，吐出的污血溅了一地。茜玛“哇哇”大哭起来，正在这时，洛桑回来了。

“洛桑，怎么办？”琼芨一见他不由得哭道。洛桑面色憔悴，头发乱糟糟的，他上前看了看曲桑姆的呕吐物，“快给她喂点儿水。”他说。曲桑姆终于停下来，琼芨拿来热毛巾擦干她嘴角的血渍，喂过医院开的药，扶她躺下来，“姐姐，好些了吗？

来，再喝些水。”琼芨轻声说。

“是平措回来了？”曲桑姆闭着眼睛喃喃地说。

“是洛桑。”琼芨给她盖好被子。

“嗯……”曲桑姆应了一声，迷迷糊糊渐渐昏睡了。

“你今天带她去医院了吗？医生怎么说？”洛桑坐下来，搂过茜玛问琼芨。

“姐姐活不长了……肝癌晚期。”琼芨用拖把拖着地上的血，哽咽道。旺杰帮她端走盆子。

“哎……”洛桑亲亲茜玛，长长地叹了口气。

“你吃晚饭了吗？”琼芨抹抹眼睛低声问他。

“没有。”

“我正要下面条。”琼芨说着洗了手低头进到厨房。

“爸爸，妈妈今天把我锁在屋里，妈妈好坏！”茜玛撒娇地说。

“嘘……小声点儿，姨妈睡着了。”

“爸爸，姨妈快死了吗？”

“不许胡说！”

“爸爸，我害怕死人……”

旺杰洗了盆子从楼下回来。

“旺杰，来帮我端面。”琼芨从厨房里叫他。

“没有肉，我不吃……”旺杰刚端出一碗面来放到桌上，茜玛扑上去，搅了搅面条，扔下筷子又哭起来。

“闭嘴！”洛桑烦躁地厉声喝道。茜玛吓得躲到正好端着面从厨房出来的琼芨身后，眼泪流了一脸，战战兢兢不敢哭出声。曲桑姆呻吟了一声，翻了个身。

琼芨放下碗，“快吃，小心挨揍。”她把茜玛牵到桌前小声吓唬道。茜玛绕过洛桑，乖乖地吃起来，旺杰一声不吭，也低头吃着。琼芨坐下来，“你也快吃吧。”她轻声对洛桑说。

“我不饿。”洛桑的声音有些嘶哑，一脸疲惫。

“你怎么了？脸色这么难看？”琼芨才发觉洛桑神色不对，她不由一阵紧张，“中午也没回来，出什么事了？”

“明天，单位派我去地区参加学习班。有人告了我，不，是诬陷。”洛桑颓丧地说。

“学习班？”琼芨吃了一惊，她飞快地瞟了一眼低头吃面的旺杰又问，“谁告你的？说你怎么了？”

“说我……哎，算了不说了，你快吃吧。”洛桑垂下头叹道。

琼芨拨弄了几下碗里的面，放下筷子，“怎么会呢？”她疑惑不解。前些日子小旺杰在单位黑板上写的几行字毫无根据，不至于把洛桑发配到地区去学习改造，她想莫非……

“洛桑，告诉我怎么回事？”她焦急地问。洛桑点燃一支烟吸了几口，“哎，还是老问题，”他看看琼芨，“上面一直在调查，怀疑我里通外国。”他苦笑了一下。

“还有呢？”似乎不是旺杰的原因，琼芨松了口气。

“他们查出你生父在国外……”

“等等。”琼芨要洛桑先别说，她转过头对旺杰说，“吃完了带妹妹进里屋去，你写作业。”

“我生父？可是我生父和你有什么关系？也许他……早就死了。”

“他没死。”

旺杰收拾好桌上的碗筷，和茜玛进了里屋。

“你怎么知道？”琼芨望着洛桑。

“他给你来过信，寄到我们单位了。”

“可是他怎么知道你的？”琼芨吃了一惊，“他从来没管过母亲和我们……”她说着望了一眼昏睡的曲桑姆，小小的卡垫床上，曲桑姆瘦得几乎看不出身形了。琼芨起来给洛桑倒了一杯茶，坐下来望着窗外呆呆地说，“我已经记不得他长什么样了。”

洛桑没吭声，吸着烟。

“信呢？”琼芨问，“怎么没听你说起过？”

“早被单位没收了。”洛桑喝了口茶。

琼芨垂下眼，过了半晌，她问：“这么说，又因为我……你？”

“他知道我和你结了婚，我的名字。邀请我们去瑞士。对，他说他一直很想念你和……”

“哼！”琼芨凄惨地笑道，“想念？母亲早死了，姐姐也……”她忍住涌上胸口的痛楚。窗外，明月高悬，清朗的月光随着摇曳的树影在地上轻轻飘动着。

“旺杰，作业写完了吗？”琼芨进到里屋。

“写完了。”

“写完了帮妹妹脱衣服上床睡吧。”琼芨怔怔地站了一会儿，等两个孩子爬上床，她回到外屋说，“我去和你们单位领导说去！”

“说什么？”洛桑冷冷地问。

“该是我去，和你没关系。”

“算了吧。整我的人只是找到了借口。”洛桑又抽了一根烟。透过烟雾，他望了一眼在对面坐下来的琼芨。她老多了。月光照在她瘦削的脸上，眼睑有些浮肿，垂着嘴角，往日的神采已无从找寻。洛桑皱着眉头猛抽了几口烟，他没想到自己与琼芨的婚姻，竟如此断送了自己的前程……

“曲桑姆怎么办？为什么没让她住院？”

“医生说不用住院了。”琼芨呆呆地说。她哭起来。

“我走了你一个人？”他瞟了一眼躺在床上的曲桑姆，“怎么赶到现在……”他有些埋怨地说。

“姐夫平措去山里找仁波切去了，很快会来接姐姐回去。”琼芨抹着眼泪说。她明白洛桑的意思。

洛桑没看她，他吸着烟，魁梧的肩背有些驼了。他俩沉默着。一会儿，里屋传来一阵动静，两个孩子还没睡着。茜玛的声音："哥哥，快点儿，我也想尿尿。"嬉笑声中，像是茜玛下了床，又是一阵尿声，比前面的短。

“还不睡，小心挨揍！”琼芨朝里屋小声威胁道。里面静下来。

“仁波切？是那年你母亲去世时来的那位？”洛桑突然问她。

“是，曲桑姆会等到他来的。”

洛桑没说什么。从小参加革命在部队农场成长起来的他，对宗教及喇嘛等不甚了解。谈不上信仰，但他知道藏族人临死之前总要请喇嘛行临终救度后送去天葬。如今很难请到了，单位里也不允许。

“要小心。”他沉着脸说。

“你先睡吧？明天一早还要走。”见洛桑情绪低沉，琼芨不知该如何是好。

洛桑灭掉烟站起来。

“不洗洗吗？”琼芨望着他问，她已给他倒好了洗脸水。洛桑摇摇头径直进了里屋。月光把屋子照得很亮，旺杰睡在靠窗的床上，茜玛光着小身子横睡在大床上，被子踢到了地上。洛桑愣愣地站着问：“我睡哪儿？”

“等等。”琼芨小声说着将茜玛抱到旺杰的床上，让两个孩子打脚蹬睡在一起。洛桑脱了衣服上到大床睡下了。琼芨蹑手蹑脚替洛桑收拾好要带的换洗衣服和洗漱用具，又装了一条大前门烟和一包绿茶。她想了想，家里再没有可带的了。没有干肉，也没别的什么吃的。她拉上为洛桑准备的提包，又去外屋看了看曲桑姆，关好门窗，回到里屋在洛桑身边躺下来。

“睡着了吗？”她的脸贴着洛桑的背轻声问。

“嗯。”洛桑含糊地应道。

“转过来吗？”她碰碰他的手臂。

“睡吧，睡吧！”洛桑把被子朝自己身上拽拽，没转过身。琼芨睁着眼睛，睡不着。洛桑明天就要被发配到地区去了。

说是去参加学习班，她明白其实是挨整，天天检讨，被批斗……

“洛桑……”她搂住他的背，心里一阵难过。自己已被开除成了单位里的清扫工，洛桑如今也因为自己……“洛桑，对不起……”她内疚地轻声在他耳边说，一面抚摸他。

“哎呀！你让不让人睡觉嘛！”洛桑挪开琼芨的手不耐烦地说。

“你一走不知过多久才能回来，”琼芨伏在他的肩上，“洛桑，今晚要我吧？”

“行了，行了。”洛桑扭扭肩，“别压在我身上！”

“你不要我吗？”

“睡吧，我困死了……”说着，洛桑用被子蒙住头。过了一会儿，琼芨听到洛桑打鼾了，她轻轻拉开他脸上的被子，吻了吻他的脸，重又躺下来，才感到全身酸疼，疲倦极了，没一会儿，她也睡着了。

2

第二天一早，洛桑喝过早茶，亲了亲还在熟睡的茜玛，从琼芨手里接过包，什么都没说便转身出了门。望着洛桑的背影，琼芨动了动嘴唇，但她沉默了。什么话都显得多余和虚假。安慰、道别和再见……洛桑的冷漠她能感觉到。她无话可说。

这天，旺杰上学去了，茜玛在院子里玩儿，琼芨打扫完办公楼、厕所和机关大院，赶回家照顾曲桑姆。

“姐姐，中午想吃点儿什么？我给你做。”曲桑姆半靠在床上，“琼芨，平措什么时候来接我？”她问。

“他会来的，你好好养病，要吃点儿东西才行。”琼芨劝道。

“琼芨，平措会找到丹竹仁波切对吗？我现在还不能死，我要等他们……”

“你该吃药了。”琼芨端来水和药给曲桑姆吃下。

“琼芨，要不你……送我回乡下等，你一个人拖着两个孩子。”曲桑姆虚弱地说。

“你病得这么重怎么能回去呢！”琼芨生气地说。曲桑姆不吭气了。父母去世以后，她已很多年没见过琼芨了。平措去拉萨买东西回来时，琼芨偶尔给她和孩子捎过几次糖果、头巾之类的东西。这一次，曲桑姆头一次来到拉萨琼芨家，却已是一段枯木了。而当年，她若和琼芨一起离家出走……如果再有一次选择，曲桑姆，她想她仍然会留下。她不能抛弃受难的父母，还有平措。这个在以前会被上层显贵耻笑的牧人，在他们一家最危难的时候并没有玷污他们的姓氏。相反，革命和解放使平措成为主人，至少成为拯救曲桑姆一家的主人。想着想着，曲桑姆疲惫地闭上眼睛，她想她的今生终于就快了结了……

琼芨见曲桑姆闭上眼睛睡了，悄悄带上门出去买了一趟菜。回来时，刚好碰上放学回来的旺杰。旺杰背着书包，低着头走来，望着儿子瘦小的身影，琼芨的鼻子不由一阵发酸。

小旺杰跟着她，这几年在这个家里，自己一直顾不上照顾他，他小小的心里的苦……

“妈妈。”小旺杰走过来叫道。琼芨牵起他的手，低头吻了吻旺杰的脸。旺杰有些惊喜，他害羞地左右看看。

“走，回家去。”琼芨微笑道，“怎么妈妈亲你还怕人看到？”旺杰挠挠头，不好意思地笑了。院子里，茜玛正和一群小孩在跳皮筋，由于太胖，琼芨和旺杰看到她没跳上去。她嘟着嘴牵着皮筋傻乎乎地看着别的孩子轻巧地跳来跳去。

“真是笨猪！”旺杰笑道，“妈妈，您帮我把书包拿上去。”

“要吃午饭了！”琼芨接过书包说，但旺杰已跑过去和孩子们玩儿去了。琼芨站在太阳底下望了一会儿，心里突然感到一种异样的轻松和平静。她转身上楼，洛桑走了，她只管照顾好曲桑姆和两个孩子，生活似乎一下子单纯了许多。

“姐姐，睡得好吗？”曲桑姆醒了。

“你买菜去了？孩子们呢？”曲桑姆看上去精神好多了，一双凹下去的眼睛变得清晰了。

“孩子们在楼下玩儿。”琼芨拎着菜走进厨房，准备做午饭。

“琼芨，中午吃什么？我有些饿了……”

“真的？”琼芨撩起门帘惊喜地问。

“嗯，我想吃点儿东西，要不等不到仁波切来就会死掉的。”曲桑姆微笑道。

“看你，又胡说开了，饿了说明病开始好了！”她剥着葱对外屋的曲桑姆安慰道。但曲桑姆的病不可能康复，她明白。

此刻，在曲桑姆最后的这段时间里，琼芨只希望自己能陪伴她，弥补多少年来对妈妈、继父和姐姐曲桑姆的亏欠……

3

不久，琼芨听到小道消息说在地区学习改造的人里有一个姓黄的汉族人自杀了。但见过洛桑的人告诉她洛桑近况不错，除了每天学习和例行检讨，上山放牧、伐木的劳动令洛桑更健壮了。他还学会了木工活，做了几把精巧的椅子捎回来。

曲桑姆的病情在那一段也稍微稳定了些。每天，琼芨下班回来就想方设法给两个孩子做好吃的，陪着小旺杰写作业，还帮曲桑姆洗了头，把她的手指甲和脚趾甲都剪磨得干干净净。没有人来家里串门，她早已习惯邻居和单位里的人对她的视而不见。关起家门，与孩子们和曲桑姆在一起，生活仿佛令她感到了久违的宁静和温馨。

但好景不长，十几天以后，曲桑姆的病情开始恶化。她几乎每天都要呕血，肝区的疼痛一天比一天剧烈，所有的针药都失效了。曲桑姆哀求琼芨在她疼痛发作时拔她的头发，转移痛觉，她还要琼芨给她买青稞酒，用酒精短暂地麻醉自己……又过了一个多星期，曲桑姆眼看不行了，她的头发已经被她自己差不多拔光了，长时间陷于昏迷中，但她还留着最后一口气，琼芨知道，她在等平措带丹竹仁波切到来……

4

丹竹仁波切曾是琼芨家乡的山上、那高高在上的觉桑寺的转世活佛。后来，当琼芨的大哥昂旺赤列活佛死后，丹竹仁波切便跟随他年迈的经师遁迹山野。

“文化大革命”时，他们成为红卫兵追寻的对象。躲藏在森林里的丹竹望着火焰之上飘扬的青烟，不禁泪流满面，他知道经师已去往空行界，从今以后自己的使命将不容推移……从此，他独自在深山中苦修佛法，度过了青春岁月。善良的人们没有遗忘这位年轻的仁波切，常有人偷偷上山为他送去糌粑和砖茶。渐渐地，丹竹开始出没在民间流传的神奇故事中。而只要有心灵的痛苦和生命的死亡存在，就有人不畏艰险去追寻丹竹仁波切的足迹，寻找他隐藏的岩洞，祈请他为不幸的人们出行。

那年，琼芨的父母相继去世，丹竹仁波切出现了。

悲伤的亲属中，只有琼芨一人身着汉地布衣。她牵着小旺杰，父母的去世令她感到更加无可依靠，她一直在流泪。以至于在给丹竹仁波切斟茶时，哀伤的泪水竟落到了丹竹仁波切的茶碗里。泪水晶莹如珠，在茶杯中荡开了银色的涟漪，丹竹端起茶杯，轻轻吹了吹，喝下的刹那，他恍若感到了琼芨所有的不幸。他不由为她注目，看到她珍珠般的面色，被迷雾遮掩，以及她岩石般的眼睛里，深藏的火焰——他暗暗惊异，这小小的女子琼芨白姆啊，泪水流尽，苦痛变成了自缚的枯井……丹竹仁波切不禁悲从心生，仿佛于那轮回的过往中，预见了自己的不能及……

5

为了病重的曲桑姆，这时，丹竹仁波切就要到来了……

曲桑姆苦苦等待着。

那是一个暴雨倾盆的夜晚，曲桑姆在昏迷中开始抽搐。

但突然，曲桑姆挣扎着醒了过来，两眼放出异样的光，盯着房门，费力地从床上坐起来，颤抖地对琼芨说："丹竹仁波切快到了。"琼芨惊异地点点头，夜已深，她想姐姐一定是弥留之际有了幻觉。她轻手轻脚走进里屋，两个孩子熟睡着，她从柜子里取出珍珠七十和平措留下的丹竹仁波切加持过的甘露丸，将它们捣碎在水杯里泡散，端出来要姐姐喝下。曲桑姆喝完，又要琼芨给她找一顶帽子戴。她喘息着对琼芨说："快在屋里煨桑吧，再去烧一壶热茶。"琼芨答应着，找来香炉，点燃香柏枝叶，又进到厨房烧酥油茶，这时，她清楚地听到窗外传来一阵脚步声。

"琼芨啦，琼芨啦！"外面真的响起了敲门声。她听出是平措。她忙奔出去上前猛地拉开门，平措随即侧身，天空一阵激烈的闪电，照亮了平措身后丹竹仁波切慈祥庄严的面庞。琼芨怔怔地望着他，惊喜的泪水不由夺眶而出……望着泪流满面的琼芨苍白憔悴的面容，丹竹仁波切的心，突然痛了一下。

他轻声问她："曲桑姆还好吗？"说着，身着便装的丹竹仁波切疾步入门，径直走向曲桑姆。

"丹竹仁波切请这里坐。"琼芨抹去眼泪，慌忙搬来一个靠背放在紧靠曲桑姆病床的卡垫上。

"谢谢。"丹竹仁波切礼貌地点点头，脱鞋盘坐在卡垫上，"曲桑姆，你还好吗？"他轻声对曲桑姆微笑道。

"还好，仁波切，感谢您来。"曲桑姆垂下眼皮，盯着自己的下方虔恭地小声答道。琼芨怔怔地望着他们。

"你们俩，我可没罚你们站。"丹竹回头见琼芨和平措都站着，笑道。

"平措快坐下来，琼芨请给仁波切上茶。"曲桑姆低声嘱咐道，神志显得很清醒。平措就地盘坐下来，琼芨望着丹竹说："可是您的衣服淋湿了……您会着凉。"

"是吗？我既不会感到凉也不会热。没关系。"丹竹微笑道，又问坐在地上的平措，"你的衣服也湿了，你如果冷，赶紧换一换。"

平措吐吐舌，低垂下眼睛连声道谢。

"现在我该看看我们的曲桑姆怎样了，对吗？"说着，丹竹仁波切俯身看曲桑姆。

琼芨望着丹竹仁波切，她记得父母去世时丹竹仁波切不到四十，这一次，琼芨感到丹竹仁波切比从前苍老了许多，但他睿智的目光和安详的笑容恍然如梦，悄然改变着曲桑姆临终之际紧张的气氛。琼芨感到沉重的心情竟渐渐舒缓下来。

她给丹竹仁波切和平措斟上热茶，又关严里屋的门，搬过一个小凳子远远坐下来。

“曲桑姆，说说你的现在。”丹竹仁波切问曲桑姆。

“是的，敬爱的仁波切，我快要死了。”曲桑姆低声答道。

“哦，是吗？”他拨着念珠笑道，“果实在夏季正值茂盛繁荣的时候是很难采摘的，秋季瓜熟蒂落时稍微碰触一下就可以坠落。所以，曲桑姆，现在的你，身上的风脉明点都开始衰退了，这个时候正是往生，是你的灵识离开的时机。”

“感谢仁波切，谢谢！”曲桑姆轻声应道，“我明白了。”

曲桑姆转过身，“平措……”她虚弱地唤道。

“啦……”平措低声应着，弓着身子走到妻的床前。

“我走了以后，拜托你照顾好几个孩子。”她一阵喘息。

“你放心吧，我会的。”平措蹲下来，握住妻枯瘦的手，有些哽咽。

“你是个好人，感谢你陪伴我这么多年……”曲桑姆的声音有些发颤，“现在我要走了，有仁波切保佑我，你们不要难过。”

平措使劲点着头，说不出话来。

“好了，曲桑姆，你现在躺下吧。”丹竹仁波切温和地说。又对平措说，“来，帮你的妻子躺好。”平措吐吐舌头，等着丹竹仁波切指点。

“曲桑姆的时间不多了，让我们来帮助她。”丹竹仁波切比画着说，“这样，让曲桑姆面朝右边侧躺着，把她的左手放在大腿上，对，右手枕在脸下，小拇指堵住右鼻孔，好的，再摘下曲桑姆的帽子。”

平措退回到原位盘坐下。丹竹仁波切回头望了一眼琼芨，严肃地对她说：“现在，为了曲桑姆收起眼泪，好好为她祝福吧。”琼芨点点头。平措双手合十，低头开始为妻默默地祈祷。

“曲桑姆，准备好了吗？”

“是的，仁波切。可是我这一生……罪孽深重……”曲桑姆颤声答道。

“曲桑姆，好姑娘。”丹竹仁波切微笑道，“要有信心，你很有福报，现在，该是你放下今生的一切的时候了，再不要牵挂和贪恋什么。你的肉身好比你住过的一所房子，现在房子腐朽了，你需要搬一次家。”

“是的，仁波切，我明白。”

“把心静下来吧。”丹竹仁波切轻轻拍了拍曲桑姆的头，在她耳旁温和地说，“人生如梦幻泡影，曲桑姆，你曾经已无数次地生又无数次地经历了死。但无论你生死何处，都要记住我们大家对你的爱和祝福，你要保持心性的坚定和清醒，在身心分离之后往生的路上要心怀喜悦和善念，遵照我阐释给你的方法，作出明确的选择……”说着，丹竹仁波切再次俯身观察曲桑姆临终的症候，告诉她，“曲桑姆，在我们临终之际，会出现一些症候，比如，首先，全身会发生一种压迫感，接着全身发生一种湿冷之感，犹如浸在水中一般，而后逐渐变为高烧之感，最后，全身像被烈风所吹，碎为微尘一般。每一种症候都会从全身出现外在的变化，例如面部肌肉会失去控制、听力与视力丧失、神智丧失之前喘息等等，你了解了这些症候，要勇敢面对和承受肉体的虚弱、痛苦与最后的衰竭，并努力保持清醒和镇定，心，不要受到牵引，要全神聆听……”说着，丹竹仁波切停下来，过了一会儿，他以低沉浑厚的法音，开始咏诵临终救度真经。曲桑姆侧身而卧，静静地聆听着，面容无限恬静，使她看上去仿佛疾病已痊愈，沉浸于憧憬中……大约凌晨三点，曲桑姆呼吸渐止，陷入昏迷，丹竹仁波切见状以指压住曲桑姆脖颈上微微震动的睡眠之脉说道："曲桑姆，好姑娘，现在，世间所谓的死亡就要来到你身上了，你的气息即将停止，你的上师将助你入观明光，你将要在中阴境界中体验它在实相之中的境相了。其中一切万物皆如无云的晴空，而无遮无瑕的智性，则如一种没有周边或中心的澄明真空。此时，你应赶快了知你自己，并要住此一境界之中。我此时也在助你住入其中……”如此在她耳畔反复诵念叮嘱，直到曲桑姆终吐出最后一口气，丹竹仁波切便以如箭的密咒，一声呼喊，射向曲桑姆头顶的百会穴。曲桑姆的身体在床上猛地震动了一下，头顶升出一缕烟气，随后，仿佛摆脱了所有的痛苦和束缚，躯体柔软松懈地浮在床上……

“曲桑姆……她走了？”过了半晌，琼芨含着泪颤声问道。

“不，她的神识刚才逸出体外，但与她的身体仍有一种微密的联系。这种状态可能会持续三到四天。”

琼芨站起来，想过去再看曲桑姆一眼。

“现在，琼芨，不要碰曲桑姆的身体。”丹竹仁波切止住琼芨，“坐下来，要安静。”说罢，丹竹仁波切拨动念珠，询问琼芨和两个孩子、平措的属相。他算了算，对平措说：“你接近曲桑姆的身体会令她此刻十分脆弱的心识不安和焦躁。这几天你不要靠近。”平措沉痛地看了曲桑姆最后一眼，他坐在地上没动，低下头对琼芨祈求地说：“琼芨啦，曲桑姆的后事只有请你多费心了……”

“不要担心。”丹竹仁波切微笑着对平措说着，从床上下来，又对不知所措的琼芨招招手，“来吧，让我们把曲桑姆的身体放到地上。”琼芨忙上前挪开方桌，小心地将仿佛熟睡的曲桑姆放到地上，拿来准备好的一块白布轻轻盖上。

“琼芨，”丹竹仁波切见琼芨神色恍惚，慈爱地抚摸了一下她的头说，“再去找一条绳子和钉子。”琼芨从厨房翻出来递给丹竹仁波切，仁波切将绳子的两头分别钉到墙上，掏出一条长长的哈达搭上去。

“平措，你现在就去找天葬师吧。”平措站起身答应着正要退出去，仁波切说，“等等，”说着从随身带来的包里掏出两张人民币递给他，“拿去吧。”

“不，不。”平措推辞道。

“仁波切，我们不能要您的钱。”琼芨忙说。

“为什么？”丹竹仁波切回头问，有些悲伤地对琼芨说，“你的哥哥早去世了，我和你们的缘分……应该是亲如兄长！”

“感谢仁波切。”平措走过来双手捧过，“这是我们的福分，感谢您。”平措退出去了。丹竹仁波切也准备走了，他叮嘱琼芨：“天快亮了，明天晚上我会再来。不要让孩子们碰触曲桑姆的躯体，也不要大声喧哗扰乱曲桑姆的心识，你都会吧？”丹竹仁波切担心地望着琼芨。

“您放心，我懂。”琼芨点点头说。

“那好，我走啦？”

“嗯。”琼芨答应着，泪水止不住流下来。

“别哭，琼芨。”仁波切温柔地说道。

“姐姐一走，我一个人……”琼芨哽咽道。

“你还这么年轻，还有孩子们，我会帮助你们的……”丹竹仁波切的双眼忽然有些潮湿。

“可是您住在哪里？我该去哪里找您？”她望着比自己高出一头的丹竹仁波切，一脸迷茫地问。

“我会来的。”丹竹仁波切笑了，“不要害怕，我晚上来，免得单位上的人听见我为曲桑姆念经。”他轻轻拍拍琼芨的头，“好啦，擦干眼泪吧，我该走了。”说着，丹竹仁波切深深地看了琼芨一眼，转身迈着轻盈的脚步消失在夜色中。

孩子们仍熟睡着，琼芨流着泪，为曲桑姆点燃一盏盏酥油灯，在酥油灯闪耀的光焰中，天慢慢亮了。

6

第三天中午，平措终于找到天葬师，悄悄将天葬师带到了家里。旺杰和茜玛也在家等着琼芨。天葬师准备开始了。突然，旺杰小声说："我可以再看看我的姨妈吗？"

"我也要看。"茜玛跟着说。

"不行，孩子们。"天葬师说道。平措低头走进里屋，琼芨抱过茜玛。

"为什么不行？"旺杰问。天葬师喝了口茶，慢慢地说："现在，你们的姨妈和死的时候模样已经完全不一样了。因为她的灵魂要在这三天周游她生前去过的所有地方，路上会碰上无数鬼怪魔障，因为惶恐、惊吓，你的姨妈这会儿眼睛和嘴巴都张开了，眼睑青紫，脸色铁青，会吓到你们的。"天葬师抹抹嘴站起来。

"你们俩进里屋去。"琼芨命令道。

"不嘛，妈妈。"旺杰哀求道。

"我也不。"茜玛跳到旺杰身上。

"好吧，孩子们你们坐着不许动，也不许出声。"天葬师说着，指指自己的心，"再用这儿，爱你们的姨妈，她正在附近看着你们。她会感到欣慰，如果你们爱着她……"说着，天葬师用一条哈达裹住曲桑姆的脸。

"我们爱她她就会活过来吗？她答应带我去乡下玩儿的。"茜玛说，"我很爱我的姨妈。"

“很好，你爱她，她就不会怕黑，会迎着最亮的光走……”天葬师将躺着的曲桑姆扶坐起来。茜玛不再问什么了，两个孩子远远坐着，屏息望着。只见曲桑姆柔软的身体任由天葬师摆布。天葬师将曲桑姆的头弯到两腿之间，然后用一块白布裹好。曲桑姆像一个温顺的婴儿蜷缩在襁褓里，仿佛等待着生命再一次苏醒……

第十七章

1

旺杰和黛拉离婚后不久，我独自一人跑去了藏北。母亲琼芨一时间焦急万分。她怕我再像以前那样干出割脉自残的蠢事。

母亲琼芨和哥哥旺杰专程赶来把我接回了拉萨，要我暂时在餐吧里帮旺杰。后来，旺杰餐吧的生意越来越好，又招了四五个服务员，我没什么事可做，有时便跑出去和朋友们玩儿。

母亲琼芨终于设法给我找了一份工作。

事情不多，接接电话、登记或给办公室分送文件。介于文秘和收发通联之间，应该算是这个单位的行政人员之一了，便处在了一群好奇心和嫉妒心一样强的女人和男人中间。那天，下班的班车出发了。我像平常一样坐到最后排最边上的角落。我讨厌和这种人群为伍。没人坐到我旁边来,我嘘了口气。但我和他们，我想总该说点儿什么以掩饰内心的厌恶。我脑子转来转去，但找不到半句可说的废话。我无奈地坐在后面，望着班车驰过的窗外。车里像往常一样，财务科的胖次旺、管资料的旺姆、打字员晋美、小吕……一直说说笑笑。我听每一个字，却是空的，笑声也一样。小吕的嗓门最大，又说了一些话，他们又笑起来。我瞟了她一眼，她的年龄和我一般大，穿着土气的衣服，也不化淡妆，脸上长着许多小雀斑，还有高原红。她说着藏味儿的汉话，中间还要夹杂一些个藏语单词，她像是那类从小在西藏长大的汉人，使得她和车上大多数藏族职员格外近乎。但像她那样，咧嘴或翻眼珠，我想我做不到。在这些人中间，我只感到孤独和莫名的矜持……

回到家，母亲看出我情绪不佳。

“茜玛，上班累了吗？”她给我倒了一杯热茶，“慢慢会习惯的。”

“无聊死了。”我脱了鞋靠在床上打开电视，“还不如在家待着。”

“你这么年轻，怎么能总玩儿不工作呢？”

“给给给，别唠叨了。”我从包里掏出刚领的薄薄几张工资递给母亲。那是一千多块钱，平均一天不到五十元，饿不死罢了。

“别满不在乎，你刚上班就有一千多块，比大学毕业生还多，你们单位挺好的。”母亲说着，满意地收起钱，那模样像是我从此有了什么保障，“我给你存起来。”她说。她进到里屋放钱去了。我看着电视，“妈妈，晚饭吃什么？”我问她，话音刚落，我的手机响了，是短信，他发来的，甘珠。

2

和甘珠是在一次从成都飞往拉萨的航班上认识的。在空中。他穿着绛红色的长袍，飘来一阵奇香。他在旺杰的座位旁坐下。

“他肯定是个转世。”哥哥旺杰低声对我说。哥哥的生意做得不错，那次去汉地进货，把我也带上了，算是奖励我帮他在店里周旋。

“他好年轻啊！好酷！”我低声笑道。

“胡说什么？”哥哥白了我一眼。但我说的是实话。西藏的美男子都在寺院里。而拉萨，男人们在某个单位，穿着西服，规矩的短发，没有梦想，更没有狂喜……

“请问您需要什么？”空姐推着食品车过来了。

“我要一杯咖啡，谢谢。”他以标准的汉语说道，声音格外清朗。我和哥哥吃了一惊。

“你们二位要什么？”他回头对我和哥哥友好地微笑了一下，客气地用藏语说。我便清楚地看到他洁白的牙齿、浓浓的眉和高高的鼻子……“一杯橙汁。”我对他甜甜地一笑，露出我脸上一对迷人的酒窝，我想起那首歌："拉萨的女儿，美如水莲……"那是80年代初流行的一首民歌。那时，拉萨女孩喜欢那些闯入拉萨的康巴富商，坐在他们的摩托车后面，飘扬的长发引人注目；90年代初，洛泽那样，有一些钱、温文尔雅的异国藏胞带来了新的欢乐。如今，当一些拉萨男人沉溺于汉地"猫"的怀抱，拉萨的女人仍一如既往，无拘无束地欢畅着，美丽而灵性……我笑了。当然，这微笑，与爱情无关……

"您是哪个寺院的？"哥哥在问他，"听您口音来自康区？"

"您去拉萨朝佛吗？"我也问。机翼掠过云层，我们已悬于半空，进到了飞禽的境地。

"对。"他的眸子清澈见底。

"您会在拉萨住很久吗？"我说。飞机在空中颠簸了一下，撞上了气流。

"一两个月吧。"

"可以问您的电话吗？"我脱口道。

"当然。"他转过去翻出一个黑色笔记本，"这是我的名片。"他递给哥哥一张，又递给我。

"谢谢，到了拉萨我们联系好吗？"我笑道。哥哥飞快地斜了我一眼，他怀疑我的用意。

"您是平面设计师？"他看哥哥的名片问。

"哇！"我惊叹了一声，他的名片上写着他是某某寺的转世，甘珠。他有一个转世的头衔。名字前还绘了一个金刚杵，和他脖子上戴的那枚一样，在他的衣领间忽隐忽现，很精致，像是银雕的。

“您是朱古呀？”我由衷地说。

“叫我甘珠。”他莞尔一笑。

“到拉萨我们可以请您出来坐坐吗？”我问。

“别胡说。”哥哥不好意思地打断我的话。

“当然可以。”他微笑道。机窗外，阳光穿梭在云霞间，虚幻的世界，被光和云以及空气、风盈满，还有星星，多如藏区大大小小寺院里成千上万的转世……我不由回想起拉萨。回想哪一年的某一天，在佛祖诞生和圆寂的日子，我曾遇见过甘珠。

3

那时，整整一个月，在香柏燃起的桑烟中，弥漫着唯一的、拉萨的气息。传说这时穷人的节日来临，钱币将如河涌入穷人的手中。于是四面八方的人们，从草原、农区、遥远的山沟来到拉萨。拉萨的各条转经路上，一夜之间挤满了白发的老人、刚出生的婴儿、躺在地上已病入膏肓的人，都在祈盼着滴水成河般的布施。我们从这条路出发，要去往远处的一个寺院。长长的路上，数不清的乞丐伸长了乞讨的双手，在铺着彩砖、大理石的街两旁席地而坐。炎炎烈日，空气中散发着刺鼻的尿骚味。

大约中午，我们到了。大院里上百的喇嘛正在排练“跳神”,这是藏传佛教仪式中的一种宗教舞蹈,密宗艺术。但这天,许多人，拉萨的、汉地的和外国人都云集在这儿，人们打着太阳伞，拍照，摄像，胡乱议论。冗长的鼓声中，喇嘛跳神的步子扬起满院子的尘土,脸被正午的太阳灼得通红,淌着汗。一些喇嘛边舞袖子边打量围观的人，眼神淡漠。还有的回头和后面的舞者说几句话，有一个嘴里嚼着什么。甘珠带来的施主立在那儿看了几分钟便进了寺庙。他像是日本人，又不大像。穿着布鞋，像汉地藏传佛教信徒一般。他来到佛殿大堂，站在中间闭着眼双手合十，念念叨叨地祈祷，身子前后微微摇晃着，足足半个时辰有余。没人能猜出他的祷词，他心里的念以及他玩世、嗜酒、挥霍无度——他的虔诚无人知晓。甘珠也不能。甘珠只能费尽心机安排他此行给五百多个僧人每人发放二十五元的布施。这点儿钱在前几年，对这个寺是太小的一笔数目，没人理会。但这次，这里是败落了。施主是绝顶聪明的，他看透了。所以，他不看那些散漫的跳神的喇嘛。当众僧披上红衣盘坐于大殿，他也听不懂他们高低不齐地在念哪一段经。他缄默，他不揭露，只是弯腰在每一个僧人面前放下二十五元布施。这对于他，微不足道，不足他一天的烟钱和酒钱。但这时，甘珠却在跑上跑下，显得力不从心和忙乱。施主是商人。商人有自己的法码和规则；甘珠是“转世”，两方面各有所需。

甘珠领着施主去朝拜别的殿堂了。我坐在院里的石碑下，没进去。我有些后悔了。还有什么不可知的呢,但滚滚红尘中,又如何抗拒。

4

飞机开始缓缓降落，拉萨到了。

甘珠，分别时，我和他握手。是的，他的手。而在相仿的年龄，这样的时代，唯有握手是自然而坦率的。

甘珠比我高出一头。他平静地微笑着向我善意地伸出他的右手。他垂下的左手，在拨着一串细细的念珠，那手指，过于纤长，白皙的手背上透出了青色的脉络，握在手里，是绵软,令我内心陡生莫名的怜爱:一双在藏红花里浸泡过的手,没有握过锄头；连续的手印，还令他面呈女相——但这双手,后来竟与我相关。那时,寺群裸露在高处,急切地与公路相连,甘珠出入时，再不必担心留在雪地里的脚步，所有的传奇都消失了。

5

甘珠在网络中。他轻捷灵敏。他愈发瘦削了。他脱去僧袍,轻盈的脚步显出几分袅娜。他到楼下了，轻轻按了两声喇叭。

“等一下，马上就来。”我从楼上弯腰对他说。有人从窗户里习惯性地窥视。住在母亲的单位多少年了，如今，我花颜月貌，这个院子里的人便逐渐把目光转向了我，在他们的窃窃私语中，不同的车驶进来，我就去了……

“妈妈，我要出去，晚上别等我。”我匆忙换好衣服。

“你们明天早上不是要开会吗？你迟到了怎么办？”母亲望着我说，有些慌乱。她在我面前变得枯瘦矮小，个子不知什么时候萎缩下去的，才到我的胸部。她就这么老了，我像是从她身上发出的新芽，我的艳丽和健康、金子般的肤色、父亲的血脉令我与母亲不同，有时，当她诧异地打量我，她从我身上一定看到了与父亲洛桑相似的蛮横和粗暴。旺杰也与当年的巴顿如出一辙。年老的母亲，仿佛活在从前两个男人的阴影中，她有五十多了，不算太老，但她老了，往事随着我和哥哥生长，她老了。闭经了。鲜红的经血不再回旋于她的子宫。她平静下来，她要更平静，便要我留下，要我跟她一块儿等着被孤独一寸一寸地吞噬下去。

“我会直接去上班，你不用等我。”我把化妆品塞满我的包，慌忙出门。母亲的眼睛黯无神色，在我背后，像幽深的洞穴……我喘不过气，我说：“甘珠，等等我。”

6

这时的甘珠，右耳垂上戴着精制的铂金耳环，车上放着当下流行的最新唱碟，带着我驰上拉萨黄昏的街。他拉开跑车的顶子，湿润的风迎面吹来，我站起来，和着歌声大声唱着。

快乐、青春以及金钱，当我们再次相遇，甘珠都带给了我。

“茜尔玛，”甘珠开得快极了，他叫我时家乡口音很重，在我名字中间发出了过度卷舌的“尔”音，“快说，吃什么？”他大声问我。他刚回来，回到拉萨，脱去了僧袍。前额有一撮头发路过成都时挑染成了金色，他的酷令我笑起来，“帅哥，你快成港仔了！”我嘲笑他。心里却回想着，飘逸的僧袍，像奇妙的道具，甘珠穿上，怎么会突然高大威严起来，脚步没有声息，像飘于圣莲之上……

“去吃火锅吧，有一家新开张的，味道不错。”我大声对他说时，风灌满我的胃，好凉。甘珠回来了。他白了。苍白。

“快说，往哪儿拐？”

“直走往右。”那条街是甘珠走后修起来的一条美食街，有汉地的各种风味，还有西餐。哥哥旺杰的小店却搬到老城区巴尔廓的外围了，改为了地道的藏餐吧。甘珠不大喜欢他熟悉的从小到大的寺院生活，外面的世界才是他渴慕的。我们便很少去哥哥旺杰那儿吃饭，除非甘珠的施主是个女人。甘珠将带她远道去阿里朝佛，然后，还要请她回他所在的寺院。

我不能和他们坐在一起。我站在吧台里，帮哥哥旺杰开票、收钱。我忍不住不时朝他俩望一眼。晚上七八点了，窗外的月亮从云层里显出了轮廓，柔和的金光散漫在餐吧里。哥哥旺杰新买了一些黄铜净水瓶，插着野菊和格桑花，淡淡的花的气味里夹杂着奶酪的甜香，生意不错。

“来一份酸奶。”又一批顾客进来了。像是汉地背包客。

他们拍拍掌，叫服务员点菜。

“茜玛，你去一下。”旺杰有些忙不过来了。我犹豫着，因为那些客人挨着甘珠的桌子。

“快去呀！”旺杰在厨房里忙着指导厨师调制一道新菜，便催我。自从和黛拉离了婚，哥哥旺杰变了，像个商人，只顾忙着赚钱。甘珠进来时，和他打过招呼，给那个女施主做介绍说哥哥的餐馆是拉萨最好的。甘珠没穿僧袍，头发剪得很短，也没戴耳饰。左手腕上绕着我第一次见他时戴的那串细细的旃檀念珠。

“嗨！”那些客人叫我。

“快去！”哥哥斜了我一眼。他不在乎我的感受，不以为然。我拿起菜单和笔往那桌走。我今天特别打扮了自己，刚洗过的长发飘着印度草的淡香。

“来一份拌牛舌。”其中一个刚说完，另一个女的问：“有青稞酒吗？”我点点头。甘珠就坐在左边的那桌，他的余光是能感觉到我的，我丰韵的身姿、我的唇和我身上袭绕他的雌性的气息……他坐在我的斜对面，在我的目光之下，专注地向女施主讲着什么，纤秀的左手优雅地拨着念珠。我朝那女施主瞟了一眼，从她侧脸的轮廓看，像有四十岁了，撕荞麦饼的一双手没戴任何饰物。他们桌上只有一份荞麦饼和两份酸奶。甘珠没点别的，女施主是虔诚的素食者，一身布衣……

7

据说甘珠秋天的时候认识了女施主。女施主后来带甘珠去的几个地方都很炎热。每天，甘珠戴上墨镜，身上擦着防晒油，躺在海滩温热而潮湿的细沙上，静听海的呼啸。正午，蔚蓝的天空偶尔有海燕飞过，还依稀传来渔民的阵阵吆喝。甘珠侧身眯起眼，朝远处望去，看见一些渔民正在费力地拉网。半晌，前一天夜半撒的网，慢慢从海里浮现出来，巨大的网。甘珠躺在沙滩上眺望时，交织的网恍若兜揽住了整个天和海以及自己。他坐起来。十几个渔民一点一点将渔网快要拉上沙滩了。甘珠看出了神。渔网全部拉上来了。甘珠忙起身跑过去。只见大大小小的鱼儿在网中活蹦乱跳，浓重的腥气随海风扑面而来，甘珠不由退后了一步。渔民们一面说笑着，一面满意地将网里的鱼捞出来，装进备好的一个个水筐。许多小鱼挂在了网上，不住地挣扎，渔民们一时还顾不上它们。甘珠望着，不由走上去，伸手去够它们，想救它们下来。但小鱼被渔网上的尼龙细绳牢牢套住了，甘珠试了好久，取不下来，小鱼在他的眼前，一个个慢慢死了。甘珠的心阵阵痛楚。这时，一回头，他发现外面的沙滩上也漏了许多小鱼，沙洼里的一点点积水使它们还在微微动弹。他忙跑过去，将它们一个一个小心捡起来，抛进大海。

“好嘛，我们辛辛苦苦打上来的鱼，你又给放啦！”一个渔民用当地土话对甘珠说。

甘珠没听懂，但大概猜出他在说什么，他搓着手上的泥沙歉意地朝渔民们笑笑。

“你放了它们，你以为你是菩萨呀？”另一个渔民嘲笑他说。不小的丰收中，遇上一个年轻的外地人忙着救几条漏网的小鱼，似乎成了他们劳动中轻松的笑料。他们一面抬运着沉甸甸的鱼筐，一面取笑着面色苍白的甘珠。

“送给你两条大鱼吧？”也许觉得甘珠神色不对，几个渔民放下渔筐打开了要甘珠挑。渔民的善心，不知被甘珠怎样触动了。他们想施给他两条鱼吃，而每一条，渔民昼夜祈盼，炎日将他们的全身灼烤得比焦炭还黑，还有夜晚海风的袭击以及蚊虫，经常将他们叮咬得体无完肤……

“不，不，不……”甘珠苦笑着连连摆手。他不大清楚渔民的意思。他在幼年时，便登上了那个殊胜的法座。从小，他抚摸着右旋的海螺，仿佛感触到了海，触摸到了苦味的海水……他没有玩过孩童的游戏，也不用上山放牧或下田耕种，他体会的苦，与衣食无关……

“不要客气嘛。”渔民笑道。甘珠朝打开的筐子里望了一眼，只见硕大的鱼儿拥挤喘息着，朝着他张开求生的嘴，一启一合，像在绝望地祈求。甘珠心头一紧，胸口一阵绞痛，泪水不由涌上眼眶。

“好了好了，不要就算了。”渔民盖上草筐，抬起来要走，甘珠突然急了，他攥紧拳头大叫一声：“放下！”他瞪着眼前的渔民，看不出他们谁像谛洛巴尊者，能在享用鱼肉之后将鱼的神识引到清净刹土，或弓箭手萨哈或猎人夏瓦热……没有人。他们愚钝的面孔与鱼类有一种惊人的相似，像一群在陆地行走的鱼人。甘珠惊异不已，不由低头望自己：结实的胸肌、鲜艳的三角短裤……肉体与他们无二无别。

“没什么，对不起，对不起——”他对渔民喃喃地说着，转身往回走。他的步子很快，有些踉跄，像要追赶什么，或要逃离。

走了好一段，在一处干燥的沙滩上，甘珠重又躺下了，口中一直念诵着什么，呼吸平缓下来。一切都有答案。浩瀚的经卷里，缜密的逻辑以此类推，只看甘珠如何明证……连续的海浪这时在甘珠的耳畔此起彼伏。海浪一排排扑向海岸的一瞬化作泡影，后面的浪又涌上来，有几簇飞跃于波浪之上，绽开四溢的浪花。浪涛使大海生动无比，海在如歌似舞的波浪中千变万化。甘珠听着，想象着风和水还有天空的光，想它们如何奇妙地聚合，又时刻分散，使海洋忽而汹涌，忽而涟漪或在月光下潮涨潮落……

沙滩上一丛丛形态怪诞的仙人掌在海畔沉睡着，沉甸甸的椰果像蛋类，挂在高高的椰树上，一株株芭蕉树伸展枝叶，静止如画。海域，宛如宁静的天国。甘珠长久地躺在其中，感到刚才发生的事情像一场梦。一会儿，他口渴了。海是一杯盐。他坐起来，慢慢朝停在不远处那辆红色的跑车走去。他从车上拿了一瓶矿泉水，拧开瓶盖，“咕嘟咕嘟”猛喝了大半瓶。车旁的树下长满细密的含羞草，在淡红的夕阳中轻轻摇曳着。甘珠放下空瓶子，慢慢蹲下来，用他敏感的指尖轻轻在一瓣草叶上点了点，叶子立刻羞涩地蜷缩起来，他又点其他的，直到它们都被他触摸过了。一丝惆怅莫名地在这个年轻的转世心中隐现，他是想到茜玛了吗？想那女孩的天性以及她与他不解的缘……

8

那时，甘珠远离藏区已多日了。他驾着车在异国海域行驰游览。这天晚餐，又有许多信徒恭候他独行一日后的归来。在一个临海的餐厅，甘珠刚冲过澡，穿着轻绸黄衫，双目炯炯，在一群素食者中，坦然地撕割肉块。他与他们的区别除了衣衫的明艳度，一种威严不知从何而生，难道是肉食？我天真地想。我问："你这么爱吃肉？"

"你忘了我们的家乡自古以乳酪为饮、畜肉为粮。"说着，甘珠夹了一大筷子涮羊肉给我，"快吃。"

"要是不吃肉，你会不会变得像汉地出家人？"我找不到准确的词汇，"像蔬菜。"我笑道。

"我像吗？"甘珠故作帅气地扬扬眉笑道。他的笑容，我说不出来。脸上会突然出现一道道生硬的皱纹，他其实不会发自内心地笑。世俗的打扮令他更显单薄，他笑不出来。

"来，干杯。"他端起红酒。是的，他开始喝酒，他才二十一岁。我抿了一口。担心他醉。脱掉袈裟，他力单势薄，更难胜酒力。

“你见过孔雀在毒草中昂首阔步吗？它们的羽毛……”

“你以为我是毒草呀？”我笑道，“万一你是乌鸦呢……”有时，我希望自己能流出女施主那样的眼泪：当年轻的甘珠学着实践写在经卷里的，他身披耀眼的袈裟，从长长的跪拜的人群中走过，身上飘散出奇异的气息，有的人心已被触动了。甘珠走向法座，法座下坐满了这个国度精神饥渴的人。第一排，甘珠望了一眼女施主，他要开始了。他将双腿交叉盘坐好，不二的心境。他的背挺得很直，缓缓闭上了双眼。渐渐地，场内一些交头接耳的人安静下来。女施主屏息仰望着他。过了半晌，当甘珠再睁开双眼时，女施主感到甘珠已变了。他高高在上，虚空的目光掠过众人的头顶，向不可知的时空散漫着。女施主的心在颤抖。这是甘珠应女施主的请求，为众人进行的又一次结缘灌顶。他轻启红润的双唇，清宏的声音在众人之顶回旋，为来自台湾、香港以及新加坡、马来西亚的人们讲述了灌顶这种“许可的加持”仪式的内容和层次以及接受者应有的准备。当他轻握宝瓶，念诵秘密的咒语，渐渐地，女施主的眼前不由幻象迭现。那些幻境，其实由女施主读过的文字而生：“观想上师身上射出几千道灿烂的光芒，流向你，贯穿你的全身，净化你，治疗你，加持你，灌顶你，在你身上播下觉悟的种子……”以及类似的女施主可能读到的，她沉浸其中，流连忘返。她又流泪了。泪水令她哽咽，她开始抽泣，忽高忽低，她有些失控，滚圆的泪珠打湿了胸襟。

甘珠望了女施主一眼，看到她的鼻子因为过于哭泣变得有些红肿……

“那你有没有被难住的时候？”我忍不住打断他。夜雨瓢泼，在拉萨最豪华的星级酒店，甘珠回了几个长途电话，其中一个像是女施主的，他告诉她拉萨天气很凉爽，住处不错。我忽然想到女施主一身朴素的布衣，甘珠说起过的她的节俭，没原由地叹息了一声。

“比如他们问我观想与切身实践，你了解他们对什么好奇。”甘珠说。我会意地笑了。

甘珠去冲澡。甘珠喜欢痛快地边冲澡边大声唱歌。每天冲澡是他从国外学来的习惯，唱着的歌是从我的随身听里学会的。他听一次就能唱,乐感令我吃惊。他真可以去当个歌星。

甘珠冲了澡出来时，湿漉漉的头发有些鬈曲，两颊泛红，他启开桌上的酒给我斟满，“来，干杯。”他说。声音富于男性。尤其当他唱起六字真言,那悲凉的歌喉,我的心都快碎了。就这样，我爱上他。爱像一个谜，如果能破译，我又怎会如痴如醉——我等待着，像我预料的那样微笑着等待他，据说在古老的西欧，少女的汗腺，使美酒如此醇香。我感到眩晕，我醉了。只但愿,甘珠,但愿你是那古印度星宿婆罗门的儿子，一直在林中持梵净行，有一次，你到城里来化缘时，一位婆罗门女，好比如今的茜玛我，是我对你生起了贪心，当贪欲令我痛苦绝望，星宿婆罗门的儿子你——甘珠，你对我生起了大悲心，你将以此业而圆满四万劫的资粮；甘珠，你令我的心变得格外柔软，变得像一个悲悯的母亲。夜半，你在雨声中安睡，这个世界于你显得多么丑陋、卑劣，天一亮，你就会被洞穿、被撕裂和粉碎……你和曾经的他，我忽然想，他的心也曾像一只欢畅的鱼儿吗？他，丹竹仁波切，母亲琼芨称他为“仁波切”。和你的名字相近的发音。但如果你是水中的鱼，他则是驶往彼岸的船，母亲琼芨却是那无边的苦海……

第十八章

1

两条引导亡灵上路的白线，按丹竹仁波切计算的时辰，从琼芨的家门蜿蜒伸向街口，伸进了帕尔廓。小雨一直淅淅沥沥地下着，阴霾的天色恍若中阴之境，令曲桑姆的出殡更显凄冷。一路上，白线在雨水的冲涤中，时断时续，好比此时，曲桑姆难能连续支离破碎白色的心识：无法确认自己是活着，还是已死。她看到自己以处胎的姿势被包裹在白布中，被一个似曾相识的人背在背上。前面，天葬师牵着引路的哈达，两边，长长的白布挡住了视线。环绕大昭寺顺时针转了三圈后，她将要被送往天葬台了。她看到妹妹琼芨跟在后面，丈夫平措却不见踪影，她仍不明白，她想问问琼芨，究竟发生了什么。琼芨却停下来，在一个地方转着圈。三圈以后，曲桑姆还来不及辨认琼芨去的方向，琼芨不见了，曲桑姆大声呼喊起来，但琼芨听不见，充耳不闻。其他人亦无反应。曲桑姆的心开始焦灼不安，巨大的惶恐令她感到自己如出水的鱼虾，就要被煨烬了一般，又像被挤入了岩石和沙砾的夹缝中——而所有的人，活着的人，亲人，仿佛都在驱赶她，他们不留她的一件衣物，她睡过的床被清扫，声声叮嘱只是不要她再回首……她像被他们突然推入水中，她挣扎、惊恐，渐渐疲惫不堪，心识再度暗钝和极度微弱迷惘。

凌晨六点左右，村里的某人将曲桑姆背上了山。天葬师朝曲桑姆走过来，蹲下来将包布解开，让她仰面朝天躺在天葬台上。于是，天，盈满了曲桑姆的双眼，她伸手去摸时，心恍若水马沐浴一般阵阵欢愉。是的，她喜欢水。虽然大半辈子，她几乎没有洗过一次澡，但她的村庄被一百条奔涌的河水围绕：有从狮子嘴里流出的金刚砂河，有从孔雀眼里流出的翡翠玉石河，有从白牦牛的胸口流出的牛奶河——河水里，没有来自她身上的一点儿污垢，只以身心，盛满水的甘美和素洁。但突然，一股桑烟冲上蓝天，上百只待食的秃鹫，从四面八方飞来，张开巨大的翅翼缓缓降落。曲桑姆惊骇不已，想起自己是在天葬台上，自己的此生已了结。

天葬师拿着刀具走过来时，秃鹫的翅翼不安地在气流里旋动。曲桑姆越过天葬师的肩，看见一片湖光中，秃鹫伸展开来的黄灰色羽翎的边缘，像垂立着一行行利匕，游刃而来时，白色的水花如羊，以及后面牦牛似的黑影——曲桑姆吃过它们，她还踩过土地里的虫卵，压死了一株树妈妈的小绿苗。

天葬师刚要弯腰下手，几只急不可待的秃鹫伸展着翅羽突然冲过来，曲桑姆见状，不由想到自己一生受用过的那些生灵，但现在终于可以用自己的血肉施鸟来偿还了；只是她的心，一时受到了惊吓。一时间，无可依附的识性狂奔如马，又似被风吹起的羽毛四处纷飞。而一阵阵浓密的黑暗不断向曲桑姆覆去，雪片、暴雨，还有像高山崩裂的声音、怒海奔腾的声音、烈火猛烧的声音以及狂风和陡峭的悬崖……惊慌失措的曲桑姆不禁奔回去想再拥有自己的肉身，但她纵然九次以上想要进入躯体亦属枉然，因为转瞬之间，上百的秃鹫已将她的肉身啄食得干干净净，并已飞往云层之上的天空。她的心，再也找不到栖息之所了。

正当她心灰意冷、愁惨万分时，丹竹仁波切充满仁爱慧觉的呼唤像一道光明之瀑，穿越所有的蔽障向她而来：曲桑姆，可爱的姑娘，请你全神谛听！谛听！不要分心。我要使你面对的事情，要谨记在心。现在，你已在脱离这个尘世，但你并不是唯一的一个，有生必有死，人人莫不如此。不要执着这个生命，纵令你执持不舍，你也无法长留世间。除了仍得在此轮回之中流转不息之外，毫无所得。不要依恋了，不要怯懦啊！你的肉体与心识分离时，你将一瞥那光明闪耀、令你敬畏的清净法身，犹如在一条不断震动的河流上面横过陆地上空的幻景。那是你自己真性的光焰，认证它吧！那道光焰之中，将会发出实相的法尔之声。你不必畏惧，不必害怕。你这时的身体乃是幻化的一种意识之身、空性之身。你既已没有物质的血肉之身，那么，不论什么——声音抑或光焰，乃至火焰，所有三者，对你都无从伤害。你已经不会再死了。即使杀了头，砍了四肢，也不会死。现在，你只要知道：所有这些幻象都是你自己的意识所生就够了，就将这个认作你的中阴之身吧，其性是空，此空并非空无一物，而是一种真性之空，你要用你的智光一照，即可显得更加澄明，而这便是报身的境界……安住在这不生不灭的法身境界中吧。无生与圆觉之果，都可在这个境界中证得——而在当下，你要忆念三宝，不论有何可怖可畏的景象出现在你的面前，你都不要忘了下面要说的几句偈语，并记住其中的要义，勇敢向前，不要错认，认持的要诀就在其中：

而今实象中阴现在我前，
种种怖畏之念我皆不管。
愿我了知此皆神识反映，
愿我了知此皆中阴幻影。
际此了一大事机缘来临，
愿我无畏喜怒诸尊——我识所现……

曲桑姆听到此，如饮甘露，竟渐渐地安静下来，生起一片澄明的心境……

2

漫长的七七四十九天终于到来了。这晚，丹竹仁波切来到琼芨处，继续为曲桑姆复诵“闻教得度”真经。几个时辰之后，丹竹仁波切停下来，微笑地望着琼芨沉默不语。

“丹竹仁波切，请用茶。”琼芨一脸愁容，显得憔悴不堪。

“琼芨，”丹竹仁波切望着她，怜爱地唤道，“好了，不要总是这样忧伤，我有事要告诉你，坐下来吧。”

旺杰在里屋摇醒茜玛：“醒醒，肥猪！”他没睡。每晚，他躺在里屋的床上，在黑暗中默默地聆听着丹竹仁波切的诵经声，小小的心灵满怀莫名的惆怅，甚至常常会没原由地悄悄流眼泪……

“肥猪，丹竹仁波切要告诉妈妈一个秘密了，快！”茜玛迷迷糊糊地坐起来，旺杰已跳到了门口侧耳偷听。

“琼芨，”丹竹仁波切愉悦地说，“曲桑姆已经往生了。就在此刻，她到了藏区东南部一个富裕的家里，如她生前所愿，获得的是男儿身……”

琼芨茫然地望着丹竹仁波切，半晌无语。

“怎么了，傻姑娘？”丹竹仁波切笑道。

“真的？我可以找到她，去看她吗？”旺杰推门跳出来。

“你还没睡？”琼芨吃惊地说，“快去披件衣服！”

丹竹仁波切盘坐在卡垫床上，喝着茶，微笑着。茜玛光着身子揉着眼睛也跑出来了：“妈妈，哥哥说曲桑姆姨妈复活了，是真的吗？”琼芨忙拉过一条毛毯，抱过她。旺杰穿了件衣服出来，“仁波切，姨妈能认得我们吗？”他问。

“她说过要带我去乡下爬山。”茜玛噘着嘴尖声尖气地说。

“快睡觉去！”琼芨笑了。

“不嘛，我睡不着，我要和仁波切去找姨妈。”茜玛说着爬到丹竹仁波切的怀里。丹竹仁波切慈爱地搂着她笑道：“小茜玛，你记得你是怎么出生的吗？”他又望着旺杰说，“记得自己出生时的情形吗？”

旺杰想了想，摇摇头。

“所以，曲桑姆，她也记不得、认不得你们了。”

“为什么？”旺杰问。他睁着一双懵懂的大眼睛望着丹竹仁波切。这一段时间，丹竹仁波切几乎每晚都来，突然站在旺杰和茜玛面前，慈爱地微笑着，从他的黄色布包里掏出好吃的糖果。两个孩子从没听到过丹竹仁波切的脚步声。像所有修行的人，他走路很快，很轻，和颜悦色，温和而豁达。在摇曳的酥油金灯中，他给孩子们讲上一两个故事，等到两个孩子睡了，便为曲桑姆彻夜诵祷……

“因为，我们每个人虽然都曾死而复活，在转生来到这个世上时，不知死过多少次，但我们都忘记了。像失去记忆的人。”丹竹仁波切微笑地望着疑惑不解的旺杰说，“等你长大一些，你会懂的。”

“我记得，我是从妈妈肚子里生出来的。”茜玛撒娇地说。

“嘘，小声点儿！”琼芨笑了，“你是妈妈捡来的！”琼芨故意逗茜玛。茜玛胖胖的小脸涨得通红："你骗人！骗人！"

"别闹了！"旺杰生气地瞪了妹妹一眼，又问丹竹仁波切，"那您记得吗？"

丹竹仁波切笑而不答。

"行了，现在，"琼芨站起来，对旺杰和茜玛命令道，"你们必须去睡觉！"她从丹竹仁波切怀里抱过茜玛，旺杰怏怏地跟在琼芨后头，"我睡不着。"他嘟哝道。

"睡吧睡吧，好孩子。"丹竹仁波切温和地对他说。手里轻轻拨着念珠。

"丹竹仁波切，您冷不冷？"两个孩子睡下了，琼芨带上门出来，夜半的轻寒令她打了个哆嗦。丹竹仁波切把毛毯递给她，"披上吧。"他说。琼芨裹上毛毯，又起身想给丹竹仁波切添茶。

"不，不喝了。"丹竹仁波切停了停说，"我该走了。"

琼芨愣了一下，低头不语。

丹竹仁波切一面拨着念珠，一面若有所思地看着琼芨。琼芨很久没收拾自己了，每晚，她陪着丹竹仁波切为曲桑姆诵经，眼圈发黑，下眼睑浮肿，双唇苍白。

"明早你要好好洗洗头，曲桑姆已有了好的去处，不要再悲伤了。"丹竹仁波切关切地对她说道。

"您……您明晚还来吗？"琼芨小声问他。

"我可能要回山里一趟。"

"那……您……"她欲言又止。丹竹仁波切沉默着。他瞟了琼芨一眼，伸手从桌上的果盘里拿起一颗毛桃干握在掌心。半晌，他下床站起身，说："我走了。"他把毛桃干递给琼芨，从床上拎起自己的黄布包。琼芨接过带着丹竹仁波切余温的干桃，也忙站起身。丹竹仁波切走到门口，停下来，回身弯下腰碰了碰琼芨的额头，语重心长地说："琼芨，带好两个孩子，自己要多保重。"丹竹仁波切话音刚落，琼芨的眼泪便忍不住"啪嗒啪嗒"落下来。

"别哭了，傻姑娘。"丹竹仁波切轻轻拍拍她的头微笑道，"我会回来看你们的。"

琼芨低头抹去眼泪："您什么时候再来？"

"会来的。"丹竹仁波切说，"快回去睡吧。"说着，丹竹仁波切拉开门轻轻走了出去。琼芨回到屋里，手里还握着丹竹仁波切刚才递给她的毛桃干。那是丹竹仁波切从山里带来的野生毛桃，摘下来晒干后，经过一秋一夏，嚼在嘴里酸甜酸甜。琼芨仔细端详着丹竹仁波切掌心摩挲过的干毛桃，将干桃小心放进嘴里，轻轻抿着，心里顿时生起一股温情……

"妈妈，妈妈，我渴……"茜玛突然从里屋哭道。琼芨忙起身进去，她给茜玛喂过水，又给旺杰盖好被子，把干桃的核儿放在枕边，脱了衣服挨着茜玛睡下。一会儿，她觉得茜玛胖胖的小身子越来越烫，心想她是不是发烧了，但一阵困意袭上来，她忍不住睡着了，并很快进入了梦乡。

梦，越来越清晰。梦里，琼芨和母亲在从前的庄园，坐在二楼宽敞的玻璃暖房里。窗外，阳光灿烂，飘逸的云朵悬在半空，琼芨和母亲一面眺望着远山，一面亲密地聊着天。母女俩，仿佛从不曾被死亡分离过。但突然，天空中蒸腾的云朵开始变化，转眼幻化成了一头雄狮又形如虎豹。琼芨不禁惊喜万分，她对母亲说：“妈妈，真是太神奇了！”话音刚落，只见那猛烈的狮豹从天空冲下来破窗而入，压在琼芨身上，咬住了她的咽喉。

“别怕，孩子，它不会伤害你的。”母亲在一旁紧张地告诫她。琼芨屏息不动，努力使自己镇定。片刻之后，狮豹果然慢慢松开了口，吻着她的下颌。琼芨感到微微有些疼又有点儿痒，但她已经不害怕了。一会儿，狮豹翻身起来，摇身一变，变成了一男子。琼芨隐约看到这男子穿着一身深蓝布衣，她没来得及看清他的面容，男子已一跃出去了。琼芨忙跟在他后面，他来到大院里。院子里坐满了小孩，旺杰和茜玛也在。男子经过他们时，上前和旺杰在地上翻滚着玩了片刻，之后，他突然冲进了底层的一个礼堂。他拉开红色的平绒门帘，礼堂里面坐满了穿着军装、没有戴领章、帽徽的红卫兵，见他出现在门口，全场一阵哗然和骚动，琼芨不由惊恐地大声呼喊：“别开枪！别伤害他！”

“妈妈！”茜玛的哭声令琼芨惊醒过来。

“茜玛不哭，哪里不舒服？”琼芨迷迷糊糊地问，她的心还在“怦怦”急跳，出了一头的汗。

“妈，怎么了？”旺杰也醒了，他拉开灯见琼芨神情恍惚地坐在床上，双颊绯红。

“哎，刚做了个奇怪的梦。”琼芨叹了口气，心想自己怎么会梦到狮豹和已逝的母亲……

“茜玛，醒醒，我们去医院吧？”她轻轻摇摇茜玛。茜玛在发烧，还有些咳嗽。

“天这么黑怎么去？”旺杰打了个哈欠。琼芨披了件衣服下床给茜玛量体温，又用凉毛巾敷在她的额头上。茜玛闭着眼含糊不清地说：“妈妈，爸爸洛桑回来了……”

“她在说胡话吗？”旺杰问。

“嗯，她发烧了。”琼芨吻了吻茜玛滚烫的小脸，过了一会儿，她抽出茜玛的体温计一看：三十九度八。她紧张起来，“不行，旺杰，我得带茜玛去医院！”她说着开始穿衣服。这时，茜玛又哭叫起来，手脚阵阵抽搐。

“茜玛，宝贝，醒醒，你怎么了！”琼芨惊慌地扑到茜玛身上摇着茜玛哭道。

“妈妈，别哭了，快带妹妹上医院去吧。”旺杰跳下床说。

“对，好。”琼芨反应过来，忙给茜玛套上衣服，又将她裹在毛毯里，旺杰拿来宽宽的红色布带，帮琼芨把茜玛放到背上系好背带，他自己也急忙开始穿衣服。

“旺杰，你别去了，明早你还要上学。”琼芨边说边拉开门。

“等等。”旺杰拿来手电筒给她，“您一个人能行吗？您从宗角禄康的树林里穿过去近得多。”

“好，我知道，你快关好门睡吧，明早自己吃了早饭去上学，橱柜里有饼子。”琼芨匆匆叮嘱着，背着茜玛疾步下了楼。

3

夜，一丝天光已隐约透过浓重的云层。琼苃没开手电。她吃力地背着茜玛，纤弱的身体被压得更矮小了。灰蒙蒙的路上空无一人，野狗在四处狂吠。琼苃轻声唤着背上的茜玛，不见她答应，只觉得茜玛的身子炽烫如火，她不由加快步子拼命往医院的方向跑。

最近的一所医院在宗角禄康的东面。她疾步穿行在宗角禄康寂静的树林中。夜风扑过，只听得阵阵悉瑟，突然，一群野狗狂吠着冲进树林，琼苃吓得踉跄大跑，快跑出树林时，琼苃脚底一滑，摔倒了。她急忙双膝跪地，双手撑住身体，没碰着茜玛。但一阵钻心的疼痛令她头晕目眩，膝盖像是摔在了尖利的石头上，又像扎进了玻璃，她一时站不起来了。野狗眼看就要追上来了，她不由惊恐地大叫“救命”。但布达拉宫的背影静静地沉于潭水中，湖心的小寺庙被树丛掩映着，遥不可及，她朝那条环绕布达拉宫的转经路上张望，依稀有一簇桑烟飘摇着。微弱的夜光透过淡青色的桑烟，好像仍有一两个人，像秘密的幻影，轮转在路上。

“请救救我！”她朝远处的人影大声哭喊道。一个人影像是停住了，转过来，向琼苃跑来。

“求您帮帮我，我的孩子病得很重，我要去医院。”琼苃哭道。

“琼芨？怎么是你？孩子怎么了？”来人赶走野狗，扶起琼芨，吃惊地说。琼芨仰起头：“啊！丹竹仁波切？”她扑进他的怀里一阵痛哭。

“好了，可怜的孩子，别哭了。”丹竹仁波切轻轻拍她的头安慰道，“是茜玛病了吗？快解下来让我看看！”说着帮琼芨从背上解下茜玛。

“茜玛，茜玛！”茜玛已没了气息。琼芨惊慌失措，大声哭喊起来。

丹竹仁波切忙从怀里掏出甘露丸，塞进茜玛的小嘴，又念了一句秘咒，对着小茜玛吹了口气，一会儿，小茜玛终于缓过一口气，“哇”的一声哭了出来。

“快，送孩子去医院。”丹竹仁波切说着抱起茜玛，琼芨忍着膝盖的疼痛，一瘸一拐地跟在后面。丹竹仁波切见状，又停下来腾出一只手，在蒙蒙夜色中搀扶着琼芨朝医院的方向急忙走去……

第十九章

1

但也许，那天晚上小茜玛根本没有生病。也许因为，小茜玛听懂了丹竹仁波切为曲桑姆诵祷的那些莲花生大师“闻教得度”的密法。小茜玛是听懂了。在小小的年龄就恍惚明白了生命将没有止境地流浪，永无终结。而死亡或出生，不过是不同的程序：一种是神识具现于肉身；另一种，是离开。小茜玛，也许只是想尝试一下，看这种迁移的游戏是不是比捉迷藏好玩——如果去到狗的身体里——从此，小茜玛开始做一个梦：一个可怕的、变成了狗的噩梦。这场梦从童年至今，令我，已成年的茜玛，仍然在噩梦中挣扎。

2

那晚，跟甘珠回到酒店住下后，噩梦又一次出现了：我变成了一条狗。漆黑的狗身里，我上下流窜，找不到人那样的脑袋：那个类似高科技微机房，还有声带、四肢等等都难以运用自如，活着的境遇苦不堪言。天蒙蒙亮时，放在床头柜上的手机一阵震颤，发出牦牛般的叫声，我才终于从噩梦中醒来。

甘珠躺在一旁，望着他熟睡的面容，有一会儿，我费了一点儿工夫才想起来我身在何处。

我看了一下手机，是妈妈琼芨的电话。我想起来了，妈妈是要叫醒我去单位开会。我匆匆穿好衣服，悄悄带上门。

3

我迟到了。慌忙坐到会场的一个角落，身上留着从甘珠那儿染着的气味，有些恍惚地望着眼前的这些人，我突然感到后悔起来：为什么要醒来，而不在昨夜的梦中变成狗！因为至少这期间，我就忘掉了以往的一切。忘却再一次成为复活的理由，就不必人模人样，在他们中间坐着。

窗外，阳光在树叶上闪烁犹如水波，远山，飘忽的白云像一双玉女的手臂，环绕于山腰；大自然，随时随刻都显示着她的悠然与恒久或悄无声息的千变万化。我想开会的人里，有没有人想去感觉这些，像是与他们毫无瓜葛和关联一般。

我的心里，更加惴惴不安起来。加上早晨，我没来得及换开会时的衣服——不露皮肤的那种。我有些慌乱。我面前的水杯在桌子上冒着热气，人们发言的声音恍若蝇语，忽而撞击至我的耳膜，忽而又渐渐远逝。我感到渴。焦渴令我心神不宁。我就拿过来喝了。一口气喝了三杯不止。这叫水醉。空白与乏味取代了对水的一切审美。我忍着这一切，突然，我怀疑自己在做梦！一场噩梦！我站起来，想要离开。假如因此我会挨饿受苦，我仍要逃之夭夭！种种惯用的伎俩：出卖、尔虞我诈，如幢幢幻影，我只有退却和逃离……

4

没等到开会结束，我就离开了。我不会再去上班了。我回到酒店，去找甘珠。我打算先在酒店住一段时间再告诉妈妈。

不错的酒店。走进电梯，我这么想着：来去自由，东西都是租赁的，无须偏爱或牵挂。如果生活的其他方面也可如此，让一切与心毫无瓜葛……我还喜欢吃楼下的自助餐。五花八门地盛在盘子里再塞满胃——要是不用吃饭更好，一个人过一辈子会更自在……找个男人结婚的女人们无非为了在最孤独的夜里有一个人能相拥入眠。还有别的吗？比如指望他换好餐厅里一个坏了的灯泡，或者和你共享一次早餐等等。生活里看似最基本的，对于已婚男人都是累赘。他们看上去太疲惫了，甚至懒得和妻子扯远一点儿的话题。生活的境界与这时的男人，好比狗在水里看到自己的倒影。所以，我忽然明白，我和甘珠之间，我永远也不会选择那样的生活。我将游荡于现实之外，没有父亲，没有孩子，没有亲密的伴侣也没有未来。母亲、哥哥和我，我们的家，像这个现世中筑起的脆弱堡垒，外部的刀光剑影，令我们甘愿被自己封闭的内心埋葬。

甘珠还在睡觉。

“甘珠甘珠，快起来，不是想去温泉吗？”我叫醒他。

5

清晨，汽车慢慢开出拉萨城，朝着东南方向飞驰，道路起伏不平。两旁的山越来越高了。山上的白桦树和松林也越来越多。而当湍急的江水突然转道向西逆流，连绵的林海一望无际。甘珠戴着漂亮的太阳镜，大声对我说：“快到了！”

又在山路上盘旋了大约一个半小时，我们终于来到山里一片稻田环抱的天然温泉。已经有好些拉萨人开着私家车到这里了。我才想起今天是周末。

我以最快的速度脱掉衣服，朝温泉里走去。温泉的水刚漫过膝盖，从地底下冒出来的数不清的小泉眼令水面浮满了气泡。据说这些泉水是一条作恶多端危害百姓的毒蛇变来的，被莲花生大师用无边的法力降伏以后，吐出了能治愈一百零八种疾病的甘露。温泉的中间隔着一道石土垒起来的矮墙。左面是男士的温泉池，右面是我们的。已有八九个妇女泡在水里，她们在虔诚地念诵着莲花生大师心咒和六字真言以及向上师、佛法僧三宝顶礼的皈依经，祈愿神水能涤除身心的疾病。我在温热的泉眼的簇拥中躺下来，僵硬的身体慢慢变得柔软和轻盈起来。我眯上眼睛，仰望着湛蓝的天空，感到一阵心旷神怡。一会儿，这里的服务员提着一篮温泉水里煮熟的土鸡蛋过来卖。温热的土鸡蛋特别小，像鸟蛋。甘珠在那边付过钱了，我剥开一个咬了一口，金灿灿的蛋黄好吃极了，我一口气吃了三四个。这时，来了一位年轻的农村女子，她脱掉衣袍，抱着一个婴儿下到了水中。我们好奇地望着她们，“你多大了？”我问她。她的皮肤是橄榄色的，赤裸的身体看上去饱满有力。

“我二十一岁，我女儿今天刚满五个月。”她笑的时候，一双眼睛明亮如夜晚的星星。

“婴儿在温泉里泡久了心脏受不了的！”水里的妇女们七嘴八舌地说。

“她刚一个月时我们就来这里。”她笑道。婴儿果然不哭不闹，睁着一双比母亲更大更亮的眼睛左右张望。

“你们是本地人吗？”我问。

“是的。”她点点头。一面取下自己脖子上珍珠和玛瑙松石串成的项链挂在婴儿脖子上，一面轻声教婴儿念诵六字真言。我羡慕地望着她们母女。隔壁传来甘珠轻轻的诵经声。

水里，一些妇女在温泉的上流洗头，又在温泉流出去的下处洗澡。微风习习，没有人戏水打闹和闲言碎语。虔诚和宁静的气氛像眼下温暖的泉水悄然抚摸着我的心。极目远眺，高耸入云的大山上幡旗猎猎，白雾缭绕。一时间，我心里竟充满了一种奇妙的愉悦和幸福感，我不由想到从某本书上读到的这样一段话："在红尘业镜中，一切生活的影子，被照得清清楚楚。那些希望渺茫的人，也能从善良的福缘那里得到天赋的运气，是善果的神力——"

但我不能再想下去了，我从水中出来，换好衣服，把化妆品慢慢装进包。我感到满心沮丧。

甘珠也出来了。

"我们走吧。"我走过去对甘珠说。

"不是说好了今晚住这里吗？"他的脸被湿热的泉水蒸得红红的。

"不了，我得回妈妈家去。"我说。

甘珠慢吞吞地向更衣室走去。望着他的背影，我忽然明白，我的内心其实与他无关。我的心向来没有定性。不知什么时候，或就在现在，我执意要走。

路上，他打开车上的 CD，沙拉·布莱曼无与伦比的歌喉飘荡在青藏高原黄昏的山谷丛林间。

"关上吧。"听了一会儿，我说。

"你不是喜欢吗？"他说。

"现在变了。"

“就现在？”他笑道，随手关了。车子在渐渐暗下来的路上行驶着，鲜红的颜色令我疲倦。

“怎么不说话？”他问。

“我困了。”说什么呢？没有想要说的冲动。我是这样一个女人，渴望奇迹。甘珠，年轻的转世，我原以为，但我得到的仍然如此平庸，我的内心仍然如此寂寥。

车子在夜晚静静地行驶着。甘珠不再说什么。

“你什么时候回寺院？”好一阵子，我突然脱口问他。

“是这样……”甘珠清了清嗓子，微微皱起眉头，他看了我一眼，双手握着方向盘，盯着前方，“我也许不回去了。”

“为什么？”我吃了一惊。

“我上次回寺将施主给我的五十多万元全部交给了寺院，也算了却了我的心愿，我还年轻，要到处走走……”

我沉默着。拉萨到了。如雨的街灯，在车窗外汇成了一条倒淌的河。望着夜色中灯火闪耀的拉萨城，我忽然想起小时候的情景：城市被麦田簇拥着，到处是沼泽和湿地以及成片的树林。但转眼间都变了，城里不可能再找到一处汩汩不息的泉眼。而丹竹仁波切曾告诉我们，泉水是神的眼睛里流淌出来的甘露，是爱……

车子在妈妈单位门口停下来。

“再见。”我从车上下来，朝他招招手。

“再见。”他用他纤秀的手指撩了一下垂到额前的那一缕挑染过的头发，望着我笑。我也笑笑。夜色中，他瘦削的双颊显得苍白，右耳垂上的铂金耳环在暗中闪烁着。他慢慢掉转车头，缓缓驶上了街，走远了。我嘘了口气，我这样是为了什么啊？楼上的灯亮着。妈妈还没睡。我一踯一踯上着楼梯，轻飘飘的身体仿佛空无一物……都走了。妈妈，她除了我，再没有可以等待的人。但我，又有什么可以期待吗？

6

推开家门，妈妈在独自啜泣，旺杰出事了。

据说旺杰他只是想从银行贷一笔款，想和妈妈一起集资盖一所房子，想我们三个人有一个家。银行说要他所在单位的法人签字盖章担保才能贷款。但这两年，旺杰单位里的人都在传他发财了，因为那个小小的夹缝中尚未倒闭的可怜的餐吧。法人也等着，他叫强巴诺布。他出生在日喀则半农半牧地区的一户农民人家。据说全家七个孩子生活十分清苦，但强巴诺布从小热爱学习，为了上学，他每天半夜三点起来，顶着星辰，走路四个小时赶到学校，早上上课时，他经常又累又困在课堂上睡觉。后来他考上了县中学，又考上了拉萨师范学校。在校期间他加入了中国共产党，年年被评为全校三好学生，他一直是班长和学校老师最喜欢的“朴实、诚实”的学生。毕业后他被分到县里的一所小学当老师，钻研业务和政治上的积极进取，使他几年后成为这个小学的副校长兼党委副书记，又被评为全区劳动模范。他童年的那些经历被新闻媒体报道，他被破格提拔调到拉萨某单位当了宣传干事、政治部副主任，又过了几年，经过去内地进修等，在年近四十六岁时，被晋升为该单位局长兼党委书记。这时的强巴诺布在拉萨磨炼多年，没有人再能从他圆滑的外表看出他曾经的农民出身了。只是他从小被山里太阳晒得焦黑的脸膛一直无法变白，脸上还老是出油，长满了疙瘩。

这天，旺杰去他那里递交贷款报告时，强巴诺布正在接一个电话，“先放在这儿吧。”他冷淡地说。旺杰乖乖地退出他的办公室。强巴诺布记得旺杰。知道他有很好的学历以及拉萨小伙子俊美的外表和一颗聪明的脑袋。但强巴诺布一直瞧不起拉萨男人，认为他们外表浮夸和华丽，太爱说笑，没有分量，尤其是旺杰，因为我们母亲的遗传，他的皮肤是象牙色的，没有一点儿污渍，还有一点儿破落贵族绅士一般的优雅和忧伤的气质，这些都令强巴诺布看不顺眼，认为旺杰只是一个爱耍小聪明的、胸无大志的拉萨小男人。

一个星期过去了，旺杰又去找强巴诺布。强巴诺布先是忙着接电话，后来提起公文包站起来说要去开会，还没来得及细看。旺杰知趣地退出来，他敢怒不敢言。接着，又一个星期过去了，强巴诺布借口工作忙，仍不给他盖章。可怜的旺杰，纵使他再有骨气，除了工资，我们家再没有可抵押的财物。他差不多也可算作“流浪无产阶级”中的一分子了。想来想去，他咬咬牙，趁下午下班人少，溜进了强巴诺布的办公室……

7

过了几天，单位以国家公务员在外经商不务正业为名，要他等候处理……母亲哭了。她老了，没有能力保护自己的孩子。

那时，拉萨人纷纷开始买地盖房，失去了工作的旺杰，便每天陪着母亲，和她骑着自行车去看母亲凭工龄分到的那块地。他俩拉开长长的卷尺，在温和的太阳光下丈量着土地。旺杰说：“客厅在这个位置。”母亲琼芨站到朝东的地方说：“这里做你的卧室吧……”但过了一段时间，周围的房子都先后盖起来了，我们家的地仍然空着。母亲的眼疾又加重了。每天早晨，就坐在门外的走廊上晒太阳。那时，她还没有长一根白发，但她佝偻着骨瘦如柴的身子，一只眼睛包着白纱布，整整一上午就坐在那儿，像一个垂暮之年的老妇。邻居多年来已不与我们往来。我们的争吵，从我们家的窗子里传出去的相互谩骂，令他们鄙视我们。尤其是母亲琼芨后来对仁波切的那段感情，使住了大半辈子的院子里，没一个人理会她。人们把她视为半疯的老寡妇，在背地里讥笑她，讥笑她竟敢爱慕仁波切。而我们，再也无法从这些人群里逃离了。

第二十章

1

那天晚上离开琼芨的家后，丹竹仁波切去到了宗角禄康，打算环绕布达拉宫慢慢转经，天一亮就出发回乡下的山里去，却突然在深夜遇到了琼芨背着病重的茜玛去医院，摔倒在树林里。茜玛病得不轻，得了急性肺炎，当晚就住院了。琼芨因多日来的劳累，身体十分虚弱，还要照顾旺杰，看到他们母子三人的境况，丹竹仁波切决定暂时留下来。

那时，洛桑去参加学习班仍没有回来的希望，旺杰每天上学，琼芨边上班边抽空去医院照顾茜玛。这天，茜玛就要出院了。等到丹竹仁波切一早来到医院，琼芨忙外出去买菜。

丹竹仁波切守在小茜玛旁边，给她讲故事。窗外微风习习，小茜玛望着丹竹仁波切，突然问他："丹竹仁波切，我感到好像在做梦，我们现在是不是在做梦呢？"丹竹仁波切抬头凝视着小茜玛，轻声回答说："小茜玛，人生就是一场梦，只不过比我们晚上睡着以后的梦还要漫长。"

"那么现在我们是在梦里呀？"小茜玛惊奇地笑道。丹竹仁波切微笑着点点头。一会儿，小茜玛想了想又问，"那梦什么时候才会醒呢？"

丹竹仁波切停下拨念珠的手，认真地说："很多时候，每时每刻我们都有醒来的可能。尤其是在我们死后尚未转生的那个阶段，我们的灵魂脱离肉身，恢复了短暂的自由。我们不再被衣食住行和世间浮华所累，而是从沉沉的梦中惊醒，是我们可能了悟到真实的宝贵时机……"

"那么我的姨妈曲桑姆没死，她是从梦里醒了，不想再回来做梦是吗？"

丹竹仁波切笑了，起来给小茜玛喂水："来，先把药吃了。"

"可是您还没告诉我呢！"茜玛推开杯子，不肯吃药。

"你还太小，很多事以后再告诉你吧。"

"不，现在就告诉我。"茜玛嘟哝道。

旺杰放学后也来医院看茜玛，丹竹仁波切笑道："来，旺杰，你来哄茜玛吃药吧。"

旺杰放下书包，从丹竹仁波切手里接过水和药，"快吃，不吃我揍你！"他拉下脸瞪着茜玛说，茜玛噘噘嘴，乖乖吃了。

中午的时候，医院通知可以出院了。丹竹帮琼芨背上茜玛，旺杰和琼芨提着大包小包，一进家门，旺杰忙打开书包开始写作业。琼芨很快做好了午饭。吃过午饭，琼芨解开长长的发辫，来到屋外的走廊上，准备好好洗一洗头。她的头发和眼睛一样，也是深褐色的。浓密的长发披下来像瀑布一般。旺杰在屋里写作业，茜玛开心地玩着她的布娃娃，丹竹仁波切拨着念珠，望着窗外的琼芨。琼芨只穿了件衬衣，她弯下腰洗头时，太阳照在她的脖颈上，在她茸茸的汗毛上闪耀着银光。

“旺杰，快把毛巾给我……”琼芨的眼睛里进了肥皂。丹竹仁波切站起来，“我来，你写吧。”他对旺杰说着。旺杰站起来朝窗外望，看到丹竹仁波切递毛巾给琼芨擦眼睛，又笑着用黄铜勺从桶里舀水，一勺一勺地帮她冲洗长发。旺杰瞟了眼茜玛，她趴在地上专心地玩儿，她还太小，旺杰把想对妹妹茜玛说的话咽了下去……

“旺杰，妈妈和仁波切出去转转，你在家看好妹妹。”琼芨和丹竹仁波切从外面进来，旺杰忙低头写作业。

“嗯。”他应道。又偷眼看他们俩。看到琼芨走到镜子前梳头，眼睛从镜子里望着丹竹仁波切，双颊泛着红晕。

“走吧！”琼芨换了衣服，将头发梳成两根长长的辫子，旺杰吃惊地望着琼芨，“妈妈好漂亮呀！”他脱口道。

“是啊，琼芨今天真像一朵水莲！”丹竹仁波切也喜悦地笑道。

“妈妈，我也要去！”茜玛抱住琼芨的腿。

“你的病刚好，不能出去，听话。”琼芨抱起她亲了亲，放到床上。丹竹仁波切走过去说："胖姑娘，听妈妈的话，我就给你这个……"丹竹仁波切从他的黄色布袋里掏出一串小奶块，在茜玛眼前摇晃。

"我要我要，给我……"茜玛抢过去。当她费力地从绳子上往下扯奶块时，琼芨朝旺杰摆摆手，她和丹竹仁波切悄悄出去了。旺杰立刻扔下笔趴到窗户上朝外看，看到太阳里，丹竹仁波切高高的个子，迈着轻盈的步子走在琼芨的身旁，琼芨微笑着，一边走一边仰着头在向丹竹仁波切说着什么……

2

琼芨陪着丹竹仁波切在环绕布达拉宫的小径上一前一后地漫步。丹竹仁波切右手捏着他的黄布包，左手拨着念珠，嘴里默念着真经走在前面，路过一堆嘛呢石时，他便弯腰轻轻捡起一个小石子儿放在嘛呢石堆的顶处，然后，他回眸望一眼跟在他后面的琼芨，对她慈爱地笑笑。琼芨学着丹竹仁波切也在经过的每处嘛呢石堆旁停下来，添一枚小石子儿或朝石子儿的缝隙里放一枚硬币。狭长幽僻的转经路依着布达拉宫的墙根，有很长一段贴着布达拉宫的后墙。顺着宫墙朝上望，红山上突兀的岩石间，松林和杂草十分茂盛，坚固的建筑群像从山体深部生长出来的一般。白墙红宫静静地矗立在山巅，沉睡着，令周围的一切显得格外宁静，路上零零星星的其他人也都在安静地念着经。

三圈后，琼芨和丹竹仁波切沿着布达拉宫背后的小径来到龙王潭幽静的树林里。他们走向林子深处，在一片林间空地坐下来。茵茵的草地上开满了紫色花儿，蜜蜂“嗡嗡”地叫着飞来飞去。树林里大多是古老的左旋柳，盘旋朝上或枝干委婉地伸向地面。一些野生的小桦树稀稀落落生长在左旋柳中间。一条小溪从林子深处流淌出来时，水声潺潺，婀娜的柳树便好似在夸张的舞姿中侧耳聆听着。扑鼻的青草味儿、柳枝潮湿的气息和各种野花的芬芳像一曲交汇的音乐，和着溪水和鸟的鸣唱，轰轰烈烈又寂无声息。琼芨的心，渐渐有些激动不安。她感到在这林子里，幽静的表面生机四伏，万物仿佛正在阳光中秘密地变幻和徜徉。当她仰望古柳，那神秘的盘旋，令她眩晕不已……这时，远处树林里飞落下一只漂亮的鸟，大小如同野鸡，长长的橘红色的唇，灰色脖颈，灰白相间的胸羽像一把撑开的伞。长长的尾巴呈淡淡的黄褐色，轻巧地跳跃时，像翅膀一般上下扇动。它歪着头，眨着亮晶晶的一对灰色眼睛，仰望着丹竹仁波切和琼芨，发出了奇妙的鸣叫。

“它是野山鸡吗？”琼芨吃惊地问。

“嘘——”丹竹仁波切示意琼芨不要出声。他从黄布包里掏出一些炒熟的青稞，递向鸟儿。鸟儿扑扇了几下翅羽，飞过来，落到丹竹仁波切的肩上，低头在丹竹仁波切的手掌里啄食。

“它是山里飞来的，”丹竹仁波切轻声说，“它不杀生，不吃虫，只吃草，所以人们把它看作吉祥的神鸟。”说着，丹竹仁波切微笑着对神鸟说，“扎西德勒！”丹竹仁波切小心地把神鸟捧起来，用额头碰了碰它尖尖的唇，递给琼芨。琼芨的脸红了，她在丹竹仁波切碰触过的地方，轻轻吻了吻神鸟硬硬的唇。

“好啦，回山里去吧，我很快就会回去的……”说着，丹竹仁波切放开手。神鸟在他头顶飞了一圈，倏地飞向了远天。

“我和它认识……”丹竹仁波切笑道。琼芨的心莫名地“怦怦”直跳。“嗯，”她点点头，眸子里幻影幢幢。她想说什么，又低头不语。丹竹仁波切惬意地眯上眼，深深呼吸着林子里甘凉的空气。习习微风穿梭在林间，带下几枚浅黄的树叶，落到溪水上。琼芨伸手拾起一枚树叶，将滴着水的叶瓣贴在自己灼热的眼睛上。“好凉啊！”她喃喃地说，“好像在做梦……”

“是吗？”丹竹仁波切微笑地凝视着她。

“好久没这么安静了。”她说。过了一会儿，她从眼睛上拿下树叶，放在手心里抚摸着，“从来没有这么静过，心里。”

丹竹仁波切微笑不语。

“要是永远能跟您在一起该多好！”琼芨脱口而出。她垂下眼。丹竹仁波切沉默着。

“丹竹仁波切……”突然，琼芨仰起头冲动地问，“您能告诉我，为什么，人的心里总是那么苦……为什么会有那么多不如意的事情……”她眼睛里泪光闪动。

“哎……”丹竹仁波切忧伤地叹了口气，凝视着琼芨说，

"我们的佛经里说：要想了知前世的罪孽，看我们今生的报果；要想得到来生的福报，也要看我们今生如何作为……琼芨，过去的事情已不复存在，过去无论受了多少苦，都已经过去了。想想那些令我们蒙受痛苦的人，在生命无穷的轮回中，他们或许曾做过我们的父母亲人，或者我们曾对他们欠下孽债……但他们在伤害你的同时也种下了果，因果轮回之中必有报应，想到这些，你心里应对他们生起悲怜之情……"

"可是，丹竹仁波切，无论前世和来世怎样，我却活在现在，感受到的只是人生这么苦……"琼芨的泪水流下来。这些日子以来，丹竹仁波切触动了她心底最柔软的一处，她突然渴望自己委顿的身心能变作一朵残焰。渴望像一个女人，在他的怀抱中，焰火如鹿……渴望如此急切，于是，当夜晚来临，她躺在夜里，清朗的明月在窗外高照，她便在这明月的恩泽中沉陷又潮涌。长夜如浪，拍击着她虚空的身体，她疲惫地挣扎着，时而怀着羞愧抵抗着身体的焦渴，时而情不自禁地抚摸自己，想象着他——她无上敬爱的人，正满怀怜爱，注视着这个无依的、颤抖的女人……

而丹竹仁波切，他一直知道她。他知道。但他垂下眼，想对她说一些别的，他的声音低宏而清晰，撞击着琼芨薄若蝉翼的耳鼓："琼芨，当黑夜笼罩大地，我们的双眼犹如盲人，但夜的背后，太阳却从不曾消失过；又比如，恒久的天空，如果没有一双翅羽，我们便无法感知它的存在；大地上道路纵横，但许多路，驴却永远不能走到——生命是无限的，在生与死中轮转。活着的时候，梦像一面镜子，我们的心因梦境或喜或忧或惊恐或绝望悲恸……这时，我们犹若死后灵魂漂流于没有日、月、星、辰的境态，所以，琼芨，前世和来生对每个人并非完全不可知，轮回过患，因果不虚啊……”

琼芨点着头，她听着，又什么都没听到。只觉得丹竹仁波切的法音，令她的血脉变得温驯。这时，林子里，阳光渐渐变成了柔和的粉蓝色，光束交织于密林，闪耀着醉人的七彩斑斓，琼芨便想要剥去身上所有的伪装，在弥漫的光色中，在丹竹仁波切的膝下，以头碰触他的脚，请求丹竹仁波切再说下去，说那些来世、轮回和哀伤的心门。他说的时候，琼芨终能飘逸起来……

从此，丹竹仁波切是琼芨的神、她的慈父，她今生所有的依托。她褐色的眸子里时时燃烧着奇怪的烈焰。她和孩子们说话的时间少了，双唇闭在一起，从前苍白的唇色变得红润起来。挂在墙上的镜子一段时间以来落了一层灰，她喜欢透过尘埃，长久地看自己模糊不清的脸，看闪烁的眼睛和皓齿，她看到镜子里的女人朦胧而隐秘，像一个古老的美人……她就又有了新的憧憬，要等到旺杰放假，找来一个老妇人做保姆，照料茜玛和旺杰，她就可以跟着丹竹仁波切去一个很远的地方……

3

去的路途很长。草原上下着雪。他们遇上了一群饿死的黑牦牛。牦牛的尸体已经冻得僵硬了，倒在雪地里，像大地绽开的朵朵黑焰。琼芨望着它们，眼睛感到舒服些，不再针扎似的刺痛。她想留一会儿，或依着牦牛的长毛睡一会儿，但丹竹仁波切对她说这只是路过。他们又朝前赶。雪花把琼芨的毛发变得白茸茸的，她想更纯洁，她站在雪地里对他说："即使我死了，也是白色的。"她果然成了一朵雪花，她眼睛里不断滴落的泪，像岩壁渗出的水，丹竹仁波切甚至听到了晶体溢落的声音……琼芨一面喃喃地重复："我死了，我就变成了雪白，像雪地一样白，再没人能认出我活过。"丹竹仁波切微笑地听她这么说着，他们俩继续往前走。一只羊出现在远处，正在用最后的力气扬起前蹄掘着面前的雪，他们俩赶到时，羊已颓然毙命。琼芨停下来，她不走了。她哀求丹竹仁波切帮她来世不要变成羊。她的泪水很快在脸上冻结，她抽泣着，说如果一定要这么走下去直到死，她笑起来，因为她这时突然想念两个孩子了，她想回去。

但前方，出现了林海。在雪原的边际，墨绿色的林海望不到尽头。丹竹仁波切对她说："快到了。"

一只肥肥的旱獭跑出林子坐在地上，向他们俩挥挥前蹄，一转身抬起胖屁股又钻到洞里。开始有了草丛。黑色和白色的蚁群在草丛里排成两条长长的队，准备好了一场大战。天将黑时，半个月亮从乌云后面刚出来，森林里传来狼嗥，也有夜莺在唱歌……琼芨疲惫地睡了。梦中，仿佛已将生命完全放逸，任由奇妙的光焰穿梭她的身体。光，很轻，但迅速而灼热，从她的秘处，经过温暖的脐、战栗的心和不住呻吟的喉飞到了头顶，又瞬间从头顶下坠到了秘处，令她惊骇地呼喊丹竹仁波切。

第二天早晨醒来时，琼芨发现自己睡在山顶上一株刚开过花的野桃树下。桃树也许已成了树精，纵横的树干奇怪地张扬在山坡上，树皮很厚，颜色深暗。她伸手扶着老桃树站起来，昨夜，丹竹仁波切盖在她身上的牛毛毯滑下来，她嗅到一股芳香从自己的身体里升起。她仰头朝老桃树望去，是桃树的气息薰染的。桃树的四周，一人高的黄牡丹，绽开着大朵大朵的花以及漫山遍野红艳艳的杜鹃。琼芨幸福地笑了。她没有死。在温暖的花香弥漫的早晨，她重又躺下来，躺在桃树的浓荫下，长长地呼出一口气，气息行至十六指远，又缓缓地吸回来……这时，远处的湖水碧如松石，湖畔燃起的香柏在空中袅袅飘移着，丹竹仁波切披着晨光，足心相对，平坐于湖畔，两手四指轻捏大拇指成拳相合，脊背挺得笔直，面色明朗，目光停驻在东方晨曦显现的地方，渐渐地，虚空的蓝天清澈如洗，绚烂的天光犹若孔雀绽开五彩的翅膀，又像有石子投入湖水，泛开一圈圈耀眼的涟漪。突然，水波在空中形如一串串珍珠环链，其中，一颗最明亮的在弧形之间明朗不动，丹竹仁波切两眼注视眉心，心诵秘诀，交错的光色开始流转，如飞鸟之速或缓如山羊、麋鹿之奔驰，最后缓如蜂采花蕊之盘旋……

这时，湖的远处，从一株高耸茂盛的古树上，一枚甘美的果实飘坠下来，和碧蓝的湖水相遇的一刹那，水缘和果实汇集，一片耀眼的水黄金诞生了，沉甸甸的光波，恍如掀起了阵阵金色的天乐……

“丹竹仁波切……”突然，琼芨的叫声像一把尖利的剑，把时空削成了两半，她赤脚朝丹竹跑来。

丹竹仁波切于禅定中惊醒过来，转回目光，静了片刻，缓缓地问：“睡得好吗？”

“嗯……”琼芨使劲点点头。她面色鲜丽如少女，水红色的脸颊，红润的唇，皓齿以及额头上若隐若现的光……她从未这样心怀感激，跪下来，向丹竹仁波切叩拜。

丹竹仁波切爱怜地望着她：“好姑娘，”他拍拍她的头，“昨晚你可病得不轻。”他担忧地望着她，“现在感觉好些了吗？”他捧起她的脸，慈爱地碰了碰她的额头。

“我没事，全好了，真的。”琼芨使劲点头，由衷地说。

琼芨在湖高高的边缘坐下来，湖水如盆，一身翠绿，如娇美的青龙女。她双手合十，微闭双目，心向湖驰，观望着浩渺的湖面，她的今生、来生和前世……渐渐地，湖色犹若琼浆，圆圆的日头在湖的中心飘动着。又过了一会儿，湖仿佛分为了两半。神秘的分水岭像琼芨头顶清晰的发线，那一半湖是翠绿的，这一半像撒满了银色的盐。但转瞬，湖含苞合蕊犹如龙珠，于是天湖一色，在这人迹罕至的山野，湖的舞，她的法相，梦一般弥漫着。

琼芨潮湿的双眼被湖面的黛萦绕着。看到雪山沉醉在湖里，如狮的倒影突然幻变成了一个白衣男子，他骑着白色的宝马，身披白色的斗篷，手持柔软的长矛，徜徉在湖底珍珠般的波澜里，在那超越类别的爱情的长歌中，无限欢愉……琼芨，便对丹竹仁波切说了，她所看到的，在她的内心翻涌，在这远离尘嚣的世界里，她渴望获得他无限的神性……

丹竹仁波切慈爱地笑了。他轻轻握起她的手，伸向湖面，低声说："来，我们来写一行字。"琼芨想了想，用食指在水面画下"我爱戴您……"但空无痕迹，只有细细的风在水面涟漪。

"字，已经沉到水里了，我心里的秘密，已经告诉了湖。"琼芨双颊绯红，她抢先说。丹竹仁波切朗声笑起来，"小姑娘，"他拍拍她的头，"世间一切迷乱的无意义的语言，不要再说了……"

"但我……"琼芨垂下眼，"我做不到。"她望着远处，"我脑袋里心里只想……"她低声说，"真的。"

"你的心？你的脑袋？"丹竹仁波切笑道，"说说哪一个是你的脑袋？嘴、头发、头皮，还是这个鼻子……"他揪揪琼芨的鼻子又说，"心又在哪里呢？在心脏中？在发尖？是什么颜色？人的全身都有感受，那么心是不是游遍了全身各处呢？"

"我不管，反正它们加起来就是头！"琼芨握住丹竹仁波切的手，“我的心在这儿，在跳……”

“哎，”丹竹仁波切轻声叹了一口气，爱怜地抚摸着琼芨的头说，“可怜的姑娘……光是给你讲这些道理，你哪里一下能听懂呢？就像告诉你做成一道菜的方法，你不吃下这盘菜，只是听闻和看到，其中的奥妙又怎么能体悟呢……”丹竹仁波切拍拍她，“快回去把鞋穿上吧，会着凉的。”

“不，我不冷。”琼芨把赤着的脚顽皮地伸到沙地里，又抽出一只脚指着上面的痣说，“您看，我脚背上为什么长了这么大一颗痣？”

“不知道。”丹竹仁波切笑着摇摇头。他站起来说，“好了，去穿上鞋，我们去朝拜圣山。”

高耸入云的雪峰像一把刺向天宇的利剑，绵延的余脉在大地的边缘好似等待奔赴的千万军将兵卒，又舒缓如一群沉睡的白牦牛。

“是！”琼芨跳起来向丹竹仁波切行了个军礼。

“对了，你是小红卫兵，你留下吧，别跟着我。”丹竹仁波切开玩笑地说。

“不，我要保护您的安全。”琼芨歪着脑袋笑道。

“是吗？那得看你是否能赶上我！”说完，丹竹仁波切一笑，转身便走，步履如飞，转眼消失在湖的尽头。

“等等我！”琼芨怔怔地望着丹竹仁波切越来越远的身影，突然她反应过来，一面在后面追赶，一面大声喊。

丹竹仁波切盘坐在山后的一片草地上耐心地等她来。半个多时辰以后，琼芨终于赶到了。

“你怎么不穿鞋？”见琼芨气喘如牛、惊慌失措的模样，丹竹仁波切本想大笑，但见她赤着一双脚，不禁一怔，“脚被扎伤了吧！”他扶琼芨坐下，只见红肿的脚底被乱石和荆棘划得血迹斑斑，“哎，痛吧？”他心痛地问。

“不痛，就是怕再也找不到您，怕您飞走……”琼芨额头上淌着汗，笑道。

“看你这姑娘，总是这么胡思乱想！”丹竹仁波切的双眼突然噙满了泪，他扶琼芨到一条小溪旁，弯腰替她清洗脚上的血渍。

“不，请别……”琼芨惊恐地缩回双脚，“让我自己来……”她的泪珠落下来。

“好了，好了，看你像个爱哭鼻子的小丫头！”丹竹仁波切替她擦去脸上的泪。琼芨含着泪笑了，“我才不是呢！”她把脚小心伸到水里，“哎呀！好疼！”她惊叫道。

“要不这样，”丹竹仁波切看了看天色，“今天你别转山了，留在这里等我。”

“不，不，我怕，这里一个人都没有。”琼芨慌忙摇头。

“看，让它来陪你？”丹竹仁波切说着，朝丛林里轻呼，“过来，对，过来，来陪琼芨留在这儿……”琼芨张大嘴，吃惊地看到一只淡褐色的雌麋鹿在丹竹仁波切的呼唤中，从密林深处披着金光而来。它的头像鹿，尾像驴，蹄子像牛，颈像骆驼。琼芨不由跪下来，伸出双手等待着它的到来。她动情地拥抱着它，看到它圆圆的眸子里似有金色的闪电划过。

“我很快回来。”丹竹仁波切轻声微笑道。琼芨点点头，她来不及望丹竹仁波切远去的身影，她给小麋鹿掬一捧水，又捧给它一把青草，喃喃地对它倾诉着衷肠……

4

黄昏时分，大片大片的乌云飘过天际，琼芨依着小鹿躺在一片干燥的草地上，朦朦胧胧地睡着了。突然，小麋鹿听到了丹竹仁波切归来的脚步，倏地一下跳起来迎上前去。

“琼芨呢？她还好吗？”丹竹仁波切弯腰轻轻抚摸着小麋鹿，问它。小麋鹿乖巧地歪歪头，又眨眨它温柔的眼睛，领着丹竹仁波切来到琼芨身旁。

“猪姑娘，醒一醒，这儿可不是猪圈……”丹竹仁波切拍拍琼芨，笑道。

“您回来啦？”琼芨迷迷糊糊地坐起来，揉着眼睛说。“还没睡醒啊？”丹竹仁波切望着琼芨笑了。

琼芨抱过小麋鹿，抚摸着它说：“好啦，丹竹仁波切回来啦，你回家去吧？要不跟我们回拉萨？”

小麋鹿凑到丹竹仁波切膝下，嗅他的衣襟。

“回去吧，我们回头再见。”丹竹仁波切拍拍小麋鹿的头，小麋鹿朝树林深处跑去。

“明年我们还到这里来吗？”琼芨望着远去的小鹿轻声问。

“当然，我每年都要来朝拜。”丹竹仁波切眺望远山，“今天非常祥瑞，刚到山脚下，笼罩在山顶上的云层突然被一阵风吹散了，我看到了神峰。”

琼芨顺着丹竹仁波切的目光望去，山巅上霞光飘荡，雪峰若隐若现。

“后来，我在一处平缓的山坡上坐下来，与雪峰遥遥相对，我全神凝视它，它渐渐波动起来，形如一个巨大的金刚铃，矗立在高隆的土地上，每一次云飘风过，有情万物便沉浸于它的妙音中。这样的圣观，是我朝圣这么多年来圣山向我第一次开示……”

“我却睡着了，做梦梦见了您……”

“是呵，”丹竹仁波切沉思地说，“就像梦中显现的圣山的真颜；警悟有情，惊觉诸尊……”他回头望一眼琼芨，“真遗憾没带上你，你的脚还疼吗？让我看看。”

“不疼了。”琼芨不好意思地忙把赤脚藏起来，“我睡着了，但我一直跟您在一起。”

丹竹仁波切笑笑，站起身来：“要下雨了。”琼芨点点头，眯起双眼：“我们走吧？”西边的天色渐暗，山雨就要来了。

丹竹仁波切带着琼芨朝山下走去。丹竹仁波切走在前面探路，琼芨跟在后面；望着丹竹仁波切每朝前的一步，恍若在她泥泞而绵软的心上，渐临心窝——琼芨有些怕了，她停下来哀求丹竹仁波切：“您的瑞光，穿梭在我的三脉五轮，如同红日和白月在心里聚合，圆融的蓝光是我的无限狂喜，已照亮我来世的明眸……”她抽泣起来，她无法继续。

“琼芨，小心。”丹竹仁波切牵着她小心跨过尖石草地。雨下大了。山风呼啸，雨点飘摇，翻滚的云簇拥着仿若腾飞的圣山。

“啊，暴雨变成了冰雹……”丹竹仁波切撑开的袈裟像大鹏鸟火红的翅羽，琼芨躲在下面，看到漫天的雨在半空中，阳刚与阴柔旋转的光澜，宛如翻涌的甘露海——琼芨伸出双手，她的全身，每一支血脉立刻被虹光交错，深处，她陈旧的伤口奇妙地愈合了……

“我要在冰雹中沐浴！”琼芨突然撇下丹竹仁波切朝雨雾中奔去，她欢跃着，像鱼儿一般鸣歌。她看到纷扬的天雨中，圣山那秘密的明妃身佩夺意之美饰，乘骑着金色的鹿从空中飞过，山的战神的女儿们，乘骑着玉色的布谷鸟、海螺色的大雁以及手持金刚玉灯的凤凰母后被猛兽飞禽前呼后拥，她不由忘情地呼喊，呼喊丹竹仁波切，要他也来，她已忘却身处的时间，她奔跑着，长发飞扬，迎向丹竹仁波切，她要跪倒在丹竹仁波切的脚下，要他就在此刻，爱或者收容，或者，要他因为她所有不幸的妄念深痛，她说但愿，但愿她是妖魔，今生今世便能获得他至亲的调伏……

第二十一章

1

但这天，洛桑终于回来了。那是一个阳光灿烂的中午。琼芨在走廊上洗衣服。满满一大盆，都是茜玛和旺杰换下来的脏衣服。当时，小茜玛蹲在琼芨的旁边，琼芨一面搓衣服，一面轻声教她唱歌：

嗦……嘀嘀嘀嘀嘀嘀

从根上种下的花儿

美丽的橘子花儿

请说真的有啊

请说真的有啊

……

“琼芨，你们家洛桑回来了！”楼下一阵喧闹。琼芨朝下面望去，只见大门口停了一辆覆满尘土的吉普车，一个满脸胡子的男人从车上跳下来，“琼芨！”他从车里拿下行李，朝楼上喊。琼芨怔怔地握着手中搓洗的衣服，有些不知所措。

洛桑扛着行李大步上来，看到了小茜玛，“茜玛，茜玛！”洛桑朝茜玛伸开手臂。

“妈妈，他是谁？”茜玛躲到琼芨的身后问。她认不出自己的父亲了。琼芨慌乱地在围裙上擦去手上的肥皂沫，脸色变得苍白。

“那是你父亲，茜玛。”琼芨喃喃地对茜玛说。

洛桑的大脚把走廊上的木地板踩得“咚咚”作响。他走过来。

“妈妈，他是我们的爷爷吗？”茜玛躲在琼芨的身后望着洛桑淘气地说。

“不许胡说！”琼芨把茜玛从身后拽出来。

“茜玛，小肥猪，过来，不认识爸爸了吗？”洛桑蹲下来。茜玛有些害羞，犹豫了一下，红着脸扑进洛桑的怀里，“你是爸爸？怎么这么老又这么脏呀！”茜玛嗅到了父亲身上熟悉的气味，她拽着洛桑脸上的胡子说，“好想你，你去了哪里嘛？”

“茜玛别纠缠了,先让爸爸进屋喝茶。”琼芨的双眼潮湿了。她上前帮洛桑提行李。洛桑把茜玛架到脖子上，弯腰进到久别的家。他的双眼警觉地扫视了一下家的各处。

“好了，下来吧，肥猪！”洛桑把小茜玛放到卡垫上，“爸爸终于回家了！”他由衷地感慨道。

“爸爸你去北京见毛主席了吗？”茜玛骑到父亲身上。

“爸爸差点儿见马克思去了！”洛桑笑道。琼芨从厨房出来：“茜玛，下来，让爸爸喝茶。”

“琼芨，别忙了。”洛桑喝了一口茶，放下茶碗端详着琼芨。

“旺杰呢？”他问。琼芨看看墙上的挂钟：“他快放学了。”琼芨坐下来，低头抠自己的手指甲。

“茜玛，爸爸不在的时候，你和旺杰淘气没有？”洛桑问茜玛时，眼睛悄悄瞥琼芨。

“洗一洗吧？”琼芨说着又起身提开水壶去了。洛桑默默地望着她。

“爸爸，姨妈曲桑姆死了。”茜玛把父亲看母亲的脸别过来尖声说。

“嗯。”洛桑应道。琼芨倒好了水，洛桑洗过脸，在外面拍打衣服。进来时，他若有所思地问：“大姐曲桑姆去世时，你们老家的丹竹仁波切来了吗？”他弯身换上拖鞋。

“平措去山里接他来了。”琼芨有些慌张，错把盆里的脏水倒在了洗脸架旁的水桶里。

“丹竹仁波切对我和哥哥可好了，天天来给我讲故事，还给我和旺杰糖、苹果干、甜甜的奶块……”茜玛在卡垫床上一蹦一跳地说，琼芨手里拿着空盆子怔怔地望着她。

“丹竹仁波切在拉萨住了很久？”洛桑问。

“他大前天还来过我们家呢。”茜玛说。

“茜玛，别在床上跳，下来！”琼芨朝她喝道。琼芨是有些急了，怕茜玛伶俐的小嘴再说下去。这时，旺杰放学回家了。一进门，看到洛桑，他愣了一下。

“旺杰，是爸爸回来了。”琼芨忙提醒他。

“爸爸。”旺杰望着洛桑，怯怯地叫了一声。

“学习怎么样？长高了。”洛桑吸着烟。

“他有一米五六了。”琼芨望着旺杰微笑道。

“妈，我写作业去了。”旺杰提上书包，对看着他的洛桑笑笑，又飞快地瞟了琼芨一眼，进里屋去了。

“你瘦了。”洛桑望着琼芨说。但他似乎还察觉到了什么，比如，琼芨变年轻了，一度干瘪的双乳又在衣服里面高高耸起来，以及她的眸子，闪烁着异样的光……

“我去做饭。”洛桑的目光令琼芨一阵慌乱，她下意识地把垂在胸前的两根发辫盘起来。

洛桑把茜玛抱在腿上。

“爸爸，你给我带好吃的了吗？”茜玛问。她在洛桑长满胡子的脸上亲了一口，“嘻嘻”笑起来，被胡子扎疼了，还痒。她捺着自己的嘴，又在洛桑的鼻子上亲了一口。她爱父亲，思念父亲温暖有力的怀抱。当她长大了，她的一生，她一直寻找着这样的感觉，却永不再有……

“当然，爸爸带了好吃的给你还有旺杰。”洛桑说着下床解开行李，“旺杰，来。”他朝里屋叫道。

洛桑打开袋子，是红艳艳的野山楂果和还没有去青皮儿的鲜核桃。茜玛抓了一把山楂果，放一颗到嘴里，“哇！”她皱起鼻子，野山楂果酸甜涩口。旺杰蹲下来，捏起一颗核桃，“这皮子可以做颜料？”他说。

“可以，染毛线用的就是核桃皮。”洛桑说，“核桃是宝贝，用处很多。”他拿起一个带着树枝的核桃对茜玛和旺杰说，“看，这个核桃枝治癌肿有效，核桃花煎鸡蛋治胃痛，核桃仁治肾虚腰痛和神经衰弱，而这核桃壳，生了小孩以后吃，肚子就不疼了……”洛桑笑道。

“那曲桑姆姨妈生病时你为什么没给她吃？吃了就不死了吗？”茜玛天真地问。

“我可以用它给画好的山上色？”旺杰说着拿了一捧核桃准备出去动手试验。他画了很多画，颜色很深。

“旺杰，吃饭了。”琼芨要他帮忙。

“琼芨，来……”洛桑翻出一个蓝色的小布包，琼芨在围裙上擦擦手走过来，“什么？”她问。洛桑让旺杰拿来一个小草筐，将蓝布包里的东西倒出来。

“这么多虫草？”琼芨说。

“它们死了吗？”茜玛小心捏起一根，湿的，还带着泥土，圆锥形的头，背上横生着许多皱纹，长长的尾巴，肚皮上共有八对小小的脚。茜玛猛地扔到地上，“好吓人呢！”她假装惊叫道。

“要是曲桑姆生病时能吃上些就好了。”洛桑拍拍茜玛的头，把她扔下的虫草从地上捡起来，对琼芨说，“虫草治咳血、咯血非常好。”

“哎，没用的。”琼芨的眼睛潮湿了。洛桑坐回卡垫，“我当时……也没能帮上你……”洛桑歉疚地说。琼芨苦笑了一下，“准备吃饭吧？”她进到厨房里喊道，“旺杰，把外面桌子收拾一下，来拿筷子。”

不一会儿，琼芨端出三菜一汤：辣子牛肉、罐头烧大白菜、咖喱土豆和鸡蛋西红柿汤。洛桑搓着手，望着摆上桌的菜，欣喜地说：“我的口水都要流出来啦！”

旺杰摆好筷子，一家四口围坐下来，终于团圆了。洛桑吃得满脸是汗，琼芨和旺杰笑他馋，又开玩笑问一年多不见，他是不是当了赤脚医生，说着，琼芨又哭了。洛桑叹了一口气，说起那个自杀的汉人，说那人是一位老中医，一起上山放羊时，常教他辨认一些草药。后来他听说妻子在内地改了嫁，受不了打击突然自杀了。一面说着，洛桑大口吃着饭，欣慰地望一眼茜玛和旺杰感叹道：“爸爸这一年可真想你们呀！”旺杰听了，眼睛不由飞快地向琼芨脸上瞟。

“我梦到你回来了，还在我被子里放臭屁……”茜玛龇着嘴“嘻嘻”笑道。洛桑和琼芨听了也都笑起来。旺杰逗她道：“肥猪，是你自己放的臭屁吧……”

2

日子似乎又回到了从前，洛桑对琼芨格外体贴。早晨早早起来烧茶，中午赶回家做午饭，洗衣服的活儿也由他揽下来。仕途无望，洛桑像是认命了，心全放在了家里。他不再打骂旺杰。他老了。两鬓过早地生出了白发。表面上，他乐呵呵的，但在楼下院子里的水井旁淘洗衣服时，还会和那些胖女人们打打闹闹，泼个水什么的。

这年秋天，茜玛上小学一年级了。

上学前，洛桑每天都要帮她辫好小辫子。还用鞣好的小羊羔皮给她缝了一件漂亮的小皮袄，皮袄外面套上一件米黄色的条绒小外套，把毛茸茸雪白的领子翻出来，衬着她红红的脸蛋，洛桑忍不住亲她，夸她像一朵花儿。那时，茜玛不再像小时候那么肥胖了，望着她鬈曲的头发下一双又黑又大的眼睛，洛桑对琼芨说，“我们茜玛长大了，一定是个大美人……”

但外表的美丽丝毫没有带给茜玛多一些快乐和幸福，她的心，这一生，她渴望永远拥有父爱，却不知母亲的心早已背离，为了他，丹竹仁波切。

3

丹竹仁波切那时已回到了空寂的山里。

琼芨很久没有他的音讯了。这一年，眼看就要平安过去了。

深秋之际，拉萨突然雨雪交加，倾城的树叶在狂风中仿佛全部脱落了。天气格外冷。琼芨在家里烧起牛粪炉，准备做一锅热腾腾的萝卜炖羊肉。窗台上的旧收音机里播放着藏语广播，琼芨一面削着萝卜，一面听着。听了一会儿，琼芨听出来，是以前大学里的同学央珍的声音，曾告发琼芨和雷的那个央珍。

琼芨忍不住对在一旁写作业的茜玛说："她的嗓音有些老化了，她用播汉语的调子说藏语，腔调很刻板。"

"是吗？"茜玛低头写着作业，"妈妈，没你的声音好听嘛。"她说。茜玛听父亲洛桑说过，说琼芨的声音很美，他曾是琼芨的忠实听众，下乡时也要准点收听琼芨播送的节目，后来终于找到了她……但现在，琼芨已多年没有从事播音工作了，她仍是这个单位里的清扫工，她熟悉的那座欧式风格的播音楼前，持枪的门卫再不允许她进入。她只能从外面仰望播音间和走廊上飘动的灯光，一面扫着楼外的落叶。

"妈妈，您现在可能已经忘了怎么播音吧？"茜玛问。

"不会忘，有的东西是忘不了的。"琼芨微笑道。

"但他们再不会让你播音了，对吧？"

"那有什么？"琼芨朝炉子里添了一块牛粪，平静地说，"现在不是挺好？你和旺杰都很乖。"

"可你经常骂我和哥哥，说你后悔生下我们。"茜玛嘟哝道。

"那是气话，你们是妈妈的宝贝。"

茜玛笑了，正要再说什么，收音机里播音员的声音戛然而止，接着，一阵哀乐突然响起来。一个男播音员带着浓重的鼻音在哀乐声中播报了毛主席病逝的消息。琼芨呆呆地愣了一会儿，捂着脸小声哭起来。洛桑从外面回来了，他推开家门，“琼芨，毛主席他……”他哽咽道。琼芨小声哭泣着，洛桑脱去被雨雪淋湿了的军大衣，双眼通红，在火炉旁坐下来，沉痛地低垂着头一根接一根地吸着烟。茜玛小心收起摊在桌上的作业本和书，疑惑地望着父母，并不大懂那拥有九百六十多万平方公里的国家发生了什么。

这天晚上，茜玛睡着了，半夜又突然醒来。旺杰在一旁轻轻打着鼾，里屋的灯还亮着。突然，她听到父亲低声说：“为什么？”

“今晚不行。”琼芨的声音。

“可是为什么你总是不愿意？分明是找借口！”

“怎么是找借口？毛主席刚去世，我们怎么能……”

“好吧，那我们分床！”洛桑愤愤地说着，光着脚“咚咚咚”地从里屋出来，“茜玛，你去妈妈床上睡！”洛桑拉亮了灯，他两眼充血，额头上的青筋外突，掀开茜玛的被子。旺杰醒了，揉揉眼睛坐起来，“怎么了？”他问。

“没怎么，睡你的觉！”洛桑喝道。旺杰冷冷地望了父亲一眼，没再说什么，躺下去，面朝墙睡了。茜玛忙跳下床，跑进里屋。

“快来，宝贝。”琼芨微笑道，不一会儿，琼芨抱着茜玛睡着了。

4

第二天，拉萨城仿佛被装扮一新。街的两旁，所有的草丛、空地都摆置着花圈，挂满了小白花束。突如其来的雪，也令四周的山和田野变得一片银白。清晨，街上匆匆的行人突然比平常多了许多，每一个人都像是有重要的事情要做，看上去精神饱满，神色凝重和严肃；人人胸前都缀着精制的小白纸花。琼芨在茜玛的胸前也戴了一朵她亲手折的小白花儿，还在她的发辫上用白绸扎上了一对蝴蝶结。窗外，清风拂来，空气格外潮湿澄净，世界恍若初生的第一天，茜玛一面照镜子，一面竟兴奋地失口哼起了歌儿。

“茜玛闭嘴！”洛桑大声道。

“对不起，我忘了。”茜玛吐吐舌头。

“不像话！”洛桑一面嘟哝，一面拿起他的包准备去单位。他面色灰暗，眼睛浮肿，没睡好。出门前，他对琼芨说下午是追悼会，中午也许不回家吃饭了。说完，他又怀疑地睨了琼芨一眼，想要从她泛着桃红的脸上看出什么破绽……

5

茜玛和旺杰背着书包也先后从家里出来了。一路上，旺杰走在前面，他不愿和茜玛走在一块儿，虽然是他的妹妹，但他讨厌女生……

学校停课了。老师们领着高年级的学生在教室里赶做小白花和花圈。一年级的学生无事可做，男生们开始玩起“斗鸡”的游戏，把一条腿盘在另一条大腿上相互撞击。有的放起了风筝。菱形的纸上贴上细竹削的骨架，画上神态，比如“翻白眼”，风筝上一半是黑一半是白。风筝线上涂了掺了胶的玻璃碴，风筝放上天，轻巧地翻跟头或旋转，与别的风筝打斗，不一会儿，在相互交锋中另一个被割断了风筝线，拖着长长的尾巴栽下来。地面上等着的男生便欢叫着追赶和抢夺“战利品”。茜玛和女生们蹲在地上玩拉叶子。学校里有许多高大的白桦树，雪化了以后，还滴着水，潮湿的树叶飘下来，茜玛和同学们就将两片树叶上的杆儿套在一起猛地一拉，谁手上的叶杆儿先断了就算是输了。白桦树叶上还有一种暗红色的黏液，红糖似的，弄得茜玛的双手黏糊糊的。玩完了拉树叶，茜玛又和同学玩起“跳房”，将装擦脸油的铁盒里倒满沙子，在用粉笔画好的格子里单腿踢铁盒。有的女生捡来许多圆圆的小鹅卵石在地上玩“抓石子”。玩了差不多一上午，姓王的老师来了，她拿着语文书，厉声叫孩子们进教室。该是这天上午上最后一堂课的时间了，王老师在讲台上打开书。但她情绪激动，哭过的两个眼睛红肿，鼓鼓的像充了气，眼皮上平常的褶子都被撑没了。她没有讲课，望着教室里的学生，她突然气愤地说：“伟大领袖毛主席去世了，可你们这些孩子竟然有心玩儿，玩儿得比平常还高兴，有的人还笑！”说着，她似乎愈来愈气愤，眼里含着泪，声音又尖又细，“拉姆，站起来！”她环视教室，突然指着坐在茜玛前排的一个女同学呵斥道，“谁叫你穿红花衣服上学来的？全国人民都在沉痛悼念毛主席，你竟敢穿得这么鲜艳！”

那个女同学惊慌地哭起来，同学们面面相觑，都悄悄地看自己身上有没有亮丽的东西。有男生朝自己有色块的衣服上涂蓝墨水。茜玛望着那个叫拉姆的倒霉女生，心想自己今天幸好穿的是一件条绒暗花的咖啡色上衣、蓝裤子、黑布鞋。正想着，果然班里同学开始互相揭发了，有一个男生举手大声说：“报告老师，白珍穿了红袜子。”又有一个女生举手说：“王老师，旺堆的书包里有外国小人书《木偶传奇》。”班里一片混乱，被没收的东西很快堆满了讲台。突然，有人尖声叫出了茜玛的名字：“茜玛她还戴着红领巾！”班里顿时静下来，茜玛这才发现其他同学都把红领巾收起来了，只有她一个人，胸前的红领巾像一簇火……王老师愣了一会儿，她有些不知所措，这时，下课的钟声敲响了。茜玛朝窗外望去，看到李老头穿着一身蓝色布衣，踩着满地落叶，佝偻着腰背一下一下地拉着吊在树上的那口铁钟。李老头是十八军进藏的老革命，因为娶了藏族女人为妻，留在拉萨没走。“文化大革命”时，他被安排来为小学敲钟，一家人挤在学校后门的矮房子里，进进出出的学生总要用弹弓打他家的玻璃或用粉笔在他家的门窗上写“打倒李某某……”

“起立！”王老师厉声道，孩子们“刷”地站起来。

“茜玛，先把红领巾收起来，等我请示了学校领导再说！”

茜玛忙摘下红领巾。

“下课！”茜玛舒了口气，暗暗感谢那个李老头刚好这时敲钟。但同学中很多人不满意，冲着她指手画脚，还有男生在她面前挥拳头威胁说要揍她。茜玛低着头匆忙背上书包溜出教室，一阵秋风扑面而来，远处，高大的白桦树上，浓密的秋叶像一阵金灿灿的太阳雨，急促地落向那个敲钟的李老头，茜玛不由停下脚步，怔怔地望着眼前奇妙的情景，直到旺杰叫她时，才回过神来。

“哥哥，我下午不敢上学了，有男生要揍我。”茜玛跟着旺杰到了家门口。门锁着。旺杰从门口的陶罐下摸出钥匙：“我才不会帮你去打架！”旺杰说着，打开家门。屋里飘着一股奇异的芳香，茜玛皱起鼻子嗅了嗅，有一丝琼芨的擦脸油的气味，但更浓郁，像一种酒——他俩随着气味朝桌上望去，看到一盘油饼、一碟酸萝卜丝、一壶酥油茶、一草篮红艳艳的苹果。

“是苹果！”茜玛放下书包伸手去拿，琼芨洗过的还带着水。

“哪里来的苹果？”旺杰狐疑地望着草筐，也拿起一个。他想掂量一下，把苹果朝上一摔，但没接住，苹果落下去，掉在地上“啪”的一声裂成了两半，露出几粒黑褐色的果仁。旺杰呆呆地蹲下来看。

“好硬呀，像核桃一样！”茜玛龇着牙用力咬了一口，“好甜！”她说。旺杰望着她的眼神像是在做梦。

洛桑回来了。

“爸爸，您不是说中午不回来了吗？”茜玛问。她吃得满脸都是苹果汁。

“你妈妈呢？”洛桑问茜玛，又看了眼旺杰，“她去哪儿了？”

旺杰摇摇头。洛桑坐下来吃饼子。“这是中午饭？”他说。他看到洗脸架上的那把细齿木梳还是湿的，上面挂着琼芨的几根深褐色的头发丝。

“不知道，放好在桌上的。我想该是妈妈出门前为我们准备好的午饭。”茜玛说。洛桑夹了一筷子酸萝卜丝在饼子里，几大口吃完，又连喝了两杯茶。他掏出烟，一声不吭地抽着。

“谁拿来的苹果？”他瞟了一眼桌上的苹果筐。

“不知道。”旺杰从地上捡起苹果，吹了吹，小心咬了口。

“爸爸，下午你能陪我去学校吗？”茜玛小声问。洛桑像是没听到。

旺杰吃着苹果，一面偷看父亲的脸。洛桑的头发乱糟糟的，脸上像覆了一层灰。

“你妈妈没说她要去哪儿吗？”过了一会儿，他问茜玛。

“没有呀。”茜玛摇头。

洛桑站起来，说：“旺杰，上学时把门锁好。”他掐灭烟准备出去。

“爸爸，您去找妈妈吗？”茜玛把吃剩的一小块饼子塞进嘴里。洛桑望了她一眼，什么都没说，走了。

“哥哥，我知道妈妈是去找丹竹仁波切了。”见洛桑走远了，茜玛对旺杰说。

“别胡说！”旺杰紧张地盯着茜玛的脸，“丹竹仁波切回来了？”

“肯定是丹竹仁波切给我们捎来的山里的苹果，妈妈是去看他了。”

“不许告诉爸爸！”旺杰吓唬她，“要不我揍扁你！”

第二十二章

1

丹竹仁波切那次来拉萨，是为了拜见来自印度的桑诺法王。桑诺法王很早便去了印度，在那里建立了一所藏传佛教学院，培养出了众多来自世界各国的高僧大德。这年，桑诺法王回到思念已久的拉萨，丹竹仁波切得到消息，便连夜赶来了。他从山里给琼芨带来了红红的野苹果。

在拜见桑诺法王后，丹竹仁波切在帕尔廓从前借宿的一个小院住下来。与以往不同，丹竹仁波切这次带了一个年轻的随从——小僧人达瓦。院子里的人们早就知道丹竹仁波切是一直在民间流传的那位神奇的“颇瓦法”成就者，纷纷前来顶礼。

丹竹仁波切让达瓦去给琼芨送苹果。

达瓦按照丹竹仁波切交代的地址找到了琼芨的单位，在门房说明了来由，门房的人带达瓦来到琼芨家门口。

“琼芨，这个僧人找你，说什么喇嘛给你带来了苹果。”门房的人敲开琼芨的家门对她说道。

“快请进。”琼芨忙让达瓦进屋。

“丹竹仁波切他还好吗？我去给你倒茶。”琼芨双颊绯红，激动地说。

“不了，不喝茶了，丹竹仁波切还在等我。”达瓦腼腆地说。

“丹竹仁波切来拉萨了？”琼芨的声音有些颤抖起来。

“是的，他让我给你捎来苹果。”达瓦将一个黄色的布袋递给琼芨。琼芨接过沉甸甸的熟悉的布袋，双眼不由盈满了泪水。

“他住在哪里，什么时候走？”琼芨急切地问。

“丹竹仁波切住在帕尔廓里，他说您知道地方。”达瓦笑笑，“我告辞了。”他说。

“吃了午饭再走吧。”琼芨说，“你还没坐下来喝杯茶！”

“不，谢谢，我该走了。再见。”

琼芨把达瓦送到大门口，回来开始换衣服洗脸，她要悄悄去见丹竹仁波切。

2

俗话说“所有的缝隙皆为眼”，那天中午，当琼芨悄悄去见久别的丹竹仁波切，有人把看到的全部告诉了洛桑。

洛桑的耳旁，风言风语不断，渐渐地，从他被下放学习改造至今，琼芨所有可疑的行踪他全都听说了。

终于，在一个大雪纷飞的深夜，琼芨穿着单衣从屋里赤脚跑出来，一头冲向雪地。洛桑紧追下去，在雪地里，他一面抽打琼芨一面疯了似的大声叫骂。茜玛哭喊着要冲下去，旺杰拦住她，上前一手抱住茜玛的腰，一手捂住她的眼睛，旺杰的手在颤抖，他不要茜玛看到，他在流泪，他的心和茜玛的心都在流血。雪地里，琼芨长长的发辫在泥水中蛇一般扭动，拖印出一道道奇怪的辙纹；发辫终于散开了，纷飞的发丝如网，罩住了洛桑血红的双眼，他把琼芨扛起来，大步上楼，径直冲进里屋，“砰”的一声，门被一脚踹上了。茜玛和旺杰蹲在门口屏息听，听见衣服碎裂的声音，以及如狼的男人触到女人柔弱的肌肤时，发出的羊一般的呻吟……

噩梦却刚刚开始。单位里的人们投来鄙夷的目光，学校里也传开了……直到“四人帮”被粉碎，“文化大革命”宣告结束，人们的兴奋点才从个别人的隐私转向了举国上下发生的变迁。洛桑的命运也发生了变化。他成为第一批被“平反昭雪”的人之一。很快，他重新在单位里有了一官半职，精神面貌焕然一新，对琼芨变得宽容起来，常常和琼芨兴奋地谈论某某人在时局中的大起大落……

3

“文革”后的拉萨,迎来了第一个藏历新年。新年的前一天,拉萨下了一场厚厚的雪，琼芨和洛桑从外面回来，带来了给茜玛和旺杰定做的新藏袍。琼芨和洛桑也一人定做了一件，是洛桑用这些年补发的工资给全家人做的。晚上,全家人拉上窗帘,忙着试新衣服。洛桑的藏袍是深咖啡色的,琼芨的是枣红色的,旺杰的是灰色的，茜玛的是玫瑰红的……琼芨翻出在皮箱里珍藏了多年的一顶狐皮女帽、一条真丝七彩围裙。她把帽子给茜玛戴上，大了些，压到了茜玛的眉毛上，茜玛失望地从头上摘下帽子时，从柔软的狐皮上，嗅到一种奇怪的气味，像是过去薰着的桑烟或过去帽子主人留在上面的淡淡的体香……洛桑拿过帽子给琼芨戴上,又帮她系上围裙,坐下来呆呆地望着她。琼芨在镜子前旋了一圈，又转向洛桑问：“怎么样？”

“好漂亮啊！”茜玛羡慕地望着她。藏袍裹着琼芨楚楚的腰身，琼芨身上，有一种令人痴迷的纤弱与忧郁。

洛桑也在打量她。他的目光是复杂的。惊异、妒忌、忧伤甚至痛恨……但新年到了，这是一家人第一次盛装迎庆藏历年，也是最后一次。晚上，洛桑和琼芨在里屋开着灯，一直在忙着插“切玛”和摆新年供品，茜玛小心脱下藏袍，叠好放在枕旁，她和旺杰兴奋得怎么都睡不着。而那样的心境，后来再没有过。

4

以后的几年，琼芨和洛桑不怎么争吵了。但洛桑一直很痛苦。他苍老多了。一天要抽两包烟，还开始喝酒。晚上，他喝得醉醺醺地蜷缩在床上，显得那么脆弱和孤单。他是爱琼芨的，但多少次，他差不多打碎了琼芨的肋骨！

只有茜玛，她暗地里还在期望着。但那年，当旺杰初中毕业考上了拉萨的一所职业高校，当他穿着崭新的校服站在琼芨面前时，琼芨大吃一惊：他和他的生父巴顿几乎长得一模一样。琼芨惊愕地望着旺杰，突然，泪水顺着她的面颊流下来。她哭了。这么多年来，她终于把可怜的旺杰拉扯大了。

整整一天，琼芨一直沉默不语。晚饭过后，她送旺杰返校回来，茜玛听到她对洛桑说："洛桑，我们谈谈。"她说话的语气格外平静，像是准备了许多年。茜玛和洛桑不约而同地对望了一眼，眼睛里充满了惶恐，似乎已预感到了什么。接着，洛桑站起来，跟着琼芨进到了里屋。

"洛桑，我们离婚吧。"茜玛听见母亲对父亲说。冰冷的话语令她打了一个寒战。她有些冲动地想冲进去，代父亲向琼芨哀求，求琼芨不要离开。茜玛知道，母亲琼芨的心比羊毛还要柔软，她深爱这个家。但是洛桑，他沉默着，突然，他怒吼着跳起来："你这个忘恩负义的女人！"他淤积已久的恨，爆发了。

那是他最后一次殴打琼芨。琼芨在床上躺了整整三天。在她下床的第四天，她对洛桑说了同样的话："洛桑，我们离婚。”琼芨的语气坚定而平静。没有埋怨，也没有仇恨。琼芨对洛桑最后的一点儿爱心，死了。

5

天，是那么蓝，万里晴空。屋外，浓郁的树荫里传来阵阵鸟鸣。洛桑拿上简单的行囊，这天，他就要走出他生活十多年的家了。

他最后拥抱了茜玛，他的女儿，这时的他已变得忧郁而瘦削。一双黑眼睛嵌在眉骨下，闪烁着他无法了知的执拗。他拥抱她，但不打算带她走。他什么都不要了。沧桑岁月，仿佛使洛桑拥有了树一般的本能。他的生命会在离开这一家人以后，获得新生，如同遭遇又一个春天。他对琼芨莞尔一笑，说:“原谅我吧，但现在，你自由了……”于是，竟是洛桑，他获得了真正的自由。他走出家门，步子迈得很大，他依然粗壮而富于生机，他那颗完好无损的心，甚至更为圆满——他认为宽容了一些不堪一击的人:琼芨、丹竹仁波切、旺杰……他走了，永不再来以及来世、再来世……在洛桑无悔的脚步中，茜玛变成了这场婚姻的倒影。

6

不久，琼芨向单位递交了离休报告。她的愿望很快被单位批准了。那时，觉桑寺已由政府拨款重建。丹竹仁波切也重返寺院，在高高的山上开始了他弘扬佛法的事业。他太忙了，觉桑寺里一尊尊流失的金佛又回到了原位。有的是由丹竹仁波切专程前往汉地，从某个大冶炼厂的锅炉里抢救回来的，有的是当地的老百姓在“文革”期间趁乱偷回家砌入墙壁保存下来的。还有新塑的，五米多高，金光灿烂，迎接越来越多的信男善女,觉桑寺的香火越来越旺了。而丹竹仁波切，每天都穿着金黄色的无袖坎肩，披着檀旃薰过的袈裟，精神抖擞，飘逸的脚步仿佛永远于单数才停驻片刻。

琼芨又一次沉醉在期望中。她又能唱歌了，有些沧桑的歌喉，轻唱着她的思念。她并不知，世俗的婚姻与她已断绝了此生所有的缘。她的枝丫快要断了——丹竹仁波切并不打算还俗或寻求伴侣。

这年初春，旺杰在职业高校上到三年级时，丹竹仁波切要完成他最后一个心愿：在打开扎日圣山之门的猴年藏历六月，佛祖初传法轮之月、噶举派鼻祖塔布拉吉纪念日，恢复觉桑寺中断多年的颇瓦大法会，讲述显密经籍之精要和甚深密法给有缘佛法的信众。为此，五月，丹竹仁波切专程赶来拉萨办理诸多事务。

他专门去学校看望了旺杰。

丹竹仁波切盘坐在旺杰宿舍的床上。旺杰觉得他似乎比几年前苍老了许多。

旺杰关上宿舍的门。

他们开始低低地谈着，像在进行一场谈判。一个老者在向一个少年诉说自己的衷肠？或告诉这个忧郁的少年，自己爱上了他的母亲，要他了解在他们那个年纪，那种历经沧桑的感情……不，都不是。

旺杰沉默不语……终于，旺杰打开门，出来要他的女友黛拉去买一瓶酒，白酒。

窗外，那株古老的槐树枝丫茂密，在正午的微风中簌簌之声犹若细密的小雨。树的顶端依稀可见鸟巢，鸟儿扑扇着翅膀不时从树叶间飞出飞进，欢快的鸣叫从开着的窗外传到屋里。丹竹仁波切不时朝窗外望一眼。他并不劝旺杰。他显得苍老和疲惫。

“旺杰，我决定离开西藏，以我的余生去潜心修法。”

“那，我母亲她……”旺杰吃了一惊。

“你长大了，以后，请你好好照顾她。”

“你要离开多久？”

“很难说。”

“但我母亲？”旺杰没再说。他完全明白了。他沉默着，痛苦令他喘不过气来。丹竹仁波切望着窗外，他决定的事情，别无选择。

旺杰喝着白酒。这是他第一次喝烈性酒。他醉了。他流泪了，在丹竹仁波切面前，他为自己的母亲哭泣。

第二十三章

1

母亲琼芨知道丹竹仁波切要离开西藏的消息后，决定去法会和丹竹仁波切见最后一面。

于是，故事讲到这里，又回到了茜玛我十七岁那年。那命中的一年，我刚刚年满十七岁，我要陪母亲琼芨去往觉桑寺法会。

在法会短短的几日，在那场非常的暴雨中，在同一时间里，母亲与丹竹仁波切默默告别，旺杰与黛拉在学校私订终生，我也在那时遭遇了我的初恋。

大法会，是在高原藏历六月的时节开始的。藏区的高僧都赶来和丹竹仁波切一起完成颇瓦法会。与此同时，大概有三十多万信徒，也从四面八方赶往觉桑寺。路上的车一辆接着一辆，拉萨的警察似乎全转移到了这里。托丹竹仁波切的福，他的随从达瓦专程来接我和母亲，我们在贴有特殊通行证的一辆辆专车行列里一路畅通无阻。

从旁边缓缓开过一辆“沙漠王子”，突然，车的后座，我们清楚地看到了旺杰的生父巴顿。他里面穿着墨绿色西服，系着艳红的领带，外披深蓝薄呢大衣，正在看一份文件。他没有看到我们。

“他一点儿没老，好帅！”我脱口说。

“这些人去法会干什么？”母亲没理我，她问开车的达瓦。

“听说是自治区专门成立的法会管理委员会。”

“哼！”母亲冷笑了一声，没再说什么。“文革”后巴顿被平反了，现在已是西藏自治区副主席之一。他和卓玛结了婚，生了一个女儿，比我小一岁。这么多年来，他几乎没来看过旺杰。他的无情，使旺杰的心一生残缺；母亲的二次离异，以及丹竹仁波切要离开西藏的决定更令旺杰伤心……

母亲望着窗外，以前崎岖的山路如今已铺成了笔直的柏油马路。她都认不出来了。母亲琼茇已多年没有回过家乡了。曲桑姆去世后，平措再没有来过拉萨。他带着四个孩子，没人知道他们怎样活着。

快到中午时，车子开进了峡谷。只见淡青色的雾霭中，一条闪亮的长河飞快地在大地上朝着西南方向蜿蜒。我的心里一惊：这一切，我分明梦见过！就在昨天中午，我吃过午饭在床上刚躺了一会儿，蒙胧中突然看到一片狭长的山谷里，一道灵光疾驰。

2

法会的第一天，丹竹仁波切和来自各处的喇嘛云集在政府为此次法会专门修建的场院里，进行“准予十种佛事活动的宝法普遍灌顶或能仁金刚佛灌顶”。由于场院太小，大多数人无法进入，只有在田间和泥路的两旁扎起密密麻麻的帐篷，在场院的墙外通过广播聆听。我和母亲被带到山谷深处的一座山下。汽车艰难地从烂泥地和一个个帐篷中间穿过，终于爬上一片高地时，我看到路旁的山岩里长出一株茂盛的野蔷薇树，灌木状，枝干丛生，上面开满了小花。我要达瓦停车，我下来走到野蔷薇树跟前，看清上面的花有浅粉的，也有淡黄的。小花只有四瓣儿，扯下来，像绸缎，像从前被野蔷薇树簇拥时庄园里贵族小姐柔软的肌肤吗？我无法感知，但现在，我和母亲，我们已是一介平民。

“那些野蔷薇树后来在某一年大片枯死了。”母亲在我身后说。她的声音变得有些像风里的沙子，“石楼被拆了，老百姓把里面的柱子运回家里当柴烧了，佛龛里的菩萨都被人们抢着分掉了，祖上珍藏的米拉日巴的一缕头发也不见了。”母亲说的是希薇庄园。我顺着母亲的目光朝从前希薇庄园的方向望去，只见高高的山岗上稀稀落落的野蔷薇树中间还留着一些残垣断壁，有几个小孩在那里放风筝。母亲的希薇庄园已经永远消失了。

我们上车继续往前走。山谷的深处是一片宽阔的高坡草坝。达瓦告诉我们，丹竹仁波切晚上会回到这里，住在前面一户牧人的院落里，政府准予明天的法会在附近的草坝上举行。我松了一口气，我们终于到了。我朝下面的山谷望去，正午，万物的影子缩起来了，上万的帐篷顶上升起的是黛青透一点儿粉光的炊烟。我想，那就是人气，是人们肺腑里的声音，我有些感动。我是第一次来这里，也是第一次参加法会。远处山上白色的寺群在阳光的抚摸中像一朵朵云，有一处空旷的高坡闪烁着奇异的亮光，挂满了五颜六色长长的幡旗，达瓦告诉我那里就是觉桑寺著名的天葬台。我痴痴地遥望那里，一直无法收回目光，我想去看白骨如何在夜晚闪烁星星点点的磷光，看死亡如何消亡——我的双眼不觉湿了。

丹竹仁波切已叫人安排好了我和母亲住的帐篷。白色的单层帐篷，是拉萨人度假时用的那种，上面还有一个另外的分开的顶子，风一吹，像燕子的翅膀上下翔动。我高兴得一蹦一跳。帐篷里很大，摆好了两张卡垫床，中间放着一个刻有“拉卜楞”字样的生铁炉，炉子旁的桌子上摆满了好吃的奶酪、苹果和糖。我把行李扔在地上，伸手去抓。这时，达瓦端来热气腾腾的牦牛肉、血肠和小土豆放到桌上，对母亲说：“这是丹竹仁波切让我送来的午餐。”说着，他又从后面老尼姑手里拿过一个暖瓶放在桌子旁，“这是刚烧开的鲜牦牛奶。”我馋得直咽口水。希望他们赶快去忙别的，我要吃最肥的。母亲却说：“请转告丹竹仁波切，不用再给我们送东西了。”

“为什么？”我大吃一惊。

“他太忙，哪儿有时间管我们。”母亲对达瓦笑道。我明白了，她是在妒忌。丹竹仁波切住在矮墙围起来的牧民的房子里。我们见不到他，甚至不清楚房东是哪一个，是谁，什么时候和丹竹仁波切有了这么亲密的关系——这几年，我们不知道的事情太多了。

达瓦准备告辞。母亲突然望着年老的尼姑问：“她是谁？”

达瓦愣了一下，忙介绍说：“这位是丹竹仁波切的姐姐。”这一次，母亲和我一样大吃一惊。母亲忙从卡垫上起来，尊敬地双手合十微微颔首道：“扎西德勒。”老尼姑一直在拨她手上那串棕黄色的念珠，看念珠上的计数，她至少念完了十亿次卓玛经。老尼姑对母亲点点头。她的上嘴唇像刚在酥油茶里浸泡过，每一道唇纹都显得白而油润。她轻声念着卓玛经，同时以鹰一般犀利的眼神看了我和母亲一眼。

他们走了。我想我还是该美餐一顿。我脱掉鞋，盘腿坐下来，在膝盖上搭了一块毛巾，拿过刀和肉，开始娴熟地割肉。

“妈妈，求您给我倒一杯茶。”我削了一块很好的肥瘦相间的牛肉递给母亲。

滚烫的牛奶带着一股甜腥味，比酒还热烈，我全身马上有些冒汗了。

“丹竹仁波切还有一个姐姐？我从前怎么没听他说起过。”母亲一面自言自语，一面神情木讷地望着帐篷外面，嘴里机械地嚼着我递给她的肉，像在吃石蜡。我有些心烦，“能不能吃得香一点儿！”我说，“丹竹仁波切肯定有姐姐，还有父母。”

后半句我说得有些没底气。我不知道他还有什么，也不知道我们是他的什么。

“有开水吗？”有一个汉人进来问。那是我第一次见他。当时我以为他只有四十岁。他那件镶了毛边的坎肩里穿了一件粉格子衬衫，听口音是东北人。他对母亲笑笑，又对我热情地笑着点点头说，“我就住你们隔壁，我是仁波切的汉族朋友，我给他画过画。”

“哦。”我笑了一下。

“我们没有开水。”母亲说，“你会喝茶吗？”母亲给他倒了一杯奶茶。

“请坐。”我说。他坐下来说：“我是想用开水泡方便面，牛羊肉我吃不惯。”他微笑着，看着我割肉的刀和手。

我不知该继续吃还是停下来。我看了他一眼，他在笑，他说：“你们藏族人拿刀的姿势真美。”

我的脸有些红了。“你为什么不吃牛肉？”我岔开话，割了一片肉直接用刀送到嘴里。他一面伸手去端茶，眼睛还兴奋地看我割肉和吃肉。

“说呀？”我装作满不在乎的样子。

“这牛奶里放糖了吗？”他问妈妈，脸上突然很严肃。

“没放。”妈妈说。又问，“你是丹竹仁波切的朋友？”

“是，”他对妈妈说，“这个我一会儿告诉你们。”他转过头望着我，“我有糖尿病，不能乱吃东西，以前我很爱吃牛羊肉，但现在不敢。另外，我叫魏岩桐。我不是汉人，我祖上，我曾祖父那辈是爱新觉罗的一个皇族后裔，后来和蒙古族通婚，所以我身上一半是蒙古族一半是满人。”说着，他笑了，“这奶茶真香。”他嗅气味的鼻子发出“吡吡”的声息。我想笑，就把目光从他脸上挪到了别处。

“你和丹竹仁波切怎么认识的？”妈妈给他添满茶问。

“谢谢。”他对妈妈说。又回头看着我笑道，“可以问你们的名字吗？”

“我叫茜玛，我妈妈叫琼芨。”我吃着土豆说。

“你们叫我老岩就行。”他对我和母亲分别笑笑，“是我妈妈给我起的名字，我的小名叫彤彤。我妈在我十二岁时自杀去世了。”说着，他清了清嗓子，低下头去端奶茶。他把妈妈问的话忘了。我不知该说什么。我不懂糖尿病是怎样的，也不知十二岁母亲就自杀是什么滋味，只觉得眼前这个突然冒出来的老岩有些怪，我想笑。

“我和丹竹仁波切是这样的。”他放下茶杯，转向妈妈琼芨，声音有些闷，像还没从梦里回来。

“我三年前来过西藏，认识了丹竹仁波切，他太好了，我给他画了一幅画，画得很好，他很喜欢，至今还挂在他的卧室里。”他忍不住又笑了，得意地笑。我不由善意地嘲笑他：“看把你高兴的！”

“是，我是一个大男孩！”他望着我由衷地笑道。

“可我不知道这件事。”母亲忧郁地说。

“你可以去他卧室看看。”老岩建议道。

“不，不。”母亲连忙摆手。老岩望着母亲说：“我想给你们讲一个和仁波切认识时的故事。”他回头又对我说，“棒极了！”

“是吗？”我吃饱了。但愿他讲给妈妈听。我想出去走走。我穿鞋下来。

“你要去哪里？”他问我。

“随便看看。”

“我建议你去山上寺院。”

“为什么？”

“今天人们都在山下听法会，寺院里人少。”

“是吗？”我有些想去了。

“等我讲完这个故事陪你去？”他对我笑道。

“好吧。”我无奈地等着他讲，不知他要讲多久。他看看我又看看妈妈，突然，他诡秘地笑道：“现在不讲了，晚上回来再讲。”他站起来，“您也一起去吧？”他问妈妈。

“不，你们去吧。”妈妈看我一眼。我知道她也无心听老岩讲故事，但她为什么同意我和老岩去？我没看妈妈的脸。“走吧？”我对老岩说。

“好，”老岩答应着又对母亲说，“您脸色不太好，应该像您女儿那样多吃点儿肉。”他回头兴奋地对我笑，好像吃肉的人是他自己。

“走呀！”我笑道，不知道他还要啰嗦什么。

“好。”他对我点点头，但又回头对母亲说，“您一会儿也可以出去在附近散散步，今天太阳很好，不会下雨。”

母亲神色恍惚地看了他一眼。

“走不走！”我生气地说。先走出来。

他跟在后面，“你生气的样子真可爱，像我的丫头。”他凑近我说道。我的耳朵有些发烫。

“我得拿点儿东西。”他说着进了一个大帐篷。我跟在他后面朝里看，有十来个男人。

“她叫茜玛，我刚认识她和她的母亲，我们现在要去爬山，去寺院。”他对里面的人说得那么清楚，我只好对他们笑一笑，并接受那些人的目光。我转身先走了。

“他们羡慕咱俩。”他一面说，一面小跑跟上来，脸颊有些潮红。我没理他。眼睛望着前面的路，脚步很快。

“这是给我们拿的水，这个很好，西藏有这么好的东西，我都不想离开了，一会儿到山上你喝。”

我瞟了眼，他拿了两瓶矿泉水和一小瓶红景天口服液。我板着脸，没和他讲话。

“哎，”他叹了口气，微微低下头说，“我的女朋友在拉萨等我，她说想来镇上看我。”他的个头比我高不了多少，背有些驼，但看上去挺敦实。

“那就让她来。”我想也没想地说。路上的草甸被车轮碾出两道深深的泥坑，有一朵紫色的花被碾断了，但还没有死，阳光下倒在污泥里，身子的一半儿浸在脏水洼里，另一半朝上的花瓣透着光，显出由浅粉到紫蓝的颜色。我蹲下身把花枝捞出来。

“但我不想她来了。”老岩还在自顾自地唠叨。

“我们把它带到高处的岩石缝里栽下，它会活吗？”我眺望远处的山，想山上白色的神岩会不会收留这株垂死的野花。

“它活不了，它没有根了。”老岩的嗓音又粗又哑，像牧人鼓风时用的旧羊皮口袋。

“你怎么知道它没有根就会死呢？它是野花，它能活！”我扫兴地说，“别跟着我。”

路上的人越来越多，我朝山上望去，天哪！山上全是人，黑压压的人群像夜晚流动的乌云。

我惊呆了，我停下来。

“糟了，是我估计错误。”老岩在我背后说。我朝山的东边天葬台方向望，也是人山人海，但天空蓝极了，轻盈的阳光在空中像秃鹫漫飞的翅羽。

“我明白了，法会是明天，今天人们要去山上寺院朝拜。”老岩还在废话。我开始朝前走。我想摸到山上幡旗飘动时的每一个幡舌，再看秃鹫在山顶漫步的姿态。

“呀！你的眼睛好美！我太感动了！”老岩跑到我的前面，凝望着我的眸子说。

我微笑了一下，垂下眼帘，又抬起来看着他说：“去爬山吧？”

“好，我听你的。”他肯定地说。我笑了。

我们被后面的人流推搡着朝山上走着。老岩还不放弃说话，“你母亲该来，她该快乐起来，我想让她看到我给丹竹仁波切的那幅画。”他低着头说。

“没用的。”我一面说，一面对挤到我前面的系红缨子的英俊的康巴大哥笑笑。如果在巴廓街、在冲赛康遇到他，我要故意撞开他和别人在袖筒里捏钱数的手，交易中的红珊瑚再美，康巴大哥也会乐得拍我。

“哎，”老岩在我身后莫名其妙地叹着气，不时护着我，叫我小心，一面说，“我看到你妈妈就想到我的母亲，她上吊自杀了，才三十八岁。”

我的心沉了一下。我宁愿没听到这些话，我说：“一会儿到山上你可以为她念经嘛。”

“没用的，她不信。”

也许我的目光里又流露出了恼怒，他看着我诚恳地说:“我懂，我念。你教我。”我气得发笑。

下午四点多时，我们终于到天葬台了。人多极了，天葬台被蜂拥的人们围了好几圈。雪白的糌粑撒在上面，还有许多头发团。很多妇女在继续拽自己的头发朝上扔。据说这样将会有幸获得在此天葬一般的加持。我挤到前面，也狠劲拽了一撮头发抛向天葬台，我也希望在我生命的最后，能将自己的肉身施给神鸟。据说神鸟将朝着太阳飞，直到被太阳燃烧得没有一丝灰烬。

“呀！”老岩见我咬牙扯下自己头发，不由发出一声惊叹。我回头望了他一眼，他脸色苍白，像受了刺激。

“怎么了？”我问他。

“你扯头发的样子有一股狠劲，我有些怕了。”他说。

“怕什么，我又不是魔鬼。”我生气地说。

“不是那个意思，我是心疼了，你疼吗？”

“废话真多！”我笑道。

我们离开人群，在天葬台附近一处朝阳的山坡上坐下来。老岩从包里拿出一瓶矿泉水递给我。他一直没说话。远远地，山顶上有几只秃鹫在漫步，它们看上去悠闲自在，并不在意周围的人。

我们很长时间没再说话。对面山上，长满了绿油油的矮灌木。漫山遍野开着淡粉的小杜鹃。阳光温和地照在山坡上。

“对面山里有好多条小溪，看到没有？”我指给老岩看。

“看到了。”他的声音听上去像从瓦罐里发出来的。我第一次注意到他有些老，声带也老了。

“我们过去？”我说。

“不，不行。”他诡秘地笑道，一双眼睛变得深不可测。

“为什么？”

“因为你母亲会担心，我答应她我们很快会回去。”他说话时有一种忍不住的窃喜。

“但我们很快就能回来。”我还是不明白老岩什么时候开始代替我母亲来约定我的时间了，“我要自己去！”我站起来。

“好吧，我陪你去。”他笑着站起来收拾好水。

我们朝对面的山洼走去。我走在前，把外衣脱下来系到腰上，一面大步走，一面回头教老岩唱：“向喇嘛顶礼，向佛祖顶礼，向法顶礼，向众僧顶礼，向喇嘛及佛法僧三宝顶礼——”我反复大声唱着，心里充满了欢喜。

“你真美！”老岩跟着我，望着我由衷地笑道。

走到对面的山洼，只见小溪从山上汩汩流淌下来，我们仿佛被一片水的天唱簇拥着。我脱掉鞋，站到一块光滑的岩石上，弯腰掬起一捧水。清水在我粉色的手心里飘着沙金的光，我一口气连喝了三捧，又用清凉的水打湿我滚烫的额头，我的心醉了。我眯上眼，听水在微风里舞蹈，任骄阳扑满我的全身。

“你今天真高兴。”老岩蹲下来，也喝了一捧溪水，脸全打湿了，水珠挂在他的下唇，看上去很傻。他乐呵呵地对我说：“我不回去了，我要留在西藏。”

“哼，”我笑他，“你以为自己多伟大呀？留在西藏？没人挽留你。”

“你挽留。”他盯着我的眼睛。

“什么？”我愣了一下。

“我爱上你了，茜玛，真的。”他凑过来，坐到岩石下面的草地上说，“第一眼我注意到你的母亲，她身上有一种忧郁的东西，让我动心，但我看你吃肉的时候，你龇咧的犬牙，还有，”他吸了一口烟，“你没穿袜子，我爱上了你的脚丫。”

我听傻了。不知道这个吸着烟、满脸褶子的老男人在说什么。

“流氓！”我脱口而出。

“不要对我这么凶好吗？我说的是真话，我爱上你了，你像我的女儿。”他嘿嘿笑道，目光热情地注视着我。

“厚颜无耻！”我笑了。我望着别处，但不知为什么，我心里并没有像想象的那样对他感到厌恶。

“看你的脚。”他轻声说。

“脚怎么了？”我低头没看到什么特别的。

“迷死我了，像藕，每一个脚趾我都偷看到了。”他看着我露在太阳里的光脚，色迷迷吸着烟笑道。我的脸红了。我起身穿上鞋，“老色鬼！”我骂道。我离开溪水，沉着脸远远地坐在草坡上。

“你生气了？”他小声问我，他拉下脸，“我不再对你乱说了，我错了，原谅我吧，别不理我。”

“我再也不想理你了，你走吧！”我低声说。

“别别别。”他忙过来蹲在我身边，“我怕了，我发誓再不乱说，你打我一下！”说着，他拽起我的手要打自己。

“讨厌！”我抽回自己的手，不想看他的脸，但突然，我哭了。

“哎……”他颤声长叹道，“孩子，别这样，是我不好，是我伤害了你。”

溪水在夕阳里变得淡红，上百条的水流声在这寂静的黄昏里交汇，我听着，哭得更伤心了。

“别哭，别哭。”老岩急了，跪在草地上抓住我的双手说，“千万别这样，我的心脏受不了了，你说你怎么惩罚我都成！”

见他脸涨得通红，脖子也涨红了，我忍不住破涕而笑。“快起来。”我流着泪笑道。他这么大年纪跪在潮湿的草地上，膝盖上的裤子都湿了，我有些不好意思。

“没事了？”他笑着问我。我摇摇头。

“不生气了？”

我点点头。

“好姑娘。”他抚摸我头的手有些颤抖，“哎……”不知为什么，他又长叹了一声。他在我旁边坐下来，又点了一支烟，眼睛望着远处，不再笑了。

有几只灰兔在灌木丛里窜，短短的尾巴，肥肥的。

“快看，野兔！”我惊喜地指道。老岩看了看说：“嗯，我看到了，个儿挺大。”

他没笑。

“怎么了？”我小声问。

“没什么，就是想起好多事。”他深深地吸了一口气，吸着烟。我不知该说什么，我低头看草丛里有好多蚂蚁跑来跑去，可能要下雨了。

“我离婚十年了，我就是特别孤独，我怕离开你。”他望着对面的山坡说。

“不会吧？我们才认识，再说你不是说有女朋友要来看你吗？”

“是。”他看我一眼，脸上露出一丝笑，但又沉下脸说，“她有老公，她和你不一样，她有点儿俗，但她对我好。比你好。”他的笑容有些忧伤。

“她老公对她不好吗？”我问。

“好，她老公得去挣钱，常年不在家，她很寂寞。”

他又扯到别处去了，我站起来说：“我们回去吧。”

“再坐一会儿？”他仰起头恳求道，“和你这么聊天，我的病全都会好起来。”

我笑了：“走吧，快下雨了。”

“是，得赶紧回去。”他望望天，西边的乌云正慢慢朝这边压过来。他起来提起包，认真地说，“淋湿了你会感冒。”

“我年轻，没事儿的。”我笑道。我们开始往回走。

“她可能比你大四岁。”老岩跟在我后面接着说。

“别骗人了。”

“我说的是真话。”老岩停了停，“我不想让她来了。”他说。

我没吭气。对他的生活我一无所知，我也不想了解更多。

“下雨了！”老岩伸出手试了试，有几颗雨点落到他的掌心。他的手掌不大，看上去挺厚实，红润而饱满。

“快跑！”我笑道，拼命朝山上跑去。跑到山顶，才发现朝拜觉桑寺和天葬台的人们也都刚刚开始下山。

“这么多人呀！”老岩在我身后，喘气的声音像肺里有一部抽风机。

“你怎么了？喘得这么厉害！”我笑道。

“没事，我年轻时当过登山队员。我的心‘怦怦’乱跳，你摸一下。”他脸色潮红，乐呵呵地说道，拽起我的手就要朝他左胸上放。

“干吗呀！别人会看到！”我忙抽回手，朝下山的路走。

“怎么就这么封建呢？看到又怎么了！不就让你摸摸我的心脏吗？”老岩不高兴地在后面说。

下山的路已是一片泥泞，不时有碎石子滑下来。老岩找到了一条近路，从山的左边，顺着山的侧翼，路很陡，但没有那么拥挤。他牵着我迅速地在巨大的岩石上跳来跳去，又钻进浓密的野蔷薇树，终于到马路上了。

几辆越野车迎面而来，最前面的停下来。里面的人把窗户摇下一半对我俩说：“上后面的车。”说完，摇上窗户，车子开动了。是丹竹仁波切。他看到我了，还看了看跟在我身边朝他兴奋地挥手的老岩。

“快上车吧，雨要下大了。”是达瓦。我和老岩赶紧跑上车。

“我们去了天葬台。”老岩高兴地对坐在前座的达瓦说。

“怎么样？”达瓦用汉语友善地问他，又对我礼貌地笑笑。

“太棒了，但我给吓坏了。”老岩笑道。

“她胆儿特大，还拽下一把自己的头发放在天葬台上。”老岩开始胡说了，我有些尴尬地对达瓦笑笑。

“我能抽烟吗？”老岩拿出一支烟给达瓦看。

“没关系，可以抽。”达瓦宽容地说。

“师傅来一支？”老岩递上去说。

“谢谢，我不抽。”开车的是一位僧人，他摆摆握着方向盘的右手说道。

“他是和尚，不能吸烟。”达瓦解释道。

“对不起，我不懂。”老岩停下正要点着的烟说。

“没关系。你们今天还去了哪里？”达瓦侧身问我。

“觉桑寺人太多，上不去，只到了天葬台。”我用藏语说。

丹竹仁波切的车子开得很快，我看到他坐在后排左座，左手握着车子左上方的拉手，背挺得很直。

“我和她去了山背面的一个山洼，她可高兴了，唱歌，后来她哭了。”

“魏岩桐！你胡说什么？”我狠狠地瞪了他一眼。我的脸涨得通红。达瓦用异样的眼神看我。

“哎呀，对不起，我是不是又胡说开了？”老岩愣了一下，沉痛地说。我没再理他。达瓦也转过身去了。

“别把烟朝别人前面吐！”过了一会儿，我恶狠狠地说。老岩吓得掐掉烟忙说：“好，我不抽了。”

车子停下来，我们到了。达瓦朝我们客气地笑笑，将落下的袈裟朝肩上一搭，急急忙忙跟着丹竹仁波切进了牧人贴满牛粪饼的小院。

“我怎么了？你对我那么凶？”老岩跟着我想进帐篷。我一转身把他堵在门口，“你走错了！”我冷冷地盯着他说。

“好吧，我不进去。”老岩望着我有几分震惊又有些沉痛地说。我“啪”地放下门帘。老岩叹了一口气，转身慢慢朝他们的帐篷走去。

3

“你怎么才回来？”我吓了一跳。是妈妈。我都把她忘了。

“你没出去？”我脱了鞋上到卡垫，下午爬山没穿袜子，脚指头快磨破了。

“好痛！”我抱着脚叹道。心里突然想到老岩说他偷看我的光脚，说爱上了我的脚，我的脸不由阵阵发烫。

“村里人说平措带着几个孩子几年前就搬走了。这次法会不知能不能遇见他。”妈妈一脸忧郁，头发也乱糟糟的，她给我倒了一杯茶，低声说，“在这里，我们一个亲戚都没有了。”她呆呆地坐下来。

“不是还有丹竹仁波切吗？”我小声说。妈妈没看我。她什么也没说，只是忧伤地叹了口气。外面的天黑了。我跳下来找蜡烛，当我连着划亮两根火柴，隔壁老岩他们的帐篷里传来了笑声和大声劝酒的声音。

“你看到觉桑寺里，他送给仁波切的画了吗？”妈妈突然问。

“没有，我们根本挤不上去。我要去洗把脸。”我拿起毛巾，我怕妈妈再问下去。

“快些回来，吃过饭，我们去看仁波切。”妈妈说。她的面容在摇曳的烛光里显得恍恍惚惚，她有心事，管不了我了。我松了一口气。

雨还是没能落下来。天上有星星了。山野静悄悄的，人们升起炊烟都在准备晚饭。我来到山下的小溪旁，把我的白毛巾浸到水里。水好凉，毛巾像一条小鱼，在急急的水里漂动着。我擦了擦脸，不知怎的，心里有些沉郁。不远处，有几匹马拖着长长的钉在木桩子上的缰绳，低头静静啃着青草。牧人还没来收马，我走过去，蹲下来看着它们。突然，我的心“怦怦”跳了几下，我看到老岩端着一个脸盆，右肩上搭着一条毛巾走过来。他低着头，微驼着背，不时咳嗽两声。我忙站起来，绕到马背后，趁他不注意，快步离开了小河。

简单吃过晚饭，我和妈妈由达瓦领着，悄悄来到牧人的小院里。

小院里扎着几个帐篷，住着几个尼姑和丹竹仁波切的姐姐，她们都在小声讲话和念经。进门的时候，我朝左边的厨房望了眼，几个僧人系着蓝色的布围裙在忙，有一个在打茶，有一个在揉面，挽起的胳膊很粗，上面粘满了面粉，还有一个老尼姑在朝炉子里添柴。见我朝里探头看，她对我吐舌头笑了笑。

我也吐舌头耸耸肩微笑着问她：“丹竹仁波切还没吃饭呀？”

“是呀。”她说。母亲在拉我。我对老尼姑匆匆道了声“您在”就进了屋。

屋里点着明亮的汽灯，好些人正在向丹竹仁波切顶礼，气氛很肃穆。妈妈排队给丹竹仁波切献过哈达，退到一边的卡垫上坐下来，该我了。我低头走近丹竹仁波切，在他膝旁跪下来，献上我的哈达。这时，我从丹竹仁波切身上嗅到一阵熟悉的暗香，我已多少年没有见过他了啊！我还清楚地记得小时候他把我抱在怀里那温暖的感觉。我的心不由一阵酸楚。这时，老尼姑给丹竹仁波切端来了晚餐。我克制着心中的伤感正欲起身退开，丹竹仁波切突然俯下身，双手捧住我的头，将他的额贴在我的额上，为我念了一段祈请文。在他念完最后一句的那一瞬，我抬起头仰望他，我和他的目光相遇了！那是怎样的目光啊！那么苍老、疲惫，他老多了。他满怀爱怜地望着我，像是有许多话想询问我，显得有些激动，但如今的他身不由己，所以，没几秒钟，他很快调整了自己内心的情绪，脸上恢复了略带几分威严的仁慈的微笑。我却不行。我无法自控，泪流满面。我埋下头，起来退坐到妈妈身旁。

不知过了多久，我终于平静下来。我悄悄抬头看，丹竹仁波切在吃面条。是一碗清汤面。他吃得很快，很香，刚吃完，老尼姑忙恭敬地弯腰接过空碗。

“再给仁波切添一碗？”老尼姑吐舌问道。

“不了，”仁波切微笑道，又朝坐在他旁边的人问，“您还添一碗吗？”

“不，谢谢。”那人说话的声音格外清宏。我才看清他是一位三十出头的年轻男子，皮肤有些黑，穿着棕色夹克、金黄的衬衣，乌黑的头发微微有些鬈曲，像顶着一簇云朵。他微笑着看我。我有些不好意思地对他笑了笑，我想他刚才一定看到我流泪了。

“这位是来自萨彦岭的普萨王子。”

丹竹仁波切在向我介绍。“王子？”我吃了一惊，一面想王子公主该是在童话故事里才有的啊，一面礼貌地双手合十向他致意，重又打量他，发现他长得其实和我们藏人十分相像。高高的鼻子，犀利而明亮的眼睛里盈满善意的笑。像东藏游牧的藏人。而萨彦岭，我在一本书里似曾读到过：成片的白桦林流淌着洁白的乳汁，广阔的草原上百花盛开，还有黑胡子苍狼和白唇鹿以及“雷鸣般的溪流”；幽深的山谷美丽清朗，独角兽在丛林深处出没，白衣女神“乌黑的头发随风飘散，驼羔般的黑眼睛令人如痴如醉，她在哀婉悲凉的歌声中曼舞”……

“是西伯利亚吧？我去过。”突然，屋里响起一个熟悉的声音，我回头看，是老岩。

“我的故乡萨彦岭，很小的地方，只有三万人左右。很少有人知道。”普萨王子答道。他汉语说得不错，但音律不对，唱歌似的。我不由偷偷笑了笑。

“地图上有吗？”老岩一面笑道，一面朝我看。我转过头，想他可能是在我和妈妈之前进来的，心想他还会胡说什么。这时，老尼姑烧好茶进来了。有个声音不冷不热地说道：“给他们倒茶喝吧。”我闻声望去，是丹竹仁波切的姐姐。听说她是丹竹仁波切唯一的亲人了。她削发为尼，伺候在丹竹仁波切的左右，帮助丹竹仁波切管理觉桑寺僧尼衣食杂务等后勤工作。她远远地盘坐在门对面的卡垫上，手里不间断地拨着念珠，不时以有些倦怠的眼神漠然地看我们一眼。

老尼姑挨个给我们倒热茶。

“好喝，浑身发热了。”老尼姑刚给老岩倒满茶，他马上端起来喝完了，喝的时候嘴里还发出了极不雅的“嘘嘘”声。

“我们不喝。”我对提着茶壶过来的老尼姑说。

“妈妈,我们该告辞了。”我站起来望着丹竹仁波切轻声说，“仁波切该休息了。”

我和母亲退出来。丹竹仁波切并不挽留，只是忧伤地看看我们母女，点了点头。

夜空星斗漫天。我深深吸了口气，默默搀着憔悴的母亲朝院外我们的帐篷走去。

这天晚上，我和妈妈都无法入睡。院子里仁波切屋里的汽灯一直亮着。他在为明天的法会彻夜诵经和准备。可以想象那些僧人和尼姑如何满怀敬仰和幸福地陪伴在他的身旁。隔壁老岩的帐篷里已传来鼾声。鼾声越来越大，只听有人起来骂道：“老岩，不要再打鼾了！”我忍不住笑起来。

4

凌晨五点左右，我和妈妈被从帐篷外面传来的奇怪声响惊醒了。我们起来看，只见成千上万的人群如黑夜的潮涌，正缓慢而坚定地朝着前方山脚下将召开法会的草坝迁移。无数手电筒的明光宛如夜里数不尽的酥油灯盏。我看到不远处，老岩也在朝山下望，他似乎惊呆了，吸着鼻子，正在感动得抹脸上大颗的泪珠。但妈妈面色苍白，眼神迷惘，失魂落魄。

天上飘起雨丝。我们进到帐篷里换上雨衣准备出发。

赶到开法会的草坝时，方圆十里已坐满了人。我和妈妈正不知所措,老岩在叫我们。他和他的朋友们占到一小块地方。

“听说很多老年人昨晚就睡在这里的。”老岩对我和妈妈说，他手里拿了一部夸张的相机，长长的镜头像一个小炮筒。

“你们就在这里坐，这里刚好可以看到法台。”老岩说。他们一共有七八个人，都是和老岩同来的朋友，有搞摄影的，有搞纪录片的，有画画的，还有一个专门探险的，用老岩的话说就是“用下半身走路的男人”，体格强壮，我们都穿着厚厚的秋衣，他只穿了一件薄衬衣，听老岩说这人昨天已爬完了周围的山，像个铁打的机器人。我对他们笑笑，和母亲盘坐下来。雨丝还在若有似无地飘着。

“哎，这雨不停不是白拿相机了吗？”老岩望着阴霾的天叹道。天已经蒙蒙亮了，但小雨还在下着。

“别埋怨了！”老岩的朋友对他说。听老岩说他姓秦，秦什么斯，是个什么作曲家，这次来是想回去后搞一点儿西藏音乐。我白了老岩一眼，对姓秦的人笑了笑。姓秦的看上去有三十八九，但一身时尚的穿着显得更年轻，牛仔裤后面还挂着个粗犷的不锈钢装饰锁链。

过了一会儿，人群一阵骚动，一辆墨绿色的越野车由远及近，是丹竹仁波切的车开过来了。人们纷纷起身向车子投献哈达，汽车很快变成了白色。这时，丹竹仁波切穿着红色的袈裟从车里下来，迈着轻如游荷的步子，在白色的哈达雨中走上法台。

小雨淅淅沥沥地下着。法会就要开始了，人们静下来。为了完全接受丹竹仁波切即将赐予的殊胜的“颇瓦法”灌顶，人们脱掉鞋子、帽子和身上可能阻碍接受灌顶的金银饰物，盘坐在雨中，双手合十或以曼扎敬供。空中，投向法台的成千上万的哈达接连不断，像白色的鸟，无声地飞驰着。丹竹仁波切端坐在金色宝幢下，开始和环绕法台而坐的喇嘛们一起诵经。法会在他们恢宏辽远的诵唱声中拉开了帷幕。一些人朝向丹竹仁波切礼敬磕拜。我跟着妈妈也站起来，虔诚地磕拜着。全场鸦雀无声，人们内心满怀的恭敬和感激如汹涌的暗潮，令我热血奔涌。雨越下越大，天空却在大雨中出奇地蓝。我们全身都淋湿了，雨水顺着头顶淌下来。远远的法座上，我看到雨被风吹进宝幢，丹竹仁波切盘坐的双膝都湿了。人们低着头，接受着大雨和丹竹仁波切甘露一般无上的密灌。沉静的远山在雨雾中缓慢地呼吸着，仿佛也在聆听丹竹仁波切穿越三千世界的法音。我的身旁，妈妈闭着眼，她的脸上，泪水和雨水一起在流淌，我的心突然痛如刀绞，我远远地仰望丹竹仁波切，难以抑制内心莫名的悲痛，低声啜泣着。

“你们怎么都哭了？”老岩突然从后面凑上来问。我还从他的身上闻到了一股大蒜的臭气。一股怒火从我心底猛地升起来：“走开！闭嘴！”我狠狠瞪了他一眼。

“你这是怎么了你，对我这么凶！”老岩生气了。

“嘘，行了，别人才说你一句嘛。”秦斯小声劝道。老岩叹了口气，没再说什么。一会儿，听得后面老岩他们相机“咔嚓咔嚓”一直响。过了半晌，秦斯小声问老岩：“这法会什么时候完呀？我们去对面山上拍？”

“拍不了，雨太大。”

“那咱们撤吧。”

“好。”

他们几个收拾好相机，准备走。

“我们先走了啊？把雨衣披上点儿，这样会感冒的。”老岩轻声对我说。

“晚上到我们帐篷来参加 party。”秦斯对我挤挤眼小声笑道。

我笑不出来，朝他点点头。他们几个弓着腰，小心地从坐在地上的一排排人群里穿过，走了。

法会仍在继续，白鸟一般的哈达飞过头顶。三十多万信徒沉浸在如海的法音中。而雨像一根根从天上垂下来的长丝线，仿佛直入我们每个人的百汇穴。我想到丹竹仁波切说过的一句话：“每个人好比不同的容器，天上的雨露虽然均衡而降，但容器的大小有别，还有的只有小小的入口，有的紧闭着门，有的破损有漏……”

半晌，我抬头朝前望去，看到丹竹仁波切的身后，普萨王子双手合十闭目盘坐，但突然，他睁开眼和我的目光遇上了。那一瞬，我们沉静而肃穆地遥遥对视，法会赐予我们心灵的一切，在我们默默的目光中，在那出奇的片刻竟有了一种同心的交流。

5

法会结束时大约中午十二点了。天空突然放晴，像传说中的那样，草原上升起了绚丽的彩虹。欣喜的人们开始陆续返回山下的帐篷，许多人准备返回拉萨。排得长长的汽车阻塞了蜿蜒的山路，看来我们今天是走不了。

我和母亲回到帐篷，把湿了的衣服鞋子换下来，拿到外面草地上晒，达瓦来了。他请母亲回帐篷里面，说："丹竹仁波切要回山上的寺院，他请您一起去。"

"茜玛呢？"母亲问。

"丹竹仁波切说明天一早安排车子送你们回拉萨。"

母亲换上好看的藏袍，我帮她化了淡妆，她走了，脸上浮动着令我心碎的红晕。我默默目送着远去的汽车，突然，我忍不住哭了，我知道丹竹仁波切这是要和她最后道别，以后，母亲只能在比黑夜更黑的孤独中活下去。我跑进帐篷，伏在卡垫上痛哭不已。哭了一阵，我听到有人在颤声长长地叹气。我回头看，是老岩，他蹲下来，递给我毛巾，沙哑着嗓子说："孩子，别这么难过，我不想看见你这么忧郁。"说完，他坐在对面的卡垫上吸烟。

"我从你眼睛里早就看到你内心很忧郁。"他叹了一口气，"你们母女都太悲伤了，藏族人不该这样。"

我笑了，"这和民族有什么关系？"我擦着眼泪说。

"你笑了！"老岩又蹲过来，有些激动地望着我低声说，"你笑起来真美，高兴点儿，孩子。”

我点点头，但泪水又流下来。老岩叹着气，突然，他上前轻轻搂住我，他抚摸着我的头发，一面焦急地说：“别哭，好姑娘。”我从他身上闻到一股好闻的体味和烟味，我的右耳刚好贴着他的心脏，听到里面像有一个动物，在有力地跃动。我没有马上推开老岩。依偎着一个男人的胸膛哭，我感到温暖。但一会儿，我听到老岩胸膛里的动物快变成野兽了，开始狂奔乱跑，同时，他的一只手顺着我的头发滑下来，开始抚摸我的脖颈，他把我的衣服从右肩上拉下来，他低下头，吻我的肩，鼻息吹到我的肩上痒痒的，以及他潮湿炙热的舌尖触到我肩部的某处时，我不由一阵战栗。我推开他，重新穿好衣服。

“你的脸红了。”老岩蹲下来望着我说，“让我抱着你好吗？”他搂着我的腰。

“不。”我摇摇头。双颊发烫。

“你害怕？”他问。

我点点头，垂下双眼不好意思看他。老岩坐回到我的对面，望着我：“你害怕男人拥抱你？”

“对。”我说。他点燃一支烟，深深吸了一口说：“我感觉到了，我一拥抱你，你的身体就僵硬起来。”

“是吗？”我好奇地笑道。

“为什么呢？”他关切地望着我。

“不知道，我害羞。”我说。

“不，你是紧张。”

“你怎么知道？”

“你小时候经常被父母拥抱吗？”

我想了想：“妈妈有时把我抱在怀里，但后来……”

“说下去呀。”

“后来他们经常吵架，没人拥抱我。”我说。

“哎……”老岩长叹一声，“你父亲很少拥抱你？”

“我记不清了。”我想了想，我还记得小时候父亲常把我抱到他的脖子上骑着。

“我父母离婚了。”我说，我不想回忆童年我获得的父爱，我感到痛苦。

“我知道了。”老岩望着我，“你缺少父爱，所以害怕性。”他肯定地说。

“我害怕性？”我想笑，但我忍住了，“也许吧。”我掩饰地说。这时，外面突然下起了雨。

“糟了！我的衣服！”我跳起来忙去外面收东西。

“你等我回来。”老岩跑出来悄悄在我耳旁说。

刚把衣服鞋子收回来，天全阴了，暴雨倾盆而下，我从门口朝下面的山上望去，大雨像万千钢柱，远山上的觉桑寺仿佛被阻断在了天外。母亲这时应该已经到了那里，她回不来了，她和丹竹仁波切最后的长夜，大雨一直无情地下着。

6

而这时，丹竹仁波切和五六位高僧正在寺院的小经堂做法事——积累“古萨里”资粮。“古萨里”即乞丐之意。积累古萨里资粮即通过观修、施身修法和断法，以彻底根除贪爱自己的我执，将生命毫无吝惜地施与鬼神为食，证悟一切能害所害为法性，彻底根除内心的傲慢魔，以了究竟意而断法。如诵云：“供施马象成百倍，供施妻儿成千倍，供施身体十万倍……”

琼芨已随达瓦来到了寺院。她躲在后面的角落里，静静地聆听着。窗外的大雨令经堂里的气氛更显庄严肃穆。丹竹仁波切左手摇着金刚铃，右手摇着法鼓，澎湃的雨声中，她感到仁波切悠长的法音像利剑，她的心快要被穿透了。她一直在流泪。她望着仁波切手中的法鼓，感到那一声声、一下下，恍若在敲击着自己罪孽深重的心。

丹竹仁波切和众僧念诵到“虽具无我见然我执重，虽断二执然仍起希疑，吾与吾我见众有情，愿证无我实相祈加持”，积累资粮供曼荼罗与古萨里暂告段落。这时，琼芨面色苍白，她惶恐地望着眼前一屋子来来回回的僧众，不知所措。丹竹仁波切的目光朝她投来，他疲惫地望了琼芨一眼，满怀沉痛的心事，叫过达瓦和姐姐。他们在商量琼芨今晚的住处。最后，琼芨看到仁波切朝小经堂外指了指，琼芨知道自己将住在那间小屋里，仁波切住在楼上的卧房。

天全黑了，夜雨还在下着。厨房送来了晚餐，热气腾腾的蔬菜面条和酥油茶。琼芨捧过自己的一份，低头吃着，身上感到暖和起来，才觉得有些累和疲乏。她朝丹竹仁波切望去，他的身边总是围满了人，达瓦和仁波切的姐姐更是寸步不离。琼芨只好一个人远远坐着，半晌，达瓦过来，领她去往小经堂外的小客房。

小客房里挂着轻柔的黄绸窗帘，墙上挂满了唐卡，靠墙放置着一张床座，床座前是一张红色的藏式小茶几，对面是一个藏柜，藏柜上放着一对印度工艺的铜花瓶，里面插着塑料花，还有粉红的莲花造型的电动长明灯；供在一个玻璃佛龛前的，琼芨走近了看，里面是一位年轻活佛的画像。琼芨的心“怦怦”直跳，她来过这里，常在这里和哥哥玩儿，而画像里的人，就是自己的哥哥吗？她有些记不清哥哥的模样了。

“这位是觉桑寺的昂旺赤列仁波切，听说是您的哥哥？”达瓦恭敬地说，“丹竹仁波切说昂旺赤列仁波切过去常在这间房子里接见家人，所以特意安排您今晚住这里。”达瓦说时，琼芨忍不住哭泣起来，多少年过去了，希薇家族已破败不复存在，从前山上的石楼已成荒冢，亲人们也一个个离开人世——如此想着，琼芨不由跌坐在床座上，捧着脸低声痛哭。达瓦轻轻拉上门出去了。他的眼里也为这个不幸的妇人盈满了泪。他低头出来时，丹竹仁波切远远注视着他。但丹竹仁波切还有许多事情要安排，达瓦没告诉他什么，默默地在小经堂的佛龛前添置着油灯。

差不多夜里零点了，小经堂里终于只剩下丹竹仁波切和达瓦两人。琼芨还没睡，她侧耳听着外面的动静，终于，她听见丹竹仁波切离开床座时僧袍的响动，接着她听见丹竹仁波切把脚伸进鞋子里，先是右脚，后是左脚，再慢慢站起来，他对达瓦说："你去睡吧。"

达瓦退去了。经堂里有一会儿寂无声息。琼芨屏息听着，但她再也无法等待下去，她起来猛地掀开门帘，却怔住了，丹竹仁波切就站在她的门外。

"仁波切！"琼芨泪如泉涌，一头扑进了丹竹仁波切的怀里。丹竹仁波切扶住她，泪水也流满双颊。琼芨感到丹竹仁波切的双臂在微微颤抖。"您真的要走吗？离开西藏要去哪里呀！"琼芨低声啜泣道。

"我打算去菩提迦耶朝拜，然后闭关专注实修。"琼芨的脸贴在丹竹仁波切的胸口，她感到丹竹仁波切的心在痛苦地喘息，她知道，那是因为她，她是丹竹仁波切修行路上的障，为利乐有情，普度众生，现在，丹竹仁波切发愿要舍弃过往的一切了。

"我也是芸芸众生里的一个，您走了，我的心就会永坠入地狱，请您留下吧。"琼芨乞求道。

"好姑娘，你以后的生活会好起来的，我的心和你时刻会在一起。"说着，丹竹仁波切的泪水滴到琼芨仰起的脸上。

"在这个世上，我没有了哥哥和亲人，我也不再是姑娘了，您带我走吧，我愿意一生侍奉您。”

“好姑娘，不要这么说。”丹竹仁波切用手轻轻抹去琼芨脸上的泪水，牵着她的手走到房里，望着佛龛里的画像，感伤地对琼芨说，“琼芨，无常的人生如梦幻泡影，不要执着。而苦乐无自性。琼芨，只要你勤修佛法，就能从内心的痛苦中解脱出来。”

“不，您带我一起走吧。”琼芨坐在丹竹仁波切身旁，紧握丹竹仁波切的手,喃喃地说。她已听不进任何话语了。窗外，大雨已渐渐停下来了。万籁寂静的夜里，一轮白月在云层后面缓行。丹竹仁波切站起来，拉开窗纱仰望天际，哀伤地说：“琼芨，月亮和太阳的光辉虽然遍照大地，却有自己的轨迹，所以我和你,我的使命也使我不能有个人的生活,我所能做的，就是证得日月一般的明光，回向给有情众生，当然也包括你。”

“不，丹竹仁波切，我的生活里没有了您，怎么还会有明光呢？”说着,琼芨绝望地望着丹竹仁波切,泪水淌满了面颊。丹竹仁波切痛心地叹道：“可怜的姑娘，都是因为我，你的心里才生起这般偏执啊。”说着，丹竹仁波切的泪水再次流下来，他弯腰用额头贴着琼芨的额，以极大的悲心为琼芨祈请加持。正在这时，达瓦进来了，他默默地等在一旁，等到丹竹仁波切念完祈请文，他低头轻声道：“丹竹仁波切，普萨王子要告辞了。”

“天还没亮，他要走？”

“不，他还没休息，他打算明早去温泉一趟，他想过来向您告辞。”

“好吧，请他过来。”说着，丹竹仁波切朝外走去，走到门口，又回头对琼芨说道，“不要再想以前的事了，也不要想以后，把心安驻在当下，好好睡一觉吧。”说着，他走了出去，达瓦跟在后面，并不看琼芨，把门从外面带上了。

琼芨和衣躺在哥哥昂旺赤列曾经的床座上，混乱的心在往事里穿梭，忽而又去到以后，丹竹仁波切离开后的日子，便感到痛苦像猛兽袭来，自己恍若被吞噬得神思涣散，虚有肉身。这时，她的耳畔隐隐约约传来普萨王子和丹竹仁波切的低声谈话，心里不由生起回到现在时的一丝愿望，却一闪而过，仍然坠落在昏茫的迷梦中。

7

而山下，暴雨蹂躏着黑夜，帐篷在亢奋地波澜起伏，发出阵阵狂喜的欢叫。茜玛我，想象帐篷的肚子里还该有一团烈火，我当时趴在地上狠命朝炉子里吹气。

“天哪！你太美了，别动，能让我把你画下来吗？”老岩背着画夹进来了，他激动得脸颊发红，脱去雨衣，蹲下来，两眼闪闪发亮，打开画夹就准备画我。

“别画了！”我说，我不明白此刻自己美在哪里，穿着宽大的藏袍，披散着头发，撅着屁股，一副疯癫的模样罢了。

“茜玛，求你别动！”老岩的画笔在纸上“刷刷”疾走，一面说，“多么饱满的青春，你的大腿、你的臀充满了生命力，还有你散乱的长发、身上袍裙粗犷的线条，你是我梦想的雨中女神。”他停了停又说，“雨是红色的火，你是雨夜女神。”

我趴在地上勉强继续吹炉火的动作，突然一阵雷电劈下来，有一会儿我和老岩惊得说不出话来。直到铁炉里的干柴在火焰里“噼里啪啦”跳舞，我和老岩不禁哈哈大笑起来。

“瞧你刚才吓得脸都白了！”我说。

“你刚才吓得窜到我怀里了。”老岩说。

“看看你画的？”我岔开话，一面点着蜡烛。

“不行，还没画完，我想……”他欲言又止。

“看看嘛！”我伸手去抢。老岩躲过了，“我们吃点儿东西？”他站起来从包里掏出一个草筐，里面是煮好的羊肉和饼子，我咽了口口水，才想起一天都没吃什么。

“我还拿了一瓶酒！”他找到两个茶杯，“我们坐在火炉旁吃好吗？”他说着，把床上的卡垫拖到地上，我们盘坐在炉火旁开始大口吃肉喝酒。

“我真幸福！”老岩望着我动情地说。

“是吗？来，干杯，祝你青春常在！”我端起酒杯胡乱说道。

“不，我老了，但我看到你的青春，我感觉自己又年轻了。”老岩的脸和整个身体被烛光和炉火交映，一双眼睛也像火焰一般在闪耀。

“一会儿，你能继续让我画你吗？”他问。

“当然可以啦。”我笑道。夜雨把远处传来的歌声分割得断断续续，帐篷仍然在风雨中忽高忽低恣意跌宕着，有时发出好像两个人的肌肤在汗水里触贴时令人战栗的声音。

“我把火烧旺一些，你可以把肩露出来让我画吗？”

“就肩？”我有些尴尬。

“对，很美，既原始又性感。”

“好吧。”老岩一面抿着酒，一面画着。我露着肩，“嘻嘻”笑着，啃着肉。

“你的肌肤看上去细腻而有光泽，你身上隐约有一种贵族气质。”老岩一面画着说道。

“你见过几个真正的贵族？”我有些生气。我这个破落贵族的后裔和其他拉萨女孩毫无差别。有些出身高干家的拉萨女孩皮肤更白，优越感滋生出她们高人一等的气质，而我，我们一家无论从心理还是家境，都已沦为十足的拉萨贫民了。

他没答话。全神贯注地画着。一会儿，他终于画完了，我就趴过去看：“哇，好棒，你应该涂上颜色！”我说，老岩趁机搂住我，开始吻我的肩，我浑身酥软。我闭上眼，“你带了颜料吗？”我喃喃地说。

“带了，我想画你的乳，还有你的臀。”说着，老岩把手伸到我的胸前，用他的指尖轻轻按动着我的乳头，另一只手开始往我身体的下面伸，我有些害怕，忙按住他。

“我不会弄痛你的，别怕。”他说。

我抑制着，“不，”我说，“别这样！”

“好孩子，你什么都别想，忘掉过去和以后，就好好享受现在好吗？”

我想推开他，心底的深处，仿佛有一个沉睡的猛兽开始苏醒，那么凶猛，比深渊更无止境。

雨小多了，夜风熄灭了炉火，柴火的余烟吹满了帐篷，我被熏得直流泪。老岩忙起来重新生火。

“请你穿上短裤。”我躺在地上，盖着我的藏袍，冷冷地对他说。我厌恶男人的下体，尤其是一个我不爱的男人。老岩穿上短裤，给炉子里添了柴，重又坐在我身旁。他望着我，由衷地说：“你真美，我喜欢你激动时呻吟的声音，那么有涵养。”

“不会吧？那和涵养有什么关系！”我笑道。

“真的，有的女人叫起来像一头母猪。”

“你一定经历过很多女人。”我说。雨停了，帐篷顶上的雨水在朝两边流。外面静静的，月光依稀透进来。

“可你是我遇到的第一个藏族女孩，还有……”他诡秘地笑着。

“还有什么？”我问。

“你摸。”他把我的手按到他的下腹。我惊叫一声把手缩了回来。

他呵呵笑起来。“我们在月光里做一次爱好吗？”老岩在我背后说着搂住我。

“放开！”我掰开他的手，“能不能说点儿别的？”我瞪了他一眼，“你不会以为月亮是为了你寻欢存在，跟着你走的吧？”老岩虽然有那么点儿艺术天分，但他缺少的，使他的画如同他本人。

“你生气啦？”他问。我摇摇头。天很快会亮，这夜，母亲的泪水有多长……

“你想妈妈了？”老岩顺着我的目光朝觉桑寺望去，“其实仁波切也是人，他们压抑人的性欲真不容易。”

“你不懂，胡说什么？”我回头瞪着老岩，“对大成就者来说性是生命最大的能量，把握它能达成修行的最高之境，从而明证生命和宇宙的奥秘！”我一口气说完。这番话我是在一本关于密宗修行的书里看到的。其实，我也是一知半解。但有一点也许可以区分，即俗人一生被性的能量驱赶，但大成就者却善于利用性能量，性只是一种途径而非目的。

“我懂，那是密宗嘛，听说男的不射精，像我一样！”

“怎么会像你？白痴！”我大声说道。我发誓再也不理面前这个也许三生也无缘听闻佛法的愚民。

8

天蒙蒙亮时，帐篷外面响起汽车的声音，我忙跑出门外张望。开车的是达瓦，旁边坐着普萨王子。妈妈不在车上。

“西玛啦，你母亲让我送了普萨王子顺便接你去觉桑寺。”达瓦下车对我说。他看到老岩在我身后，便垂下眼皮望着地。

我朝车里望，普萨王子在朝我微笑着招手。我也笑了，朝他摆摆手，又忙转身进到帐篷收拾好东西跳上汽车。车子开了一段，我回头看，老岩还傻傻地站在帐篷外朝我们望着。而抛下他，我笑起来，我突然想到了诗，是的，远山浓淳的积雪已把我变得分外丰腴；从此，我的左眼，度母悲悯之泪将泉涌，我的右眼，母系罗刹之血将焰火熊烈——而我的心是双面明镜。正面的烈日照现了暗影，我就把暗影焚毁。反面那月光一般阴柔的爱情，在夜里演绎一场场赤裸梦境，因此破碎的万千镜菱啊，从此要在缘起、缘灭、缘生、缘尽里锋芒游戏，一见而永不再见……

老岩，我望着他越来越远的身影，在心里默默对他说："无论如何，今生我感激你，请你原谅我……"

9

"我们去哪里？"不是上山的路，我问达瓦。

"先送普萨王子去温泉。"达瓦说。

"去温泉？哇，我也想去！"

"那就一起去吧？"普萨王子回头笑道。几天的法会把他晒得更黑了，更像个藏族了。

温泉在山的半腰，一夜大雨把山路冲涤得更加凹凸不平，我在车里猛烈地左右摇晃上下颠簸，像个滑稽的不倒翁，一面笑着，一面开怀地哼起歌：

圣地拉萨
是情人的天堂
没有执着的爱情
只有寻欢作乐的爱欲
比彩虹更美丽虚妄
比雅鲁藏布江水还要绵长

普萨王子回头望我，他的脸上和眼睛里绽放着喜悦，他一手抓着汽车上方的扶手，也放开嗓子唱起来：

从林里最美丽的白桦树
被天上来的彩虹缠绕着
她就怀孕了
我是喝着她甘美的乳汁
从她裂开的树身里
走出来的她的第九个孩子
但有一天
母亲不见了
我们从此跟着黑胡子苍狼
漂泊流浪

他的歌声很忧伤，但又充满了无畏和对自由的向往。他唱得太好了！我不敢再瞎唱了，一个劲儿恳求他再唱。他微笑着，又唱道：

流亡的路上
沙漠中我们迷失了方向
当我就要死去的时候
哈日纳尔姑娘为我去寻找泉源
白沙追逐着她的脚步
她走过的地方
泉水汩汩流淌
绽开金色和银色的花儿
却不见哈日纳尔姑娘

他唱的时候，不时深情地挑动眉尖，忧伤和怀想令他显得那么高贵和遥远——我痴痴地望着他，我还想听他唱，但温泉到了。遵照丹竹仁波切的吩咐，山上已有人手捧哈达等在路口。

“茜玛啦，您母亲今天要返回拉萨，我要去送她，您去吗？”我已跟着普萨王子下了车，听达瓦这么问我，不由站住了。

“你先回去，我和茜玛啦在这里玩儿两天。”普萨王子替我说道。

“真的？”我吃惊不已。

“达瓦啦，您先走吧！”普萨王子朝达瓦笑着摆摆手，又转身猛地拉起我的手说，“我们走。”他握着我的那手，手指，没有突兀的骨节，有力又让我感到他充满温情的内心。

“是黑胡子苍狼带你来西藏的吗？”

“是的，风雪弥漫，我披着纯白的长衣，骑着一匹纯白的马来到了土伯特。”

我们笑着、说着、跳着，朝温泉奔去。

“哈日纳尔姑娘还有白衣女神都是你的梦中情人吧？”我大声问。

“你让我想到故乡的哈日纳尔花儿。”

“不，我是从昆仑山上来的老虎，哈哈哈哈……”

温泉上白雾缥缈，像风雪在旷野里曼舞。我兴奋地回头望着他的双眼，说：“晚上如果四处有苍狼长啸，下着漫天大雪，城堡里……”我还没说完，普萨王子突然伸出双臂紧紧拥住我，他低下头，柔软的唇贴在了我的唇上。突如其来的吻，这吻，在这空行母出没的山野，在不可知的宿命中……

10

我的世界从昨夜的沉溺仿佛开始飞翔。母亲琼芨却要走了。暴雨停歇后的凌晨，母亲的一双眼圈变成了紫色。她从她的大哥昂旺赤列仁波切的小客房里走出来时，暗暗发誓再也不到觉桑寺来。她像一个如梦初醒的人，一步一步朝丹竹仁波切走去。

丹竹仁波切一夜未眠，一直在小经堂里盘坐。见琼芨过来，他已明白了一切。他先开口对琼芨说道：“琼芨，你先坐吧，厨房就会送来热茶，而我，在我临走前，也有一些东西要交给你。”

琼芨并不看丹竹仁波切，一双涣散的眼睛只是漠然地眨了眨。丹竹仁波切的姐姐这时也过来了，拨着念珠，狐疑地望了琼芨一眼，便向丹竹仁波切轻声说起一些当天要安排的事务。

“您一会儿再来吧，我现在要和昂旺赤列仁波切的妹妹琼芨啦谈一些事情。”

琼芨听丹竹仁波切第一次这么尊称自己，也清楚仁波切看透了自己的心思。她抬起头傲慢地斜了丹竹仁波切的姐姐一眼，脸上的凄迷已毫无踪影。

丹竹仁波切的姐姐刚露出一点儿惊讶和惶恐，立刻掩饰住了。她沉下脸一面说：“好，我去厨房让他们给客人送早餐来。”一面退了出去。琼芨听到她故意说自己是“客人”，不由凄凉地冷笑了一声。

“琼芨，”丹竹仁波切沉默良久，对她说，“这些年你吃了不少苦，我想给你留下一些东西，以确保你以后不会为生计所累。”

琼芨低下头，一时不知该说什么。

“先去洗漱一下吧。”丹竹仁波切轻声说。琼芨站起来，拿了自己的洗漱用具来到院子里的压水井旁。阳光好极了，忽而闪着金光，忽而像鹤的白羽。琼芨请一位尼姑帮自己压水，弯腰掬了一捧贴在脸上时，彻骨的凉意顿时传遍了全身，她哆嗦了一下，刚才的清醒突然被瓦解了一般，泪水又簌簌地落下来。她用毛巾捂住脸，朝山下曾经的家园望去，只看到一些黑鸦在残垣断壁之间盘旋，满山坡的野蔷薇林如今只剩几株干枯的灌木——

有人出来请琼芨用早餐。琼芨匆忙擦了擦泪，又草草梳了梳头发，转身进到小经堂里。

早餐是滚烫的酥油茶和放了奶酪的细糌粑。琼芨坐在丹竹仁波切的下方，默默地吃着。过了一会儿，达瓦回来了。

“茜玛呢？”琼芨问。

“她……”达瓦望了丹竹仁波切一眼，低下头不敢说。

“她是和普萨王子去了温泉吧？”丹竹仁波切微笑道。达瓦吃惊地望着丹竹仁波切连连点头。

“琼芨，你放心，他们明天就会回来。”丹竹仁波切安慰琼芨道，“由爱结下的善缘，像雨后绽放的花儿，愿三宝护佑他们。”说着，丹竹仁波切意味深长地看了琼芨一眼。

“茜玛今天回不来？”琼芨疑惑地问达瓦。

“仁波切说他们明天回来。”达瓦小声说道，似乎想告诉琼芨什么。琼芨仍不明白，只是隐约感到茜玛的去向与丹竹仁波切有关。“丹竹仁波切，难道是您安排的吗？”她问道。

“每个人都有自己的业力因缘，如今，我的心里已没有世俗的爱和恨，所以，我既不会把所爱的人送进天堂，也不会把所恨的人打入地狱。正如佛陀释迦牟尼说过的：我不能用圣水洗净人的罪业，也不能用手取掉人的身心之苦，我的悟心也无法直接移植给别人，只能用真理教化，使人们自脱。”说完，丹竹仁波切望了一眼还站在一旁的达瓦，低声吩咐道：“楼上我的卧室里有一只羊皮箱子，请你放到车上，是送给琼芨的，过两天你送她们回拉萨。”

“是的。”达瓦答应着上到楼上。一会儿他出来时，琼芨看到他裸露着右胳膊，突起的肌肉里青筋明显鼓胀出来——因为皮箱的重量。琼芨低下头。

几位僧人进来了，琼芨收拾着早餐的茶具退出经堂。她跟着达瓦来到车旁，“达瓦，我想现在就走，你能送我吗？”琼芨望着别处说道。

“但仁波切说明天一早也要去温泉，说您很多年都没去过了。”

“不用了，以后有时间我会自己去的。”琼芨冷冷地说道。

“可是丹竹仁波切他……”

“丹竹仁波切胸怀博爱，他心里装满了众生……”琼芨对达瓦苦涩地笑道。达瓦躲开琼芨的目光，把箱子放到车里，低垂着眼说：“那我去问问丹竹仁波切。”说话间，丹竹仁波切的姐姐刚好路过，琼芨故意大声说：“昂旺赤列仁波切早已圆寂了，我不会像有的人担心的那样，找寺院的麻烦，但寺院也不是哪个家属的私有财产！”说完，琼芨朝着快步离去的丹竹仁波切的姐姐的背影冷笑几声。达瓦见状低下头忙躲开去往小经堂。

琼芨回到哥哥昂旺赤列仁波切曾经的小客房，拿了自己的包，含泪环视了一下房间，最后看一眼昂旺赤列的画像，毅然转身出来了。她在车旁等了一会儿，不见达瓦出来，就托厨房里的一位尼姑进去叫。

“可是，丹竹仁波切他们在做法事，我还没对他说。”达瓦窘迫地向琼芨解释道。

“不用问他了，你送我走吧！”琼芨坚决地说道。晨风吹散了琼芨的头发，达瓦望着她，觉得眼前的妇人眼神怪异，苍白的脸上露出刀子一般犀利的笑，他心里有些害怕，又想到她是昂旺赤列仁波切的妹妹，忙打开车门，顺从地发动汽车慢慢朝山下开去。

大约半个时辰以后，车子开到一片潮湿的草滩上时，达瓦停下来，去到水沟里取了一桶水加到车里。琼芨没下车，她目光呆滞，神情恍惚。达瓦不敢多言，盖上车盖立即上到驾座上，但他刚放下汽车手刹，突然从倒车镜里看到远远的山坡上，寺院的那辆面包车驶来了，丹竹仁波切就坐在汽车前座。“丹竹仁波切赶来了！”达瓦说着忙熄火下车。琼芨回头看时，后面的车已远远停住了，丹竹仁波切下车疾步走来。

“丹竹仁波切。”琼芨下车，呆呆地望着由远及近的丹竹仁波切，嘴里喃喃地念叨着。丹竹仁波切就要走近琼芨时，脚下被什么绊了一下，达瓦想上前扶他，但丹竹仁波切已伸出双手捧住琼芨的脸，“你怎么现在就要走呢？可怜的姑娘啊……”说着，达瓦看到丹竹仁波切泪流满面。但琼芨一反常态，她不哭，怔怔地看着远处，也不说什么。

“达瓦，我走了你们要常去看望她们。”丹竹仁波切把琼芨搂在怀里，流着泪对达瓦说道。达瓦的双眼也湿了，他使劲点点头，正欲说什么，却见附近的一些牧民解开发辫正远远地弓腰走来，达瓦忙插到琼芨和丹竹仁波切中间，紧握丹竹仁波切的双手，低声恳请道：“仁波切，有百姓过来了。”他扶着丹竹仁波切一步一步朝后退去，又对丹竹仁波切说：“百姓在等您，我先送琼芨啦走。”

“琼芨，好好保重身体！”丹竹仁波切朝她挥着手，泪水顺着脸颊落到草丛间。这时，已有牧人来到他的近旁，向他敬献哈达。丹竹仁波切没有再朝前走，他含泪看着达瓦把神情木讷的琼芨扶上车，车子发动了，琼芨突然回头朝丹竹仁波切微笑。

11

第二天达瓦来接我时，我才知道母亲琼芨已先回拉萨去了。而我，在美丽的温泉度过了有生以来最动情的夜晚。我不知该如何描述我和普萨王子的爱情，短暂的爱情如此虚幻，只留他写下的一行行文字：

茜洛卓玛，她的名字散发出的是家乡暮春时节在小溪旁盛开的马兰花的味道。当我重复她的名字，就有花香扑面而来。

青青的马兰，迎风起舞。见到她，我不由思念我的家乡。

她的眼睛好像野生岩羊的眼睛。确切地说，带着高山野生岩羊常有的那种忧悒、深情和纯洁。细看她时，我略略有点儿吃惊，她的眼睛、肤色、鼻子的形状甚至脚背上那颗黑痣都像我们家族中的某个女性；还有她在水里盘起头发的样子，她的背影，回头一笑时露出的洁白的牙……我看着她发呆，她是谁？她回头和我说着话，望着我，让我仿佛看到一双远古的、萨彦岭女子的眼睛。星光灿烂的夜空里，这双眼睛看着我。

有时候，她边说边笑时，我很惊异和兴奋。她在轻轻笑的同时说着一连串话，我觉得那是人迹罕至的深山树林里，神秘的泉水从悬崖上流下的声音，是血统纯正的萨彦岭女子的笑——

她半卧在矮木床上，一边沉思，一边对我说着她的家、她的母亲。她眼角和额头，显得她憔悴和沧桑。听着听着，我为她叹息。我的心隐隐作痛，充满了愤怒、惋惜和不平。我想安慰她，但所有的话语多么苍白。

我想带她走，但她不愿离开拉萨。而我，又怎能离开我苦难的人民啊。漂流迁移的沧桑历史，多少战争和屈辱，却不能毁灭人们内心广阔的爱与信仰，我又怎能无视自己的使命。

夜很深了，我躺在床上看着她，她穿着有细碎红花的白色棉内衣在房间里来回走着，像是自言自语又像是在给我说。我似听非听地看着她，她往杯子里倒水，她小小的犹豫，她低着头哈哈笑的样子，她忘了什么东翻西找的样子，走过来抱住我的样子……都深深刻在了我的心上。白天的时候，走路时，我都不断回忆着这些。有时我不禁哑然失笑，我的心痛楚而甜蜜。

她把头靠在我的肩上，我们相拥着躺在床上轻轻说着话，轻轻笑着。她的头发散发着秋日太阳下茅羽草的芬芳。窗外，月光在温泉里流淌，我觉得她的心很干净。

我关了灯。她静静躺在床上和我轻声说着话，轻轻的声音像夏季柔曼的雾在夜里弥漫。从她的身体，散发出夏日雨中金色的哈日纳尔淡淡的花香，令我想起许多年在草原上遇到的那只麝。美丽异常的身体，雕刻般的眸子、鼻、嘴和像马兰花般的耳朵。躺在花草丛中的麝轻轻地颤抖着，那是个黄昏，哈日纳尔花在旷野闪烁——我的心不禁狂喜地颤抖着，但我抑制着，在黑暗中轻轻俯在她的身体上，当我轻触到她已湿漉漉的地方时，一阵战栗在刹那间传遍了我的全身。我的心突然在天空中飞翔起来——我的双臂支撑着身体，轻轻探入这个我钟情的女子的体内。一阵沉醉的眩晕中，我的眼前出现了雨后草原上的彩虹。我不敢想这是真的，这样的喜乐是真的吗？

记得小时候，我在满是泥泞的沼泽地上奔跑着追赶彩虹，彩虹能追到吗？可是此刻，我分明已追到彩虹了。

她闭着眼喃喃地对我说：吻我，吻我。

我吻着她的唇，我想吞噬她，想把她全部吸入我的体内。

眼前是在草地的那个黄昏，长着深棕褐色毛的麝在金色的花丛中战栗着，花瓣缤纷，落在草丛里，沾在麝浑圆的背上。

她的身体突然绷紧了，像拉紧的弓一样。又像雨中被碰撞的哈日纳尔花，颤抖着撒下阵阵银雨和花瓣。她吻着我的脖子、肩头，喊着我的名字。哪怕眼前是万丈悬崖我也要跳下去，我只想全部进入她的身体，消融在她的身体中，从这个世界上消失，消失在天上的彩虹中——我俩的汗水融到了一起，黑暗中我和她已融为一体，成为一个人，一个全新的人。一个我从来不认识的人。我们像风雨中的帐篷，起伏摇曳。啊！突然间，眼前的彩虹渐渐远了，渐渐淡了，消失在暮霭中。

我们的喘息声像受伤倒地的野兽的喘息声。

她在黑暗中轻轻说："普萨，我爱你。"

我也爱你呀，茜玛，这一生，我已无法忘记你。我坚信，我们的相识决非偶然，终有一天，我们将永不分离。

窗外，传来鸟雀的鸣叫。天已大亮，太阳从窗帘的缝隙透进来，照在我们睡着的矮木床上，照在凌乱地放在椅子上的衣服上面……

12

普萨的字写得很大，就像他大大的草原，那些文字好像茅草在微风中的歌唱，我是其间金色和银色的哈日纳尔花儿，从此将开满在他广阔的胸怀吗？

从温泉回去的路上，当我们远远地看到高高的山上觉桑寺光芒绽放的金顶，普萨王子突然对我说：“萨彦岭曾有一个古老的预言说，会有一位喇嘛来到逃难的族人中，告诉这些苦难的人们，岁月流逝，风沙退去，杀戮也有终结，佛光将升照——”

“什么意思呢？”我问。

“茜玛，是说我终于来到了高高的山岗，我们才会重逢，这是神意。”

“重逢？怎么是重逢！”

“不知道，但我感到如此！”他肯定地说。

难道冥冥之中，我和他未了的尘缘一直延续到了今天？那么我曾来自萨彦岭还是他曾是土伯特人？或者，无始无终的世界，众生本没有分别。

“停车。”车外潮湿的草甸上，我看到五颜六色的花儿在阳光下动情地摇曳。我们欣喜地在草甸上漫步，我蹲下身抚摸花朵，我问他：“哈日纳尔花儿和它们像吗？”说着，我突然想起丹竹仁波切曾对我说过的一句话：“卵石中生不出小鸟。”我不由蓦然沮丧。我以为的爱情，不也如此吗？

13

丹竹仁波切在法会后离开了西藏，普萨王子也回到了他的萨彦岭，寒冬的风里，沙砾吹进我的眼睛，我闭上眼，幻想将它们滋养成了一枚枚珍珠，在一个大雪如珍珠漫飞的冬日，普萨王子骑着他的白马，穿越风雪而来……

然而一个又一个漫长的冬季，只有风在凄迷地歌唱。我的青春也仿佛脱离了轨道，我辍学在家，心里满是混乱和迷茫。母亲这时也变成了一个绝望而怪诞的怨妇，使我和旺杰，我们家的日子如坠地狱，不堪回首！

尾 声

多年后的这夜，一切似乎已经平息；爱情早已幻灭，人生不过是一场苦难的烈酒。世界离我已越来越远了；老岩、普萨王子以及后来的洛泽、甘珠……他们走过我的青春，已消失。这时，旺杰和黛拉早已离异，母亲孤楚一人，梦幻人生，聚散无情。

这夜，茜玛我、旺杰、母亲琼芨，我们一家人，仍生活在拉萨。

这时的哥哥旺杰已从单位辞职，专心做藏式餐吧，在拉萨已有两个分店，并准备明年带上我一起去北京开藏餐厅；我也离开了母亲给我找的工作单位，重新开始全力帮助旺杰，成为他的得力助手。而黛拉，听说她已和那个叫贝玛的男子分手了，每当旺杰喝醉酒，他忘不了黛拉。但他们此生的缘分已尽。于是，哥哥旺杰和我、和母亲，我们一家三口，这时竟奇怪地团聚了。

这夜，又是藏历除夕。穿过一个个积雪的十字路口，我和朋友们来到某处吃夜宵。

大昭寺外，朝拜释迦牟尼的人们还在排着长队彻夜等待，酒吧、赌场、火锅店等等也满满是人。

我和朋友们坐下来，点了一大堆菜。麻辣火锅的香味里夹杂着罂粟花的淡香，我们几个高兴地觉得有了饿意。现在，连饥饿也那么难得。空虚的肠胃总是蠕动在厌倦之中。我咽了口口水。这来自潮湿汉地又麻又辣的火锅，乱七八糟辛辣的东西装满了胃，立刻能让人感到一种自虐般的快意。我们还往油碟里加干料，喝啤酒，有一种火焰便从胸膛里升腾起来。我们希望燃烧而不至于被苍白的日子淹没。这是我们不谋而合的选择……我们开心地吃着，笑着和畅饮。快乐是找来的，烦恼却会不找自来。所以，我又怎能沉于幻想，抗拒行乐？有句谚语说得好："只要我们这些平头老百姓能开心快乐，尼姑要当国王也未尝不可。"让我们把心交给佛祖，不净的肉身，就留给生活吧！而遵照佛祖的训导，我要忘记过去和未来，我要以世俗的方式活在当下。

玩得正高兴时，母亲借助现代科技寻找我。留言要我立刻回家，否则永远别回去。

这是母亲的最后通牒，我仿佛还听见她的歇斯底里、没完没了的埋怨。据说这和女人的子宫有关。在女人的体内，那个东西犹如一个空虚的口袋，它需要被填塞、装满，否则，这个女人就会随着它一同抽搐和痉挛。唯一的办法是割除，以使我们这些被感伤和绝望左右的女人摆脱自身的圈套。但难道真的，女人的爱欲就这么简单和荒诞吗？

而我的母亲，我拿什么来拯救您……

穿过寒冷的夜风，我朝那个家赶去。哥哥旺杰也从另外的方向赶来。

“藏历年了，你们还在外面野！”母亲说。这么多年了，我和旺杰虽已在拉萨有了自己不大的产业，生活比过去改善了许多，但母亲琼芨还是没有改变。她的脸被油烟熏得油乎乎的，头发上粘满了白面粉，深夜了，她还在夸张地揉着手上的面团。我洗了洗手，坐下来帮她做面果子。其实，街上已有人专门卖这种传统的手工糕点，但她内心的焦灼，尤其于这夜，她，独自枯坐，时间像老鼠的细齿，暗中撕咬着这个寂寞的女人，所有的人似乎已将她遗忘了。

凌晨一点多，我和哥哥旺杰帮着母亲终于把做好的面果子炸好了。该睡了。母亲却还想干点儿什么，新的一年令她惶恐不安。

“旺杰，你要穿的藏装还没拿出来！”

旺杰已钻进了被子。

“不穿！穿什么藏装嘛，麻烦！”旺杰说着蒙头睡了。母亲愣了一会儿，又转向我：“茜玛……”

“我当然要穿藏装，一年差不多就穿这么一次，要好好亮亮！”我朝母亲挤挤眼笑道。我不想让她太失望，否则今晚我们都别想睡觉。

“茜玛，来。”母亲神秘地招呼我。我打了个哈欠：“妈妈，我困死了！”

“你看你藏装上戴哪一个？”她打开一个用黄绸裹着的盒子，里面有珍珠、松石、玛瑙、珊瑚等各类珍宝镶嵌的耳饰、戒指、手链和项链。

“都是妈妈给你定做的。”母亲说。

“哇，谢谢妈妈！”我瞟了一眼，假装很高兴地说。我想睡，钻进被子，舒展疲惫的身心，徜徉于梦乡。

“你不试试？”见我拉开被子，脱衣服准备睡了，母亲有些失望地望着我说。

“明天吧。”我躺下了。枕头里装着母亲亲手缝的、我儿时穿过的小棉袄，软绵绵的似乎还余有好闻的奶气，枕着它，世上就没有什么更好的了……

“你们俩不帮我收拾一下就睡了？”母亲叹息道。炸好的面果子摊在桌上的草筐里，油锅还在炉火上散着余热，地上满是面屑、烟尘……

“睡吧妈妈，明天再收拾嘛！”我说。母亲失神地在我的床边坐了一会儿，终于也去睡了。装满珠宝的盒子打开放在桌上，于这夜，像一堆废铁。

忽然，我听见母亲哀伤地叹息了一声，她翻了个身，那身体已枯瘦如柴，辗转在黑暗的角落，再没有人温柔地抚摸……泪水顺着我的脸颊流进我的嘴里：那些珍宝，那满满一箱……我仿佛看到丹竹仁波切忧伤的微笑，他微笑着，点点头，如果琼芨她想要……但他的仁慈令我阵阵寒战，因为我感到那里面隐藏的正是对我的母亲——琼芨最无情的施舍。

哥哥已经熟睡了，发出他轻轻的鼾声，我却难以入眠，我想来年的时光里，母亲琼芨还能再有什么吗？没有了。她只会一天天老去！她整天坐在楼廊上的椅子里，没人看清她的脸，她的身体被阳光覆盖，双眼时明时暗。从她的目光望去，所有的物象犹若光影，颜色是原来的反面，变得粗细或高短，或见乱发纷飞或者是成群的蜜蜂，飞去又来；一片鲜花盛开的丛林中，孔雀尾翎点点斑斑……